Draculas Rückkehr

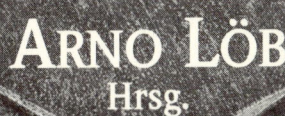

ARNO LÖB
Hrsg.

DRACULAS
RÜCKKEHR

Weitbrecht

Die Deutsche Bibliothek – CIP-Einheitsaufnahme

Draculas Rückkehr / Arno Löb (Hrsg.). – Stuttgart ; Wien ; Bern : Weitbrecht
1996
ISBN 3-522-72160-8

© 1996 Weitbrecht Verlag in K. Thienemanns Verlag, Stuttgart – Wien – Bern.
Konzept und Gestaltung des Schutzumschlags von Image Eye-Luetke, Wien.
Autorenfoto auf dem Schutzumschlag von
Bernd Hohlen, Augsburg.
Reproduktion des Umschlags von DIE REPRO, Tamm.
Satz von KCS GmbH, Buchholz/Hamburg.
Druck und Bindung: Friedrich Pustet, Regensburg.
Alle Rechte vorbehalten. Printed in Germany.
5 4 3 2 1

Inhaltsverzeichnis

Vorwort _____ 7

Rafik Schami
Die Wahrheit über Vampire und Knoblauch _____ 11

E. W. Heine
Liebe deinen Vampir wie dich selbst _____ 33

Tanja Kinkel
Unsterblichkeit _____ 39

Gisbert Haefs
Der Vampir und das Infranet _____ 69

Birgit Wiesner
Schloß Aschebisky _____ 85

Wolfhard Sitter
K. o. beim ersten Biß _____ 105

Harald Braem
Die Toten kommen _____ 113

Falko Blask
Vampire im Netz _____ 117

Michael Fuchs-Gamböck
Der Kuß vor dem Tango _____ 123

Gerhard Köpf
Fliegende Ameisen _____ 139

Friedhelm und Ulrike Schneidewind
Prosit! _____ 151

Elisabeth Remmers
Marie und der Prater-Vampir _____ 157

Jürgen Alberts
J. B. Cool sucht geilen Zahn ———————— 171

Peter Dempf
Der Meister des Bambino Vispo ———————— 185

Rainer Anton Niedermeier
Postmodernes Vampirfragment ———————— 197

Herbert Rosendorfer
Der Bettler vor dem Café Hippodrom ———————— 199

Robert Gernhardt
Ein Tag ———————— 209

Autoren & Geschichten ———————— 213

Vorwort

Nach dem vierten Glas Rotwein im Augsburger »Dreigroschenkeller«
kommt die Brecht-Forscherin Ming Ling aus Peking auf den Tod von
Bert Brecht zu sprechen. Ich spitze meine Ohren, um zu erfahren,
warum Bert Brecht, der in meiner Heimatstadt geboren wurde, damals
in Ostberlin so früh verstarb. War es die Stasi? War es der russische oder
der amerikanische Geheimdienst? Hatten ihn seine Frauen vergiftet? So
ganz genau kann selbst Ming Ling mir die Ursache von Brechts Tod
nicht erklären. Was sie aber genau kennt, ist die letzte Verfügung von
Bert Brecht in seinem Testament. Brecht bat den Arzt, der den Toten-
schein ausstellte, ihm eine mindestens 30 Zentimeter lange Nadel
durch das Herz zu stoßen. Ich spüre einen leichten Stich im Herz und
will von Ming Ling wissen, ob Brecht sich selber als Vampir sah. Warum
sollte er sich sonst mit einer Nadel pfählen lassen? Einige Zeit zuvor
habe ich vom Weitbrecht-Verlag den Auftrag erhalten, zu Draculas
100jährigem Jubiläum eine Vampir-Anthologie herauszugeben, und
werde deswegen bei allen Erzählungen, die sich um Blut, spitze Eckzähne und Tötung mit dem Pflock drehen, besonders hellhörig. Wir diskutieren in dieser Nacht noch viel über Brecht und sein Vampir-Leben.
Ming Ling bestellt noch ein Glas Rotwein und gibt um Mitternacht
bekannt, daß Brechts Song vom Mackie Messer in seiner Jugendzeit mit
den Worten begonnen haben soll: »Und der Vampir, der hat Zähne, und
die trägt er im Gesicht ...«
   Als ich nach Hause gehe, verstärkt sich in meinem Kopf der Ver-
dacht, daß Dracula und seine Kollegen vielleicht doch nicht so tot sind,
wie viele im 20. Jahrhundert glauben. Zum Beispiel dieser Rinderwahn-
sinn – ist das nicht die Folge eines Bisses von einem verseuchten Vampir aus dem Gebiet um Tschernobyl? Seriöse Vampir-Experten behaup-
teten dies zumindest im »Daily Telegraph«. Oder diese blasse Blondine
in »Wetten daß«, die in fünf Minuten über 50 Liter Blut spenden
konnte, das läßt sich doch wirklich nicht erklären – außer das blonde
Blut-Wunder ist ein untotes Wesen, das von Dracula abstammt.

O ja, »Draculas Rückkehr« ist lebensnotwendig wie sonst kein Buch! In der Tat brauchen unsere Mitbürger das ultimative Buch über die Vampire des beginnenden 21. Jahrhunderts. Nach 100 Jahren sind Draculas Kinder wieder voll da. Moderne Zeiten gebären moderne Vampire.

Mein Gott, eine große Verantwortung lastet auf mir. Das wird mir endgültig klar, als ich leicht betrunken und schon ziemlich fertig (ich dachte an die Autoren, die mir zwar eine Vampir-Geschichte versprochen, aber noch keine geschickt hatten, an den baldigen Drucktermin des Vampir-Buches, an all die Kürzungen, die das Lektorat von mir verlangt, welche Geschichten fliegen raus? und und und) den verschneiten Judenberg zur Bauerntanzgasse hinunterstapfe. Ich komme am Kebab-Imbiß »Ankara« vorbei und gehe hinein. Drinnen stehen zwei grünhaarige Punker und eine blauhaarige Punkerin, die sich gerade in ein Döner-Sandwich verbissen haben und heftig mit dem dunkelbärtigen Mann am rotglühenden Kebab-Spieß streiten. Als der türkische Imbiß-Inhaber bei dem Punk-Trio abkassieren will, ziehen die ihre Klappmesser aus der Tasche und fuchteln damit vor dem Türken herum. Bevor mir ein situationsentspannender Kommentar einfällt, wirft sich der Türke auf die Punker, und in Blitzeseile verbeißt er sich – trotz ihrer Hundehalsbänder – in ihre Hälse und zerrt die nur noch matt strampelnden Punker in den Hinterraum.

Mir bleibt vor Entsetzen der situationsentspannende Kommentar, der mir gerade eingefallen ist, im Halse stecken. Was geschieht hier? Soll ich eine ausländerfeindliche Handlung begehen, oder soll ich froh sein, daß es drei Punker weniger gibt? Ich blicke mich ratlos um und sehe an den Wänden des »Ankara« die signierten Fotos vieler berühmter Zeitgenossen. Theo Waigel, Schwarzenegger, Franz Beckenbauer, Cher, Lady Di, Boy George und auch Horst Tappert. Ich gehe näher ran, um den Kommentar auf dem Foto von Bill Clinton zu lesen: »My career started after your bloody good Kebab! Thanks forever! Your Bill.« Mit dem Kebab-Sandwich, für das ich 5,80 DM bezahle, trete ich schnell in das verschneite Gäßchen hinaus. Ich will endlich in meine gemütliche Wohnung zu meiner Frau, meinen beiden Kindern und unserer rothaarigen Katze bei der Fuggerei kommen. Ziemlich hektisch futtere ich das etwas roh schmeckende Kebab in mich hinein und merke kaum, daß aus dem Fladenbrot Blut heraustropft. Nein, das ist natürlich Ketchup, sage ich mir. Siehst du, die Türken machen auch nur Fastfood mit blödem Ketchup wie diese Leute im Pommesladen.

Als ich vor unserer Haustür meine Schlüssel hervorsuche, ist meine Müdigkeit wie weggeblasen, und ich drehe mich langsam um, blicke zu den Sternen am nächtlichen Himmel empor und denke mit einer Riesenpower im Hirn: Vergiß dieses komische Vampirgeschichten-Buch – diese Nacht ist deine Nacht. Los!

Biß bald!

Ihr Herausgeber Arno Löb

(... noch löbendig!)

Rafik Schami

Die Wahrheit über Vampire und Knoblauch

Über Graf Dracula wurden viele Horrorgeschichten geschrieben. Die Filmindustrie sparte nicht mit diversen Bearbeitungen: F. W. Murnau drehte »Nosferatu« schon 1922. R. Polanski machte mit dem »Tanz der Vampire« eine der lustigsten Fassungen.

»Keiner dieser Filme und Märchen erzählt die Wahrheit«, sagte der Redakteur für Serien. Für ihn waren all diese Bearbeitungen zu einseitig. »Es ist an der Zeit, daß die wahre Geschichte dieses umweltfreundlichen und friedliebenden Grafen ans Licht kommt.«

Ich verstand den Zusammenhang zwischen Dracula und der Friedensbewegung nicht, aber in letzter Zeit treten ja auch Generäle und Waffenkonstrukteure als Friedensengel auf.

Mein Chef blieb durch meine Bedenken unbeeindruckt. »Daß der Graf den Knoblauch gehaßt hat, das versteht jeder vernünftige Mensch, diese üble Pflanze kann einen Feinschmecker richtig anwidern.«

11

Das hatte zwar mich und meinen Geschmack beleidigt, aber die Wohnungsmiete stand an, und mein Konto litt unter dauernder Unterernährung.

»… aber daß der Graf Blut gesaugt und Angst vor dem Kreuz gehabt hat, das ist eine doppelt üble Unterstellung.«

Ich solle mir Zeit nehmen und den Sachverhalt untersuchen. Wenn ich als muslimischer Journalist etwas Entscheidendes zur Verteidigung der Kultur des Abendlandes fände …

… könnte eine Titelgeschichte oder gar eine Serie herauskommen.

»Graf Dracula, wie er lebte und speiste«, ergänzte ich scherzend, aber mein Chef lachte nie über meine Einfälle, denn seit dreißig Jahren entwirft er sensationelle Schlagzeilen und Titel.

Ich war froh; denn mit dem Vorschuß konnte ich die Miete bezahlen und einen Monat auf Kosten der Zeitschrift in Rumänien verbringen. Aber warum hatte er gesagt: »Sie als muslimischer Journalist?« Diese Frage beunruhigte mich. Ich rief meinen Kollegen Uwe an und lud ihn zu einem Wein ein. Uwe ist einer der erfahrensten Journalisten dieser Zeitschrift und hatte schon einige Serien bei meinem Chef durchgebracht.

»Warum gerade ich?« kam ich schnell zum Thema.

»Das Zeitschriftengeschäft ist hart. Die Bundesrepublik ist nicht nur das Land der VWs. Sie ist auch das Land mit den meisten Zeitschriften. Was ist heutzutage schon eine große Sensation, wenn sie in 70 Zeitschriften plattgedroschen wird?«

Ich verstand wieder einmal den Zusammenhang nicht, und Uwe erklärte ihn mir mit seinem besonders feinen Humor.

»Also, nehmen wir an, ein christlicher Reporter macht einen Bericht, irgendeine Story, daß das Kreuz doch heilig ist und Wunder vollbringt. Das kauft uns doch keine Oma mehr ab, da muß schon ein Muslim ran!« Er lächelte verschmitzt.

»Aber ich glaube weder an euren Jesus noch an unseren Mohammed.«

»Spielt doch keine Rolle. Du heißt doch Mohammed Abdulla Amarsaman, das ist wichtig, und dein Boß läßt so unauffällig wie nur möglich unter den Artikel in fetter Schrift ›jordanischer Reporter‹ drucken. Na, wenn das keine Sensation ist!«

Wir lachten. Ich mußte Uwe recht geben.

Ich fuhr nach Bukarest, da Graf Dracula aus Rumänien stammt. Aber was ich schon nach einer Woche herausfand, ließ mich erkennen, daß meine ganze Mühe und Hoffnung auf eine Titelgeschichte umsonst war.

Vlad Tsepesch, geboren 1430, gestorben 1476 bei Bukarest, war der Fürst der Walachei. Er entstammte einem Adelsgeschlecht. Sein Vater hieß Fürst Vlad Dracul. Dracula bedeutet nichts anderes als »der Sohn des Dracul«. Dieser Fürst Dracula wehrte die Angriffe der Osmanen erfolgreich ab und war grausam gegen seine Feinde. Er ließ sie pfählen. Sein Name Tsepesch bedeutet »der Pfähler«. Ich suchte lange in Bukarest nach Anhaltspunkten, weshalb Dracula Angst vor dem Kreuz gehabt haben könnte, wenn er doch Christ war. Die Rumänen haben den Grafen aber schon zum Nationalhelden erhoben, und wie das immer ist, findet man kaum noch Lebendiges über Nationalhelden. Nur glatte Märchen und Lobeshymnen, die in allen Ländern gleich sind, als hätte derselbe Schriftsteller am Fließband und nach Bestellung für alle Nationalhelden denselben Lebenslauf geschrieben.

Graf Dracula hatte genau wie viele Nationalhelden zahlreiche eheliche Söhne. Die Zahl seiner unehelichen Kinder bleibt wie die seiner Rivalen in den Nachbarstaaten unbekannt. Einer seiner Urenkel hieß Karl. Er wurde König und herrschte grausam über Rumänien von 1930 bis 1940. Er paktierte mit den Nazis, war ihnen aber noch viel zu weich. So stürzte ihn sein eigener General Antonescu – auch ein Urenkel des Grafen. Dieser General rief den jungen Sohn Karls zum König der Rumänen aus.

König Michael hieß der Kerl. Ein Schwächling. General Antonescu errichtete eine faschistische, blutige Diktatur, und die Nazis gewährten ihm Unterstützung. Als es aber Anfang 1944 den Nazis an den Kragen ging, ließ König Michael seinen General verhaften, trat schlaumeierisch zu den Alliierten über und erklärte dem Deutschen Reich den Krieg, um seiner Krone den Frieden zu bringen.

13

»Tsu späät!« riefen die Sowjets in akzentreichem, aber deutlichem Rumänisch und tippten sich mit dem Zeigefinger gegen die Stirn. Michael reiste Ende 1947 beleidigt in die Schweiz, das Altersheim der Herrscher und Mafiabosse, und lebt dort zwar sehr zufrieden, aber immer noch beleidigt. Zwei andere Urenkel waren schlauer als Michael, sie reisten ins Deutsche Reich und tauchten unter. Man fand vor lauter Spuren keine Spur mehr von beiden.

Eigentlich hätte ich für diese dürftige Information zu Hause bleiben können. Ich packte also nach einer Woche Recherchen meinen Koffer und wollte zurückfahren, da klopfte es an meiner Zimmertür in der kleinen Pension am Rande von Bukarest.

Ein hagerer Sechzehnjähriger stand unbeholfen vor mir. Ich dachte erst, er wolle mir beim Koffertragen helfen.

»Willst du ein echtes Dokument über Dracula?« fragte er mich leise in gebrochenem Englisch.

Ich lachte herzlich, weil ich mich in ihm wiedererkannte. Wie oft hatte ich vor zwanzig Jahren in Jordanien dummen Touristen Sachen angedreht, die ein alter Handwerker herstellte. »11. Jahrhundert, Mister. Original!« flüsterten wir geheimnisvoll den erstaunten Amerikanern zu und kassierten für alte Schlüssel, kaputte Dosen und Flaschen zwei Dollar, obwohl sie für zehn Piaster zu bekommen waren.

Ich machte dem Jungen klar, daß ich kein Geld hatte und auch kein Interesse, weder am Schädel Napoleons noch an der Unterhose Cäsars.

»Ich will kein Geld«, rief der Junge entsetzt, »aber ich dachte, daß es wichtig für dich sei!« Er wollte wütend das Zimmer verlassen, aber ich hielt ihn mit der Bitte zurück, mir das Dokument zu beschreiben.

Der Junge überzeugte mich von seinem Fund, und wir reisten mit einem Bus in das Dorf, wo er das seltene Dokument versteckt hielt. Lange dauerte die Reise, und die Wege wurden immer unheimlicher. Der Junge saß neben mir, wortlos blickte er nach vorne. An klaffenden Abgründen vorbei und durch dichten Nebel fuhr der kleine Bus. Unerwartet hielt er immer wieder auf menschenleeren, schmalen Straßen an, und Leute stiegen aus. Mich wunderte das, weil weit und breit kein Dorf zu sehen war, nicht einmal eine Scheune.

»Warum steigen sie aus?« fragte ich, als die letzten Fahrgäste, zwei alte Frauen, am schmalen Rand der Straße den Bus verließen.

»Nur wer genügend Geduld besitzt, kann zur Wahrheit vordringen«, sprach der Junge. Mir wurde bei diesen pathetischen Worten etwas bange.

Endlich hielt der Bus auf einem Dorfplatz. Wir stiegen aus, und der Junge eilte davon. Ich folgte ihm. Seine Schritte wurden immer schneller, je weiter wir uns vom Dorf entfernten. Etwas außerhalb blieb er vor einer verfallenen Hütte stehen.

»Hier ist der Platz«, sagte er, und bevor ich noch Atem holen konnte, betrat er die verlassene Hütte. Sie roch stark nach Schafmist. Laub, Zweige und Papierfetzen bedeckten den Boden. Ein paar alte Zeitungen lagen ausgebreitet bei einer Feuerstelle in der Mitte des Raumes. Der Junge lockerte ein morsches Brett und scharrte hastig mit den Fingern in der feuchten Erde. Bald kam der Deckel einer länglichen Dose zum Vorschein. Er nahm die Dose heraus und streifte vorsichtig mit der flachen Hand die Erdklumpen ab. Behutsam hielt er die Dose in seinen Händen, als berge sie die Juwelen Salomons.

»Hier ist das Papier«, flüsterte er leise. »Ich habe es im Keller von Draculas Schloß gefunden«, fügte er hinzu und öffnete den Deckel. Eine vergilbte Papierrolle lag in dem Kasten. Ich nahm die Rolle und breitete sie vorsichtig aus.

»Arabische Schrift«, rief ich erstaunt, als ich die in bläulich-violetter Tinte verfaßten Zeilen sah. Ich eilte hinaus, um das Dokument bei Tageslicht zu betrachten. Die Schrift war arabisch, die Sprache aber türkisch, das erkannte ich schon an den ersten Worten. Die Osmanen schrieben bis zur Sprachreform durch Mustafa Kemal Atatürk 1928 in arabischen Buchstaben. Einige Wörter konnte ich verstehen, aber die Satzbrocken brachten mich nicht weit. Was könnte das sein? Meine Augen wanderten ratlos über die Zeilen.

Da! Was war das? Im letzten Drittel des Textes tauchte das Wort Dracula mehrmals auf. Ich behielt das Wort fest in den Augen. Es konnte auch UraKola sein (D und U sind in der arabischen Handschrift sehr ähnlich, ein O gibt es nicht, dafür setzt man U). DraKola, DraCola, Ura

15

Cola. Vielleicht wußte dieser merkwürdige Junge etwas mehr. Ja, der Junge! Wo war er denn?

Ich eilte in die Hütte, aber er war verschwunden, als hätte er sich in Luft aufgelöst. Träumte ich, oder stand ich in einem rumänischen Dorf am Ende der Welt? Das Blatt in meiner Hand war Realität. Nein, ich träumte nicht.

Lange rätselte und deutete ich an den Wörtern herum. Das Papier erzählte von Sultanen, vom Krieg und von Dracula, aber was erzählte es? Ali, mein türkischer Kollege, auch ein exilierter Journalist, erzählte mir einst, daß nur wenige Gelehrte diese Schrift entziffern könnten. Ja, Ali könnte mir weiterhelfen. Ich nahm ein Taxi zur nächsten Poststelle und rief Ali in Köln an. Ich hatte Glück, er war zu Hause. Ich erzählte ihm ohne Umschweife von meinem Fund, und Ali war wie immer hilfsbereit. Er gab mir die Adresse eines Islaminstituts in Istanbul, an dem einer der berühmtesten Gelehrten arbeitete. Ich konnte in jener Nacht kaum schlafen, und am nächsten Tag schlug ich mich auf abenteuerliche Weise zur nächsten Großstadt durch und nahm von dort die erste Maschine nach Istanbul.

Der Islamgelehrte war ein sehr beschäftigter Mann. Junge Wissenschaftler gingen bei ihm ein und aus, und ich wartete geduldig im Vorraum. Meine Tätigkeit als Journalist lehrte mich schon früh, das Wasser mit dem Feuer zu versöhnen und ungeduldig doch Ruhe zu bewahren. Nach drei Stunden Wartezeit geleitete mich der Assistent zu seinem Chef. Dessen orientalisches Lächeln ließ meine Wut über die Wartezeit schwinden. Ich zögerte etwas und wollte nicht gleich mit der Sprache herausrücken, aber der alte Gelehrte lächelte gütig, dieses wunderbare Lächeln, das die Unruhe in den Gliedern löst. Er sprach ein exzellentes Arabisch. Einfach gekleidet, umgeben von einem großen Durcheinander aus Büchern, Heften und Pflanzen, verkörperte er den Typ des mittelalterlichen Gelehrten. Ich erzählte ihm von meinem Fund und reichte ihm das Papier.

»Das ist nicht türkisch«, sagte er mit ruhiger Stimme. »Das muß altosmanisch sein, wenn es aus dem 14. Jahrhundert stammt.« Er setzte seine staubige Brille auf und vertiefte sich in die Zeilen. Seine Gesichtszüge änderten sich unter dem Eindruck der Worte, die er entzifferte. Manchmal runzelte er die Stirn, dann lächelte er kurz oder schüttelte den Kopf.

»Was steht darin, Meister?«

»Der Mann ist entweder verrückt oder ein Genie. Er schreibt alles durcheinander. Er muß es kurz vor seinem Tod niedergeschrieben haben.«

»Was schreibt er denn?«

»Wollen Sie das wissen? Wirklich? Es steht nicht viel drin.«

»Ja, bitte, aber warten Sie bitte einen Augenblick!« Ich nahm schnell meinen Kassettenrecorder aus der Tasche und stellte ihn auf den Tisch.

»Bism illah el ruhman el rahim«, sprach der Gelehrte den Namen Gottes, so wie alle Islamgelehrten es tun, bevor sie irgend etwas lesen oder schreiben.

»Der Anfang fehlt«, sagte er und schaute mich über den Rand seiner Brille an.

»Macht nichts, beginnen Sie bitte dort, wo es anfängt …«, beruhigte ich das Gewissen des Gelehrten.

»… weshalb, und wir warten hier auf den Tod. Warum? Was suche ich hier? Ich will in das Zelt meiner Mutter zurück, aber morgen muß ich sterben. Warum? Wer hat uns hierhergeschickt? Ich kenne doch die Leute nicht, gegen die ich einen Krieg im Namen Gottes führe. Meine Freunde freuen sich auf den Märtyrertod. Ich habe Angst. Sie verachten mich deshalb, und das quält mich mehr als der Gedanke an den Tod. Die Gefangenen werden aufgepfählt. Sind wir Hammel? Ja, wir sind dümmer als Hammel, was hätten wir sonst hier zu suchen? Ich bin verloren. Ich hätte durch das Lesen und Schreiben, das ich lernte, ein reicher und glücklicher Mann werden können. Die schönsten Verse hätte ich schreiben können, und was mache ich hier? Ich schreibe meine Dummheit auf dieses Papier. In- und auswendig kann ich den Koran, aber die Wächter verstehen nicht einmal, was der Koran überhaupt ist. Sie fressen Schweine und trinken Alkohol. Sie tun das nicht heimlich. Vielleicht erlaubt es ihnen ihr Gott. Wie viele Götter gibt es

17

eigentlich? Ihr Gott muß stärker sein als unserer, sonst hätten sie uns nicht besiegen können. Warum bekriegen sich nicht die Götter auf der Erde vor den Augen der Menschen? Wenn einer von ihnen übrigbleibt, sparen sich die Menschen den Krieg und folgen ihm oder ...«

Der Gelehrte stockte.

»Und???« flehte ich ihn gespannt an.

»Wollen Sie wirklich alles wissen? Der Kerl muß wirklich verrückt sein.«

»Ja, bitte!!!« ermunterte ich ihn.

»... oder bringen ihn um, damit seine Söhne nicht wieder streiten und Kriege verursachen, dann können die Menschen ohne Götter in Ruhe leben. Warum lassen die Wächter die Verurteilten drei Tage lang vor ihrer Hinrichtung Knoblauch essen? Nur frischen Knoblauch und Wasser. Ich bin seit zwei Tagen hier gefangen und kann keinen Knoblauch mehr sehen. Ein Bündel nach dem anderen muß ich aus Hunger fressen. Graf Dracula soll daran Genuß finden, das Blut der Hingerichteten zu lecken, bis er besoffen ist. Er mag das Blut nur, wenn es nach Knoblauch riecht. Was ist das für ein Barbar, dieser Dracula? Was ist ...«

Der alte Gelehrte legte das Papier beiseite. »Das ist alles«, sagte er und nahm seine Brille ab. »Wie Sie sehen, ein Durcheinander eines armen Teufels. Was wollen Sie damit anfangen? Hat sich Ihre weite Reise gelohnt?« fragte er höflich und lächelte gütig beim Abschied.

Der Gelehrte konnte nicht ahnen, daß meine Strapaze sich sehr wohl gelohnt hatte. Das ganze Gerede über die abstoßende Wirkung des Knoblauchs auf Vampire war also eine Lüge.

In die Bundesrepublik zurückgekehrt, teilte ich dem Redakteur den Inhalt des Dokuments mit. Man könnte, fuhr ich fort, eine Serie mit dem Titel »Vampire lieben Knoblauch« starten und das Dokument abbilden.

»Mager, mager, mein Lieber«, schmetterte der Redakteur meine Begeisterung ab.

Die Jahre vergingen, und ich verdrängte die bittere Erfahrung: Rumänien, meine mühseligen Recherchen und die ganze Sache mit Dracula. Ich bekam den Auftrag, etwas Fröhliches über den Orient zu berichten. Der Redakteur für Aktuelles gab mir den Tip, nach München zu fahren. Jeden Tag landen dort Flugzeuge aus dem Orient. Unter den vielen unbedeutenden Flügen gibt es einige bedeutsame. Familien der Ölscheichs fliegen einen Tag nach München, kaufen ein, verbringen den Tag in den exklusivsten Geschäften und kehren schwer beladen am selben Abend nach Hause zurück. In München wartete ein Fotograf auf mich, und wir sollten einen Bericht verfassen, als unterhaltsamen Ausgleich zu den Kriegsberichten aus Irak und Iran.

»Es gibt auch anderes aus dem Morgenland«, sagte der Redakteur, und ich machte mich auf den Weg.

Ich nahm zu meiner Unterhaltung ein Buch mit, in das ein Freund seine Gefühle als Gastarbeiter hineingelegt hatte. Ich sollte ein paar Worte darüber schreiben. Früher lachte ich über die Deutschen, die in einem Zug nichts Besseres zu tun hatten als zu lesen. Nach zwölf Jahren Aufenthalt in der Bundesrepublik aber habe ich meine Belästigung der friedlichen Fahrgäste aufgegeben, die lieber die Reklame einer Elektrofirma drei Stunden lang anstarren, als sich mit ihrem Nachbarn zu unterhalten. Zwölf Jahre Niederlagen machten mir die Anpassung schmackhafter, und so packe ich Unterwäsche, Hemden und Handtücher ein und vergesse nie, ein Büchlein mitzunehmen.

Ich betrachtete gerade den Buchdeckel und wollte zu lesen anfangen, als die Tür des Abteils aufging.

»Ist hier ein Platz frei?«

»Ja!« antwortete ich dem etwa vierzigjährigen Gastarbeiter. Ich war ja allein in dem Abteil. Seine Mütze, sein Schnurrbart und der Rosenkranz deuteten auf seine Herkunft: ein türkischer Gastarbeiter.

»Heute viel kalt«, sagte er, rieb sich die Hände und setzte sich mir gegenüber. Er schaute das Buch in meinen Händen an. »Sie Lehrer?« fragte er und zeigte auf das Buch.

»Nein, Journalist!« sagte ich und lächelte, weil bei uns die Bauern auch jeden, der ein Buch bei sich hat, für einen Lehrer halten. »Was sind Sie für ein Landsmann?« fragte ich so höflich, wie ich es gelernt hatte, aber der Mann schien nicht zu verstehen.

»Landsmann? Landsmann? Ne, nix Mannesmann. Mein Bruder im Ruhrgebiet. Ein anderer in Heidelberg ich jest besuchen. Ich Metallfabrik in München.«

»Nein, nein! Woher kommen Sie? Aus der Türkei?«

»Ach so!« rief der Mann und lachte. »Nein, ich aus Marokko, verstehen? Maghreb, verstehen?«

»Bist du ein Marokkaner, Bruder?« frohlockte ich auf arabisch, und das Gesicht des Mannes entspannte sich zu einem breiten Lächeln. »Ich bin Jordanier«, fügte ich hinzu.

Ich steckte das Buch in den Handkoffer und unterhielt mich mit Ali, meinem Weggenossen, über Palästina – darüber sprechen Araber zwei Minuten nach ihrer Begegnung, wenn sie nicht über Frauen reden. Vor allem die nordafrikanischen Araber haben einen viel tieferen emotionalen Bezug zu Palästina als die im asiatischen Teil Arabiens. Die Kriege und die unmittelbare Nähe haben uns ernüchtert. Ali reichte mir eine Zigarette. Er wollte sich selber eine anstecken und beeilte sich zugleich, mir Feuer zu geben, dabei fiel seine Zigarette zu Boden. Ali bückte sich, um sie aufzuheben. Sein Schal rutschte etwas zur Seite und ich sah, daß er am Hals blutete.

»Du blutest ja!« rief ich entsetzt.

»Macht nichts, das hört bald auf.«

»Wo hast du dich verletzt? In der Firma?«

»Nein, Dracula hat mich gebissen«, sagte er, zündete seine Zigarette an und betastete seine Wunde. Dabei blickte er ins Weite, als hätte er mir gesagt, er wäre ausgerutscht. Zwei Blutstropfen sah ich auf der verhornten Haut seiner flachen Hand. Frisches Blut! Mir wird schlecht, wenn ich Blut sehe, aber ihm schien es nichts auszumachen. Er schaute mich an, dann seine Hand und wischte sie an seiner alten Kordhose ab.

»Habe ich dich richtig verstanden, Bruder? Sagtest du Dracula?«

»Ja!«

»Wo denn?«

»In München.«

»Du machst dich lustig über mich!«

»Sehe ich so aus, Bruder? Nein! Ich schwöre es dir beim Propheten, ich ...«

»Aber Dracula ist schon im fünfzehnten Jahrhundert gestorben!« unterbrach ich ihn und winkte mit der Hand ab.

»Ja, aber nicht sein Urenkel.«

»Na ja, vielleicht ähneln sich die Namen. In jeder Stadt gibt es Müller und Meier ...«, wollte ich seine Gewißheit möglichst höflich in Frage stellen.

»Nein, nein, wenn ich dir sage, er ist ein Urenkel, dann ist er ein Urenkel, und er saugt mir jeden Tag einen halben Liter ...«, fuhr er mich etwas ungeduldig an.

»Was für einen halben Liter?«

»Blut! Was sonst? Kennst du die Geschichte von Dracula nicht?«

»Und ob!« rief ich verzweifelt und erzählte ihm meine Dracula-Geschichte. Ich bemühte mich, den Text des Dokuments in genauem Wortlaut wiederzugeben. Der Mann hörte mit gespanntem Gesicht meiner Geschichte zu.

»Das ist die Wahrheit!« rief er. »Jedes Wort ist wahr, und alle anderen lügen. Das mit dem Kreuz und mit dem Knoblauch ist doch Schwachsinn. Ich habe alles probiert, aber es hat nichts geholfen. Die Zeitschriften wollen nur Lügen veröffentlichen, deshalb hat dein Chef deinen Bericht abgelehnt. Er ist bestimmt auch ein Enkel von Dracula.«

»Mein Chef?« rief ich und lachte bei der Vorstellung, der kleine, hagere Kettenraucher Schmidt stünde auf einem Stuhl, um an meinen Hals heranzukommen. »Nein, nein, Dracula-Enkel können kein Blut saugen!« sagte ich lächelnd und bot ihm eine Zigarette an, um auf ein anderes Thema zu kommen, aber der Mann nahm die Zigarette nicht, sondern starrte mich mit großen Augen an.

»Und das? Was ist das hier?« rief er und schob seinen Schal beiseite. Zwei Löcher waren am unteren Hals zu sehen. »Hier, noch frisch! Er hat mich vorgestern abend erwischt. Ich fuhr zu meinem Bruder nach Heidelberg. Er lauerte mir in der Toilette auf.«

Zwei Löcher, tief und trichterförmig mit vernarbtem Rand, konnte ich nun deutlich sehen. Eine Mischung aus Verwirrung und Scham übermannte mich. Ist er verrückt? Oder ist es ein Zufall, daß gerade ich ein Dracula-Opfer treffe? Sitzt dieser Mann hier und redet gelassen über Dracula? Oder wird er sich bald in Luft auflösen und mich mit meiner Verwirrung allein zurücklassen? Die Narben, das Blut und das verrauchte kleine Abteil sind Tatsachen. Wenn aber alles echt wäre, wie beleidigend mußten dann meine zweifelnden Fragen und der verächtliche Ton wirken? Sollte ich ihn anfassen und rütteln? Unentschlossen stand ich auf und ging wie benommen auf die Toilette. Dort blickte ich in den Spiegel und sprach leise zu mir: »Nein, das hast du nur geträumt. Jetzt kehrst du zurück, und der Mann ist verschwunden.«

Ich ging ins Abteil zurück, aber Ali starrte aus dem Fenster auf die vorbeirauschenden Felder. Er schaute mich nicht einmal an, als ich ins Abteil trat. Ich wußte nun, daß ich ihn beleidigt hatte und daß er weder verrückt war, noch gelogen hatte. Ich bot ihm eine Zigarette an, aber er lehnte ab.

»Es tut mir leid, daß ich deine Geschichte angezweifelt habe. Ich glaube schon, daß es Dracula gibt«, sagte ich, und Ali schüttelte den Kopf und lächelte.

»Weißt du, ich bin nicht böse auf dich, nicht einmal meine Brüder und meine Frau glauben es mir. Aber ich kann mich nicht daran gewöhnen, als Lügner abgestempelt zu werden, bloß weil die anderen es nicht selbst erleben.«

Ich schüttelte nachdenklich den Kopf, denn er rührte bei mir an eine offene Wunde. Ich reichte ihm wieder eine Zigarette. Diesmal nahm er sie freudig an.

»Erzähl mir deine Geschichte, ausführlich, wir haben ja Zeit«, bat ich ihn.

»Kurz nach meiner Ankunft in Deutschland fand ich Arbeit bei einer Firma in München. Ich freute mich sehr, weil ich Glück hatte. In Marokko arbeitete ich als Dreher, und hier fand ich gleich eine Arbeit an der Drehbank. Das ist eine Kunst, Bruder! Eines Tages arbeitete ich in der großen Halle, ich war ganz allein. In der Nebenhalle machten drei oder vier Kollegen Überstunden, aber hier war ich allein. Plötzlich sah ich einen Mann im schwarzen Anzug in die Halle eintreten. Ich wunderte mich, weil er einen Zylinder aufhatte und weiße Handschuhe trug. Ich habe in so einer Werkshalle noch nie einen so fein angezogenen Typen gesehen, weder in Marokko noch in Deutschland.

›Hier bist du also, und ich suche dich überall‹, sagte er in feinstem Arabisch. Ich dachte zuerst, das sei der marokkanische Botschafter. Weißt du, Bruder, ich habe den Botschafter ja noch nie gesehen.

›Mich? Warum?‹ wollte ich wissen und war voller Sorge, daß meiner Frau etwas zugestoßen war, weil er so nach Beerdigungsinstitut aussah. Er hatte helle Augen. Irgendwie wußte ich, das konnte nicht der Botschafter sein.

›Marokkanisches Blut habe ich noch nie gekostet. Du bist doch aus Marokko, nicht?‹

›Ja … aber was haben Sie noch nie gekostet?‹ fragte ich.

›Siehst du? Mein Computer weiß alles. Ein Knopfdruck, und schon erscheinen die Namen und daneben die Nationalität. Der erste Marokkaner in München, stand bei deinem Namen!‹

Ich verstand gar nichts mehr. Der Mann ist verrückt, dachte ich. Blut … Computer … Nationalität … was für ein Quatsch! Der Mann kam mir immer näher, und ich hatte Angst, er könne sich an der Maschine schmutzig machen.

›Bleiben Sie weg von der Drehbank! Wenn etwas passiert, bin ich dran!‹

Der Mann lächelte, als hätte er meine Warnung nicht gehört. ›Du heißt doch Ali Turki, nicht wahr? Du bist Marokkaner, wieso dann Turki?‹

Ich war gelähmt. Wieso wußte er meinen Namen? Alle nennen mich Ali, auch die Leute im Personalbüro.

›Auf arabisch bedeutet das, aus der Türkei stammend. Wahrscheinlich waren meine Urgroßeltern Gastarbeiter in Marokko. Aber … bleiben Sie weg, sonst passiert doch etwas!‹ rief ich, als er sich an die Drehbank lehnte.

›Es passiert gar nichts. Ich nehme meinen halben Liter und gehe.‹

›Ja, was für einen halben Liter denn?‹

›Blut, mein Freund, Blut!‹

Ich fragte ihn, ob er denn vom Roten Kreuz sei, und da antwortete dieses Monster:

›Nein! Wo denkst du hin? Ich bin Graf Dracula!‹

Ich hab' mir dann gedacht, Johann und Karl aus der Nebenhalle haben mir einen von diesen besoffenen Heinis geschickt. Es war ja Oktoberfest. Da hab' ich dann plötzlich keine Angst mehr gehabt. Nein, Johann und Karl können mich, den Marokkaner Ali, nicht erschrecken.

›Erstens‹, sagte ich lachend, ›stimmt das nicht mit Dracula. Der saugt doch die Leute zu Tode und bestellt sich nicht einfach einen halben Liter. Das ist ja lächerlich, was für ein jämmerlicher Dracula bist du! Du kommst her und willst mich überreden, dir einen halben Liter von meinem Blut zu geben. Bin ich eine Tankstelle? Zweitens, wenn du Dracula wärst, wärst du bei diesem Neonlicht schon längst abgehauen. Nein, da sollen die Kerle sich einen anderen Witz ausdenken, mit Ali aber nicht!‹

›Was redest du für einen Unsinn! Zu Tode saugen! Oh, wie brutal und primitiv! Das waren doch meine Vorfahren, sie haben drauflosgesaugt, bei allem, was ihnen in die Hände fiel, ob Katze oder Mensch, Alkoholiker oder Hepatitiskranker, ihnen war alles egal. Oh, wie dumm sie waren! Sie schufen mit jedem zu Tode Gesaugten neue Konkurrenz. Bis es zur Katastrophe kam. Es gab mehr Saugende als auszusaugendes Material. Nein! Wir sind auch schlauer geworden. Einen halben Liter täglich, und damit hat es sich. Leichen! Oh, mir wird schlecht bei dem Gedanken, über Leichen zu stolpern. Licht? Man muß ein Denkmal für Edison setzen, unzählige Denkmäler … Es gibt nichts Besseres, als die Dinge im richtigen Licht zu sehen. Stell dir vor, ich beiße einen x-beliebigen, statt die Auslese zu genießen!‹

Also, ich hielt den Mann für vollkommen verrückt. ›Ja, dann geh doch in die Nebenhalle. Dort sind mehrere kräftige Kerle, da kannst du dich vollsaugen.‹

›Das habe ich schon, weiß du's noch nicht? Am Fließband und in den Kneipen. Das ist mein tägliches Hauptgericht, und jetzt will ich meinen

Nachtisch. Sei kein Spielverderber! Du bist jetzt aufgeregt, und ich mag kein aufgeregtes Blut!‹

›Aufgeregt? Ich bin überhaupt nicht aufgeregt, aber mein Blut stinkt nach Knoblauch und ist scharf, sehr scharf, wegen der Harissa, die ich esse, da brennt dir die Zunge. Wir essen Harissa zu allem‹, sagte ich scherzend, aber ich fühlte mich gar nicht wohl in meiner Haut.

›Ja, gerade das will ich. Meinem Computer sei Dank, daß ich es heute erfahren habe. Der erste Marokkaner arbeitet schon seit einer Woche in München. Wo hast du dich bloß versteckt?‹

Er schlürfte laut seine Spucke, und es hörte sich an, als ob eine Schlange zischt. Ich drehte mich zu ihm um und sah auf einmal seine Eckzähne, so groß wie die eines Tigers, und seine Augen quollen aus ihren Höhlen. Ich wußte nicht, ob ich träumte oder ob ich der unglückliche Ali, der Sohn von Hassan Turki aus Marokko war. Ich rief laut: ›A'us billah minal Schaitan el rajim‹, um diesen Teufel von mir fernzuhalten, aber der heilige Spruch nützte nichts, der Kerl schritt auf mich zu. ›Herr! Ich will nicht sterben!‹ flehte ich ihn an und trat einen Schritt zurück. Ich war wie gelähmt, als wären meine Schuhe aus Blei gegossen.

Er lachte widerlich. ›Sterben? Wer redet denn vom Sterben, Junge? Ich sagte doch, einen halben Liter, verstehst du nicht?‹

›Doch ... doch ...‹, hab' ich gestöhnt und versucht, den großen Schraubenzieher zu erwischen, aber ich bin ausgerutscht und hingefallen.

›Vorsicht! Ich mag keine Brutalität, sonst zerbrichst du noch etwas und mußt dafür zahlen‹, sagte er und beugte sich über mich. Ich versuchte, ihn zur Seite zu werfen, aber er war schwerer als ein Bär und hatte so starke Hände, als wären sie aus reinstem Stahl. Er packte mich an den Händen und drehte mich auf den Bauch. Nicht einmal einen Hilferuf konnte ich über meine Lippen bringen. Plötzlich zischte es, und eine Flüssigkeit kühlte meinen Hals.

›Was ist das?‹

›Alkoholspray. Ich will mich ja nicht vergiften. Was für einen Hals hast du? Seit wann hast du dich nicht mehr gewaschen?‹

25

›Erst gestern abend habe ich geduscht, aber in dieser Halle schwitzen wir wie die Schweine. Hier gibt's keine Klimaanlage.‹

›Klimaanlage? Eine gute Idee, das sollten diese muf?igen Pfennigfuchser in der Verwaltung hören. Ich bräuchte dann nicht diese teuren Sprays‹, rief er und sprühte noch mal das Zeug auf meinen Hals. Plötzlich spürte ich zwei Stiche. Sie schmerzten nicht sehr stark, so als ob mich eine Wespe gestochen hätte. Aber mir wurde schwindlig. Ich hörte, wie er mein Blut schlürfte. Ein widerliches Geräusch. Er stöhnte genußvoll dabei: ›Knoblauch und Harissa, o Gott, wie pikant!‹

Als ich wieder zu mir kam, lag ich noch auf dem Boden. Ich hörte das Summen der Drehbank. Müde richtete ich mich auf, schaltete die Maschine aus und schleppte mich nach Hause. Zu Hause rief meine Frau: ›Du siehst aus wie eine Leiche! Was haben sie mit dir gemacht?‹

›Nichts‹, antwortete ich und taumelte unter die Dusche. Tatsächlich sah ich sehr blaß aus. Die zwei Löcher juckten an meinem Hals. Meine Frau wunderte sich, daß ich ihr köstliches Essen mit Harissa und Knoblauch nicht anrühren wollte.

›Hole mir ein paar Oliven und ein Stück Schafskäse! Und zwei große Zwiebeln!‹ befahl ich ihr. Weißt du, Bruder, Zwiebeln sind gut für das Blut. Meine Frau heulte, weil sie sich den ganzen Tag abgemüht hatte, für mich zu kochen. Sie wunderte sich noch mehr, als ich das Amulett vom Hals unseres einzigen Kindes riß, einen silbernen Halbmond aus Mekka. Meine Mutter schenkte es unserem Sohn, um ihn in der Fremde vor dem bösen Blick zu schützen. Meine Frau konnte nicht verstehen, daß ich unseren einzigen Sohn der Gefahr aussetzen wollte. Ich befestigte das Amulett an meinen Pullover, hier über meinem Herzen.

Am nächsten Tag wartete ich den ganzen Vormittag darauf, daß dieser Hurensohn käme, aber er kam nicht, und immer, wenn ich einen Fremden in der Halle sah, zuckte ich zusammen. Ich griff immer wieder zum Amulett und vergewisserte mich, daß das heilige Stück noch da war. Ich hatte noch nie soviel Schrott produziert wie an jenem Tag. Ich stand an der Drehbank, aber in Gedanken war ich immer wieder bei Dracula.

Mein Kollege Günter, der neben mir am Bohrer arbeitet, bemerkte meine Unruhe und fragte mich in der Mittagspause nach dem Grund. Ich antwortete ausweichend. Ich dachte, wenn ich ihm die Wahrheit sage, wird er mich auslachen. Weißt du, die Kollegen sagen oft, wenn ich irgend etwas erzähle: Der Ali, der erzählt schon wieder ein Märchen. Auch wenn ich ihnen sage, in meinem Dorf sausen die Messer nicht den ganzen Tag durch die Gegend, schauen sie mich so an, als hätte ich gesagt, wir melken die Ameisen und reiten auf Wespen in meinem Dorf.

Günter war besorgt und fragte mich immer wieder, ob ich krank sei. Da nahm ich meinen ganzen Mut zusammen und erzählte ihm von Dracula. Ich war völlig überrascht, denn er lachte nicht. Er hörte zu, und als ich zu Ende erzählt hatte, sagte er: ›Wem sagst du das. Mich hat er auch lange gequält.‹ Als ich von Günter erfuhr, daß Dracula ihn seit einer Weile in Ruhe gelassen hatte, fragte ich ihn, was ich machen solle, damit er mich auch in Frieden ließe. Günter legte seine Hand auf meine Schulter und empfahl mir, ein kleines Kreuz am Hals zu tragen.

›Ein Kreuz! Das fehlt mir noch!‹ schrie ich ihn an. ›Das fehlt uns noch, daß wir Christen werden wegen eines Stückes Brot. Nein! Mit mir nicht. Lieber will ich mein ganzes Leben Blut lassen als Christ werden. Du wirst sehen‹, sagte ich zu Günter, ›dieser Teufel wird davonlaufen, sobald er den Halbmond aus Mekka sieht.‹

Ich arbeitete den ganzen Nachmittag und machte Überstunden. Günter arbeitete bis sieben, ich mußte bis acht arbeiten. Es war kalt, aber die Straßen waren voll. In München feiern die Leute im Oktober lange und bis in die Nacht hinein. Wenn die Münchner trinken, werden sie lustig und singen laut auf der Straße. Sie umarmen sich, als wären sie Marokkaner. Ich schlängelte mich eilig durch die Feiernden nach Hause. Ich war nun sicher, daß das Amulett mich geschützt hatte, aber ein Gedanke beunruhigte mich seit dem Verlassen der Fabrik. Vielleicht hatte Dracula sich an meinem einzigen Sohn gerächt. Ich verfluchte meinen Leichtsinn und beeilte mich. Plötzlich hörte ich sein donnerndes Lachen. Er stand an eine Laterne gelehnt. Erst erkannte ich ihn nicht. Er war bunt angezogen wie ein Zirkusclown, aber er rief laut: ›Ali Turki!‹, und kam mir lachend mit ausgebreiteten Armen entgegen.

›Du arbeitest zuviel. Feierst du eigentlich nie?‹ fragte er.

Ich blieb wie angewurzelt stehen, knöpfte meine Jacke auf und zog am heiligen Amulett. ›Verschwinde, du Teufel!‹ schrie ich und riß die Nadel vom Pullover.

›Was ist denn das?‹ fragte das Monster und kam näher, als könnte es aus der Ferne das heilige Stück nicht genau sehen.

›Ein Amulett aus Mekka. Verschwinde, Teufel!‹ rief ich laut.

Dracula nahm das Amulett in die Finger. ›Und was soll das darstellen?‹

Ich vergaß für einen Augenblick, daß er ein Monster war, und versuchte, es ihm zu erklären: ›Ein islamisches Kreuz!‹

›Was für ein Zeug? Nicht einmal ein anständiges Kreuz könnt ihr machen. Dieses dumme Ding soll ein Kreuz sein? Es sieht mehr nach einem Dolch aus‹, sagte er und drehte den Halbmond zwischen den Fingern. ›Ein Kreuz sieht so aus!‹ Sein Atem roch widerlich nach Verwesung. Mit seinen Fingern zog er an der Mitte des Halbmondes, und das Metallstück verformte sich zu einem glänzenden kleinen Kreuz.

Ja, was in der Welt sollte das bedeuten? Bruder, ich weiß nicht, ob du gläubig bist oder nicht, aber ich bin an jenem Abend, an dem der Halbmond wie Knetgummi zu einem Kreuz wurde, ungläubig geworden.

Ich schreckte zurück, aber Dracula packte mich. Ich flehte die Passanten um Hilfe an. Auch wenn sie nüchtern sind, helfen die Passanten in diesem Lande niemandem. Die Besoffenen lachten nur über meine Hilferufe.

›Hab doch keine Angst!‹ riefen einige. ›Das ist doch nur ein Clown!‹ riefen andere. Ein bärtiger Mann fand es lustig und schob mich zu Dracula hin. Er sprach bayrisch, und ich konnte nichts verstehen. Dracula aber lachte und rief: ›Mein Gott, diese Kanaken verstehen keinen Spaß!‹

Ein Nebel stieg in der Straße auf und fegte sie menschenleer ... Ich rief laut um Hilfe, als Dracula mich zu Boden warf, und hörte meine Stimme in den Straßen widerhallen. Der Nebel wurde immer dichter, bis ich nichts mehr sehen konnte. Nur das Schlürfgeräusch des gierigen Dracula dröhnte in meinem Schädel, bis ich in Ohnmacht fiel.

Gefroren habe ich, als ich zu mir kam. Die Straße war wieder gefüllt mit Tanzenden und Singenden. Zwei Männer machten sich lustig über mich. ›Die Türken vertragen kein Bier‹, sagte der eine. ›Ja, ja, das haut sie um‹, lallte der andere. Ich stand auf und verfluchte ihre Mütter. Sie lachten darüber.

Meine Frau hatte Angst um mich gehabt. Sie weinte und klagte über ihr Unglück in der Fremde, wo keine Nachbarin und keine Verwandten ihr beistehen. Als sie das Amulett sah, schrie sie entsetzt auf. Sie glaubte mir nicht, daß Dracula mein Blut gesaugt hatte, und schon gar nicht, daß dieses Kreuz unser Halbmond sei. Eine ganze Nacht verbrachte ich damit, aus dem Blech einer Thunfischdose einen kleinen Halbmond zu machen, aber meine Frau wollte ihn nicht, als ob Gott ein Goldschmied wäre, der nur edle Metalle für würdig halte. Lange betete meine Frau im Bett zu dem Propheten, damit er meinen Geist schütze.

Monatelang ließ mich Dracula in Ruhe. Wären die Narben nicht an meinem Hals, dann hätte ich das Ganze für einen Alptraum gehalten. Meine Frau freute sich besonders deshalb, weil ich etwas früher nach Hause kam und mit ihr an den Wochenenden spazierenging. Vor einem Monat passierte es. An einem Montagmorgen kam Günter sehr blaß in die Firma. Montags ist es nicht leicht, aus dem Bett zu steigen. Vor allem im Winter. Aber das war es nicht, was Günter bedrückte. In der Mittagspause erzählte er mir dann, daß Dracula ihn am späten Sonntagabend erwischt hatte. Er hatte sich über das Kreuz lustig gemacht, das Günter am Hals trug. Nun waren wir sicher, daß dieses Monster weder vor Kreuzen noch vor Halbmonden Angst hatte. Nach der Arbeit gingen wir in die nahe Kneipe, und ich trank zum erstenmal Bier. Es schmeckte mir, und Günter wurde von Glas zu Glas gesprächiger. Wir redeten über alles mögliche. Es wurde spät. Ich war etwas betrunken. Ich machte einen Bogen um die Straße, in der mich Dracula ausgesaugt hatte.

›Nicht nur Dracula, sondern auch die Aufenthaltserlaubnis kann mich am Arsch lecken!‹ schrie ich laut auf deutsch. Die Passanten lächelten, und ich begriff, warum die Leute in diesem tristen Land Alkohol trinken. Auch die blödesten Fratzen scheinen einem freundlich. Ich grüßte alle, die mir entgegenkamen.

Ich wohnte im dritten Stock eines alten Hauses. Ich eilte die Treppen hinauf und sah ihn plötzlich dasitzen, mitten auf der Treppe zwischen dem zweiten und dem dritten Stock. Er trug Jeans, Sportschuhe und ein buntes Hemd, als mache ihm die Kälte nichts aus.

›Wo warst du denn die ganze Zeit?‹ fragte er mich, und seine Eckzähne blitzten im schwachbeleuchteten Treppenhaus. Ich spürte keine Angst. Vielleicht war das der Alkohol oder die Vertrautheit. Ob man sich an Monster gewöhnen kann? Ich weiß es wirklich nicht, aber ich hatte an jenem Abend gar keine Angst. Ruhig habe ich überlegt, wie ich ihn loswerde. Als das Licht ausging, drückte ich den Lichtschalter und verließ mich auf meine Überredungskunst.

›Herr!‹ rief ich und lächelte, als spräche ich mit einem Nachbarn auf dem Dorfplatz, ›ich esse seit Wochen keinen Knoblauch mehr und kein Harissa. Ich dusche mich nie, und mein Arzt sagte, ich habe eine Mittelmeeranämie; das ist eine Erbkrankheit. Wahrscheinlich hat sich der Hunger der Jahrtausende in unseren Knochen eingenistet. Wir erben und vererben diese Krankheit seit Generationen, wie andere Häuser erben und vererben.‹

›Heute bist du aber redselig wie die Basarhändler von Marrakesch‹, sagte der Teufel zu mir, ›aber es macht nichts, Junge, auch wenn du jahrelang keinen Knoblauch essen würdest, deine Knochen sind voll davon, und sie würzen dein Blut. Ja, die Mittelmeeranämie ist vererbbar, aber sie ist nicht ansteckend. Hat dir der Arzt das nicht gesagt?‹

Und bevor ich die Frage bejahen konnte, wurde es dunkel, und ich fiel zu Boden. Als ich zu mir kam, lag ich noch im Treppenhaus. Meine Frau weinte, neben mir hockend, da keiner der Nachbarn ihr half. Ich schleppte mich mit ihr in die Wohnung. Ich konnte nichts essen, und meine Frau verstand nicht, warum. Sie schrie mich an, sie hätte es satt in diesem Gefängnis, in das ich sie Tag für Tag steckte, und daß ich zu meiner Geliebten gehe und mit der esse und auch noch Alkohol trinke. Sie kam wieder auf das Amulett. Ich hätte mich mit meiner Geliebten zusammengetan, um meiner Frau das Kind wegzunehmen, da meine

Geliebte kinderlos wäre. Ich bat sie aufzuhören, aber sie wurde immer lauter, bis ich sie verhauen mußte. Sie heulte, und ich war mit den Nerven am Ende.

An jenem Abend habe ich meinen Schwur gebrochen. Weißt du, Bruder? Mein Vater schlug oft und ohne Grund meine Mutter. Wenn meine Mutter dann zu uns Kindern ins Zimmer kam, heulte sie lange. ›Liebt ihr mich?‹ fragte sie mich und meine drei Brüder. ›Ja, wir lieben dich‹, antworteten wir. ›Dann schwört bei eurer Liebe zu mir, wenn ihr heiratet, werdet ihr eure Frauen niemals schlagen. Ihr werdet sie verwöhnen und lieben.‹ Wir schworen es. Ich liebe meine Frau, aber dieser Teufel hat mich blind und meine Frau verrückt vor Eifersucht gemacht. Kannst du dir vorstellen, wie ich mich an jenem Abend gehaßt habe?

Ich flehte meine Frau an, mit dem Weinen aufzuhören. Ich bat sie um Verzeihung, aber sie schrie mich an: ›Gott soll dir verzeihen‹, da schlug ich mir ins Gesicht. Dieselben Worte hatte meine Mutter meinem Vater gesagt, wenn er sie nach dem Gebet um Verzeihung bat. Gott sollte meinem Vater verzeihen. Meine Mutter verzieh ihm nie. Nicht einmal auf dem Sterbebett.«

Ali weinte bitterlich und flüsterte: »Ich wollte nie wie er werden, und doch bin ich dorthin gekommen, ohne es zu merken. Gott verfluche die Fremde!«

Ich drückte ihm die Hand und versuchte, ihn zu beruhigen, als der Zug quietschend in den Münchner Hauptbahnhof einfuhr. Ich drehte mich kurz um, meinen Koffer zu holen. Ali rief: »Salam aleikum, Bruder«, und eilte hinaus. Ich packte meine Jacke und versuchte, ihn einzuholen, aber der überfüllte Gang machte es mir unmöglich. Ich sah ihn noch vor der Waggontür stehen und rief nach ihm, aber er eilte hinaus. Auf Gleis sieben stieg ich aus. Ali war weit und breit nicht zu sehen.

E. W. Heine

Liebe deinen Vampir wie dich selbst

Laut Meinungsumfrage glauben achtundachtzig Prozent aller Deutschen an Gott. Aber kennen Sie einen, der an den Teufel glaubt? Das ist erstaunlich, denn wie der polnische Papst in seinem erst kürzlich erschienenen Bestseller bekräftigt, schließt der Glaube an Gott den Glauben an den Teufel unabdingbar mit ein. Kein Licht ohne Schatten. Da der Papst in Glaubensfragen unfehlbar ist, muß es ihn geben, den Teufel. Malen wir ihn also an die Wand.

So wie Gott die himmlischen Heerscharen befehligt – und wer wollte an diesen zweifeln? –, so verfügt der Leibhaftige über seine heidnischen Hilfsgeister: Höllenhunde, Hexen und Vampire. Wie kommt es, daß man diese nur so selten zu Gesicht bekommt, während fast täglich irgendwo auf der Erde fliegende Untertassen gesichtet werden? Liegt es an der guten Tarnung der Teuflischen, die das Mondlicht der Wälder mit dem Rotlicht des Asphaltdschungels vertauscht haben?

33

Die guten alten Nymphen wurden zu schlimmen jungen Nymphomaninnen. Und die Feen, die man früher zu Hilfe rief, nennen sich heute Callgirls, Mädchen, die man rufen kann, damit Wünsche erfüllt werden – und seien sie noch so ausgefallen.

Den größten Wandel aber haben die Vampire erfahren. In der Antike Lamia geheißen, avancierten sie im Mittelalter zum »lebenden Leichnam«. Mit der Aufklärung wurden sie zu Vampiren und dank Hollywood zu Draculas.

Im Mittelalter glaubte man, die lebenden Leichname würden ihre Opfer zwei Finger unterhalb der linken Brustwarze aussaugen, dort, wo der Gekreuzigte den Lanzenstich empfangen habe. Heutige Horrorfilm-Regisseure demonstrieren den Draculabiß an blassen Mädchenhälsen.

(In einigen nicht jugendfreien Filmen fassen die geschminkten Lippen der Vamps noch tiefer zu, um ihre Opfer an Stellen auszusaugen, die mehr als zwei Fingerbreit unter dem Herzen liegen.)

So wie es keine Hexen mehr gibt, die auf Besenstielen zum Bocksberg fliegen, wie es nicht mal mehr Bauern gibt, die hinter Pferd und Pflug herlaufen, so gibt es auch keine Vampire mehr, die in Adelsgrüften darauf warten, daß es vom Schloßturm Mitternacht schlägt, um in den Schlafgemächern unschuldiger Mädchen zu landen.

Der moderne Vampir arbeitet als Arzt in der ambulanten Blutspender-Abteilung des Roten Kreuzes oder als Nachtschwester in der Intensivstation eines Unfallkrankenhauses. Wem fällt es hier schon auf, wenn man mal einen Schluck aus der Blutkonserve nimmt oder eine offene Schlagader mit den Lippen verschließt? Andere freunden sich mit Blutern und Stigmatisierten an, arbeiten als Hausschlachter, Hebammen oder Boxtrainer. Wieder andere verleihen Blutegel, die sie nach dem Ansetzen wieder abholen und ausquetschen.

Die Elendesten unter ihnen streichen nachts um die Mülltonnen der Hospitäler, um ein abgeschnittenes Bein, eine Fehlgeburt, eine herausgerissene Krampfader oder wenigstens eine Monatsbinde zu ergattern. Wenn Sie das entsetzt, so lassen Sie sich sagen, daß der Ekel vor anderer Art der erste Schritt zu Fremdenhaß und Rassismus ist. Der aber kommt nirgendwo so eklatant zum Ausbruch wie unseren blutsaugenden Mitbürgern gegenüber. Ihre Benachteiligung auf allen Ebenen zwischenmenschlicher Beziehungen ist ein schreiendes Unrecht. In einer Gesellschaft, die Milliardenbeträge für Hundekonserven und Vogelfutter ausgibt, die für Negerkinder und Kroatenmütter spendet, gibt es nicht eine mildtätige Organisation, die sich der Minderheit im eigenen Land annimmt. Es existiert in der Republik nicht ein einziges Vampirasyl, keine Venenzapfstelle, weder Blutbar noch Behörde, die obdachlosen Vampiren bei der Sargsuche behilflich wäre. Keiner ist bereit, auch nur einen einzigen Tropfen herauszurücken. Und das, obwohl die meisten von uns an erhöhtem Blutdruck leiden. Regelmäßiger Aderlaß erhöht die Lebenserwartung. Das wußten schon unsere Urgroßeltern.

Auch ich habe unter erhöhtem Blutdruck gelitten, bis ich begann, mein Blut mit einem Ubo zu teilen. (Ubo = unliving bloodsucking organic object.) Ich tue das gern und mit Hingabe, denn es handelt sich um einen weiblichen Vampir. Wir sind gewissermaßen Mann und Frau, nicht gesetzmäßig, aber blutsmäßig.

Ich bin nicht dafür, daß man sein Privatleben in der Öffentlichkeit ausbreitet. Wenn ich es dennoch tue, dann nur aus Verbundenheit mit unseren blutsaugenden Mitbürgern.

Caecilie ist eine geborene Freifrau von Falkenstein. Als sie vierundzwanzigjährig vom Pferd fiel und sich das Genick brach, spielte Friedrich der Große noch Querflöte. Den Biß, durch den sie zum Vampir geworden war, hatte sie im Beichtstuhl von ihrem Beichtvater, dem blinden Monsignore Alucard, einem Großneffen des Grafen Dracula, erhalten.

Der Biß eines Vampirs bewirkt, daß der Gebissene gewissermaßen HIV-positiv wird. Er wird latent zum Vampir, ohne daß der Vampirismus bei ihm zum Ausbruch kommt. Das geschieht erst nach dem Ableben. Der Tote – die Bezeichnung ist natürlich völlig fehl am Platz – verläßt dann bei Nacht seine Begräbnisstätte und erwacht mitternächtlich zum Leben, wie wir das ja aus den Draculafilmen kennen.

Als ich Caecilie auf einem Kostümfest kennenlernte, waren wir beide vierundzwanzig Lebensjahre jung. Inzwischen bin ich doppelt so alt. Sie sieht immer noch aus wie vierundzwanzig, mit dem Busen der Marilyn Monroe und der Taille von Cindy Crawford, von dem Rest ganz zu schweigen. Propaganda liegt mir fern, aber ich sage Ihnen, es gibt keine erfülltere Liebesbeziehung, als die zu einem jungen Vampir. Es ist ja nicht nur ihre ewige Jugend. Caecilie verfügt über zweihundertjährige Erfahrung im Liebesspiel, und das allnächtlich, denn die Libido von Graf Draculas Enkeltöchtern ist so grenzenlos und stürmisch wie das Meer, aber tiefer.

Ich weiß nicht, ob Sie genügend Phantasie haben, sich das Unfaßbare vorzustellen: Die zweihundertjährige Erfahrung einer Nymphomanin im Leib einer jungen Frau, die nicht nur schön und treu ist, sondern dem Geliebten auch noch alle Freiheiten läßt. Meine Nachbarn halten mich für einen Junggesellen. Denn tagsüber schläft Caecilie in ihrem mit roter Seide ausgeschlagenen Ebenholzsarg, den ich ihr zu ihrem zweihundertsten Geburtstag geschenkt habe.

Der Tag gehört mir ganz allein. Ich kann mich meiner Arbeit widmen. Niemand nervt mich. Eifersucht ist mir fremd. Ich weiß immer, wo meine bessere Hälfte steckt.

Um Mitternacht aber, wenn andere Singles mit hartem Fleisch und noch härterem finanziellen Aufwand dem anderen Geschlecht nachlaufen, kommt sie zu mir. Und wie sie kommt!

Nur mein Tod vermag uns zu trennen. Dann wird Caecilie sich einen neuen Sterblichen suchen, und auch ich bin auf ein lebendiges junges Blut angewiesen. Ich habe mir eine Liste aufgestellt, eine Liste von Frauen, die ich zum Anbeißen gut finde. Claudia Schiffer steht ganz oben.

Insofern stellen wir Ubos gar keine Gefahr für die Menschheit dar. Wir beißen weiß Gott nicht jeden. Wer Unsterblichkeit zu vergeben hat, muß auf Elite bedacht sein. Claudia Schiffer muß der Menschheit erhalten bleiben. Aber keiner von uns wird Kohl beißen, eher beißen wir ins Gras, Ehrenwort.

Natürlich hat das gute Leben seinen Preis. Alles hat seinen Preis. Ich verliere allnächtlich viel Saft. Wenn ich in den Spiegel blicke, schaut mir mein Großvater entgegen. Manchmal fühle ich mich wie eine Backpflaume. Mein Arzt meint, ich leide unter Blutarmut, aber aus den Augen leuchtet mir das Glück totaler Befriedigung. Denn ich sage Ihnen, Caecilie hat mich Dinge gelehrt, dagegen ist das Kamasutra die reinste Krankengymnastik. Haben Sie gewußt, daß man ... Oh, verdammt, es ist fünf Minuten vor Mitternacht. Ich muß das Badewasser einlassen. Caecilie sagt immer:

Nichts geht über Frische
in der Liebe und bei Tische.

Tanja Kinkel

Unsterblichkeit

Im Gegensatz zu den meisten ihrer Art, die sie kannte, trog ihre äußere Erscheinung nur wenig; sie war jung für einen Vampir. Alt nach menschlichen Maßstäben, gewiß, doch es lag im Bereich des Möglichen, daß sie auch ohne die Wandlung noch immer am Leben wäre. Eine siebenundachtzigjährige, verhärmte alte Frau, dachte Madeline mit der Mischung aus Abneigung und irrationaler Nostalgie, die sie ihrem sterblichen Leben entgegenbrachte.

Sie wußte, daß niemand sie für älter als zwanzig Jahre halten würde, als sie sich den Weg durch den überfüllten Pub bahnte. Es war noch früh am Abend. Sie hatte sich bereits genährt, und doch suchte sie nach etwas. Erst später, als sie in Julias kleiner Küche stand und den Jungen zum ersten Mal sah, erkannte sie, worauf ihre unbestimmte Sehnsucht zielte. Die Älteren hatten sie gewarnt.

Wenn dein erstes Leben sich dem Ende nähert, wird es beginnen.

Wenn dein erstes Jahrhundert endet, ist es am schlimmsten. Alle Sterblichen, die du gekannt hast, sind tot, und die Welt verändert sich um dich herum bis zur Unkenntlichkeit. Dann wirst du es nicht mehr ertragen, allein zu sein. Dann wirst du zurückkehren.

Ein Schauder überzog ihre Haut, der Kälte nichts mehr ausmachen konnte. Sie würde nie zu der Gemeinschaft zurückkriechen wie ein geprügelter Hund an seinen Herd, niemals. Aber die Älteren hatten recht. Sie ertrug es nicht mehr, allein zu sein.

Die Armen waren in Liverpool nach dem Krieg immer zahlreicher geworden, und darin lag auch der Grund für Madelines Aufenthalt in dieser Stadt. Eines der Dinge, die sich durch alle Jahrzehnte gleich blieben, war die Gleichgültigkeit, mit der die Polizei dem Tod von Armen begegnete. Obdachlose, Arbeitslose, Säufer, kleine Kriminelle; es fiel ihr nie schwer, in Liverpool ihre Opfer zu finden.

Schwerer und sehr viel risikoreicher war es, nach Gesellschaft zu suchen. Als sie Julia und ihren Freundinnen begegnete, hatte sie nicht mehr im Sinn als ein paar angenehme Stunden unter Gelächter und Albernheiten. Für Julia, unkompliziert und fröhlich, schien es selbstverständlich zu sein, Madeline und die beiden übrigen Bekanntschaften dieses Abends zu sich einzuladen. Die Frauen saßen alle um den Küchentisch und hörten zu, wie Julia mit übertriebenen Grimassen und einem nicht zu überbietenden Sinn für komisches Timing Geschichten von ihrem Exmann erzählte, als der Junge hereinplatzte. Er hatte, was Madeline als erstes ins Auge fiel, eine dieser lächerlichen Entenschwanzfrisuren, und die braunen Haare glänzten von dem Fett, das nötig gewesen sein mußte, um das spitze Dreieck aufrecht zu halten. Der mürrische Gesichtsausdruck verschwand sofort, als er Julia sah. Er ließ das Bündel, das er trug, auf den Boden fallen, und erklärte dramatisch: »Mum, ein Verbannter steht vor dir.«

»Hast du wieder mit Mimi gestritten?« fragte Julia zurück, ohne sonderlich beunruhigt zu klingen. Wie sich herausstellte, handelte es sich um ihren Sohn, der aus unerfindlichen Gründen bei ihrer Schwester lebte. Madeline hörte dem Bericht von schlechten Schulergebnissen und der unendlich bedeutenderen Beschäftigung mit der Gitarre leicht zerstreut zu und fand es im Vergleich zu ihrer Fehde mit Gwydion auf amüsante Weise unterhaltend, als der Junge sie fixierte und seine offenbar kurzsichtigen Augen zusammenkniff. Er stieß einen Pfiff aus.

»Wow«, sagte er. »Sind die echt, oder haben Sie sich Phosphor in die Augen gesprüht, Prinzessin?«

Eine Sekunde lang wußte sie nicht, was sie sagen sollte, dann lachte sie und entgegnete: »Glühwürmchensalbe tut es auch.«

Sie war Halbwüchsigen bisher meistens aus dem Weg gegangen, aber während die Nacht fortschritt und der Junge keine Anzeichen von Müdigkeit zeigte, begann er, sie zu faszinieren. Er hatte ein längliches, intelligentes Gesicht und eine resonierende Stimme, die sich offenbar bereits erfolgreich durch die Pubertät gekämpft hatte. Das längliche, umfangreiche Bündel stellte sich als Gitarre heraus, und als er sie hervorkramte und recht uneben an ihr herumzupfte, entdeckte Madeline, daß er tatsächlich singen konnte. Seine Mutter behandelte ihn eher wie einen jüngeren Bruder denn wie einen Sohn. Als er ihre Freundinnen ein weiteres Mal mit seiner Mischung aus Impertinenz und Charme zum Lachen gebracht hatte, dachte Madeline plötzlich: *Dieser Junge. Dieser.*

Sie war nicht darauf angewiesen, zu der Gemeinschaft zurückzukehren. Es lag in ihrer Macht, sich selbst einen Gefährten für die Unsterblichkeit zu schaffen. Wenn sie es bisher noch nicht getan hatte, dann nur deswegen, weil sie noch nie jemandem begegnet war, der die Mühe lohnte. Außerdem hatte sie es nach ihrem Bruch mit Gwydion und den anderen genossen, allein zu sein, sich aus dem erstickenden Gehege der Regeln, Rücksichtnahmen und Unterwerfungen befreit zu haben. Doch selbst unbeschränkte Freiheit konnte mit der Zeit ihren Reiz verlieren.

Sie war impulsiv, doch nicht impulsiv genug, um ihrer Idee sofort nachzugeben. Eine der wenigen Regeln, die ihr nie töricht erschienen waren, lautete: *Niemals ein Kind.* Und dieser Junge, mochte er sich auch für noch so selbständig und erwachsen halten, war noch eines. Außerdem fühlte sie sich noch nicht sicher in ihrer Wahl. Sie entschloß sich, ein paar Jahre zu warten, um zu sehen, wie er sich entwickelte.

Was bedeuteten sechs Jahre schon für sie, die über Jahrhunderte verfügen konnte?

Sie entschuldigte sich unter einem Vorwand und legte sich ihren leichten Staubmantel um die Schultern, ehe ihr wieder einfiel, daß die Mäntel dieser Epoche Ärmel hatten. »Hilf Madeline, John«, sagte Julia.

Der Junge hob ihren heruntergefallenen Mantel auf, ohne ihn ihr zu reichen. »Sei großzügig, Prinzessin«, sagte er und musterte sie ziemlich unverhohlen von oben bis unten. »Einen Kuß zum Abschied.«

Madeline lächelte, während sie seinen Blick erwiderte, und für einen Moment gestattete sie ihren zurückgehaltenen Sinnen freien Lauf. Sie sah die pochende Halsschlagader, die Arterien an seinem Handgelenk mit ihren winzigen Verästelungen. Sie sah Erweiterungen bei jedem Atemzug, die überraschend feinporige Haut. Sie roch die Mischung aus erhitztem, jungen Fleisch, Schweiß, Baumwolle und dem Zeug, mit dem er sein Haar festigte. Es hatte sie nach ihrer Wandlung einige Zeit gekostet herauszufinden, warum menschliche Gerüche auf einmal nicht mehr ekelerregend, sondern nur noch fesselnd waren; Vampire verfügten über keinen Körpergeruch mehr. Sie spürte ihre Zähne auf ihrer Zunge. Aus irgendeinem Grund fiel ihr sogar der Kalender auf, der hinter ihm an der Wand hing und das Datum zeigte: den vierzehnten Juni 1956. »Noch nicht«, entgegnete sie. »Aber bald.«

Dank einiger unvorhergesehener Umstände dauerte es fast sechs Jahre, bis sie nach Liverpool zurückkehrte. Es war nicht einfach, den Jungen zu finden. Madelines Gedächtnis ließ sie nicht im Stich, und sie fand Julias Haus ohne Schwierigkeiten wieder, nur um festzustellen, daß die Frau tot war und die neuen Bewohner nichts über das Verbleiben ihrer Kinder wußten. Ein weiteres Problem lag darin, daß Julia sich als Julia Smith vorgestellt hatte, während der Nachname ihres Sohnes offensichtlich anders lautete. Es war ein Plakat, das Madeline auf die richtige Spur brachte. TONIGHT AT THE CAVERN, stand dort in großen, mit zuviel Farbe gedruckten Buchstaben, LIVERPOOL'S VERY OWN BEATLES. Das Photo zeigte den Jungen, trotz der vergangenen Zeit nicht sehr viel älter aussehend, mit einem noch merkwürdigeren Haarschnitt als der damaligen Entenschwanzfrisur, den zwei der drei Gefährten auf dem Bild mit ihm teilten. Sie sahen wie Pagen auf einem Kostümball aus. Madeline machte sich auf den Weg.

Sie merkte bald, daß es ein Fehler gewesen war, den Cavern Club aufzusuchen, ohne sich vorher genährt zu haben. In dem rauchigen, engen Raum mit den feuchten Wänden drängten sich viel zu viele Menschen. Die ständigen Berührungen von warmen, pulsierenden Körpern ließen sie schwindlig werden. Um ihre Selbstdisziplin zurückzugewinnen, löste sie sich aus dem Knoten, der zu der noch leeren Bühne vorstieß, und zog sich bis auf die Treppe zurück. Die Musik, die aus den Lautsprechern dröhnte, wurde jäh unterbrochen. Statt dessen sagte eine Stimme: »*Hi, all you cavern dwellers! Welcome to the best of all cellars!* Und hier sind sie! Gerade aus Hamburg zurück – die Beatles!«

Madeline hatte die Begeisterungsstürme erlebt, die Chaplin ausgelöst hatte, als er zum ersten Mal nach England zurückkehrte, aber was sie jetzt beobachtete, erinnerte sie an etwas ganz anderes. Über Applaus, über anfeuernden Rufen, als vier junge Männer auf die Bühne rannten, über die lautsprecherverstärkte Stimme des Ansagers hinweg dröhnte das ekstatische Kreischen … der Opfer. Ja, das war es.

Sie tötete, je nach Stimmung, auf zwei Arten. In der Regel suchte sie den Kampf, die Herausforderung, die sie bei den Hehlern, den Schlägern, den Mördern fand, denen sie durch die Straßen folgte. Sie machte sich keine Illusionen; es gab keine moralischen Abstufungen, was das Töten anging. Die Mörder waren ihr ähnlicher, waren ihre Geschwister. Das war alles. Doch gelegentlich, wenn die Einsamkeit und die Vergangenheit sie überwältigten, suchte sie nach etwas anderem. Madelines zweite Art zu töten bestand darin, ihre Opfer zu verführen. Sie starrte auf die ausgebreiteten Arme, auf die verzückten Gesichter und dann auf die Bühne. Wegen des identischen Haarschnitts brauchte sie einige Momente, um John zu erkennen. Dann begann er zu sprechen, und sie stellte fest, daß zumindest die Stimme gealtert war. Sie hatte nichts Jungenhaftes mehr; eindringlich, gelegentlich fast unangenehm scharf, gehörte sie eindeutig einem Mann.

»Eine Hymne auf alle Liverpudel!«

Sie war inzwischen vertraut genug mit der Musik der Zeit, um das Lied, das er spielte, als einen beliebten Song des amerikanischen Sängers Presley zu identifizieren. Aber sie konnte sich nicht von dem faszinierenden Spektakel des Publikums losreißen. Ihre Augen wanderten zwischen den ekstatischen Kindern und den Jungen auf der Bühne hin und her. Sie absorbieren sich gegenseitig, dachte sie. Es war fast ein wenig wie der Blutaustausch während der Wandlung. Sie hörte auch den Zorn in Johns Stimme, der perfekt von der Harmonie in der Stimme seines Gegenübers umfaßt und ergänzt wurde. Es *war* ein Austausch, doch nicht nur von Liebe, sondern auch von Haß getrieben.

Was für ein Vampir er sein wird.

»Sind sie nicht wunderbar?« fragte neben ihr eine Stimme selbstvergessen. Madeline zuckte unwillkürlich zusammen und wandte den Kopf zur Seite. Neben ihr stand ein Mann, der noch weniger als sie zu den meisten Besuchern des Clubs passen wollte. Er trug den maßgeschneiderten Anzug eines Geschäftsmannes, einschließlich einer perfekt sitzenden Krawatte. Selbst für einen Sterblichen war er noch jung, noch nicht einmal dreißig Jahre, doch die Aura der Verlorenheit unter den elektrisierten Kindern war beinahe greifbar. Madeline betrachtete ihn nachdenklich und erkannte die Mischung aus Sehnsucht und Verzweiflung in seinen Augen.

»Ja«, entgegnete sie verständnisvoll, »sie sind wunderbar.«

Unter ihrem aufmerksamen Blick errötete er und räusperte sich. »Ich bin der neue Manager, wissen Sie.«

Sie wußte, was er sah, als er jetzt verlegen eine Visitenkarte zückte. Eine junge, rothaarige Frau, die ebenfalls zu formell für diesen Club angezogen war und ihn mit beunruhigend intensiven grünen Augen musterte. Sie hatte angefangen, Schminke zu verwenden, um ihre Blässe zu mildern; in bezug auf die unmenschlichen Augen ließ sich nichts tun. Seltsam, dachte Madeline. Eigentlich müßten sie es sofort bemerken. Aber kaum jemand tut es. Sie neigte den Kopf und fällte ihren Entschluß.

»Madeline Usher«, gab sie mit der makellosen Betonung zurück, die sie vor vielen Jahrzehnten so verzweifelt geübt hatte, damals, als

Akzente noch tiefer trennten, als Geld es je tun würde. »Ich wäre an einem Interview interessiert, Mr. ...« – sie blickte auf die Karte – »... Epstein.«

Die verlegene Röte wich aus seinen Wangen. Bei der schummrigen Beleuchtung des Cavern hätte sie ohnehin niemand außer einem Vampir bemerken können. »Ich wußte, daß Sie eine Journalistin sein müssen«, sagte er erleichtert und erfreut zugleich. »*Mersey Beat? Liverpool Daily?*«

»Aus London«, entgegnete sie gelassen und bemerkte, daß seine Freude zunahm. »Ich arbeite freiberuflich, hauptsächlich für *Observer* und *Independent.*«

Brian Epstein brauchte nicht sehr viel mehr Überredung, um sie während der nächsten Pause seiner Band vorzustellen.

Wenn man vor ihnen stand, gab es keine Möglichkeit mehr, sie zu verwechseln. Madeline verbrachte einige Zeit damit, alle vier zu interviewen. Sie hatte Übung darin; zu schreiben, war einer der wenigen interessanten Berufe, die man auch nachts ausüben konnte, und sie hatte sich in ihrer Vergangenheit öfter als Reporterin versucht. Jetzt allerdings wünschte sie sich die beneidenswerte Gabe der Älteren, Gedanken lesen zu können. Es war nicht einfach, Fragen zu stellen, wenn man so wenig über die Befragten wußte. Sie ging von dem aus, was sie heute abend gehört hatte, und war dem vor Stolz und Aufregung glühenden Brian Epstein, der sehr viel eifriger wirkte als seine nonchalanten Klienten, für jede hilfreiche Zwischenbemerkung dankbar.

»Wie fanden Sie Hamburg?«

»Wir fuhren nach Schweden und bogen rechts ab«, erwiderte John. Er musterte sie mit leicht zusammengezogenen Augenbrauen und dem konzentrierten Blick der Kurzsichtigen, hatte jedoch durch nichts erkennen lassen, ob er sie wiedererkannte, was Madeline ein wenig kränkte. Andererseits konnte sie während des Geplänkels feststellen, daß er tatsächlich älter geworden war; der Zorn, den sie gespürt hatte, als er sang, war ständig da und schwelte unter den schlagfertigen, knappen Antworten. Doch es bereitete ihr keine Probleme, das Gespräch in die von ihr gewünschte Richtung zu lenken. Zwei Stunden später waren die übrigen Mitglieder der Band mit weiblichen Mitgliedern des Publikums verschwunden, Mr. Epstein hatte sich zurückgezogen, und sie schlenderte mit John durch die Straßen von Liverpool.

»Sie schulden mir noch etwas«, sagte er plötzlich, und Madeline blieb stehen. Also *hatte* er sie wiedererkannt. Sie gab nicht vor, ihn nicht zu verstehen.

»Ich bin mir noch nicht sicher«, antwortete sie offen. Wie alt war er jetzt, einundzwanzig, zweiundzwanzig? Sie war nicht älter gewesen, als Gwydion sie gewandelt hatte, doch die Erinnerung daran erfüllte sie immer noch mit der gleichen unerträglichen Mischung aus Haß, Enttäuschung und verratener Liebe. Die vergangenen Jahrzehnte hatten sie geformt und verändert, doch sie hatte nichts vergessen oder verziehen. Es genügte, eine solche Last durch die Ewigkeit zu tragen. Zwei waren zuviel. Dieser hier sollte wissen, worauf er sich einließ.

»Hast du je darüber nachgedacht«, fragte sie langsam, »was es heißt, unsterblich zu sein?«

Das so jung wirkende Gesicht verhärtete sich, und einen Moment lang konnte sie ihn fast spürbar altern sehen. »Was bist du?« gab er schroff zurück. »Eine von diesen Betschwestern mit Prospekten in der Handtasche? Nein, vielen Dank, ich steh' nicht auf Religion.«

»Was für ein Glück«, sagte Madeline trocken und betrachtete ihn leicht amüsiert. »Es hätte Probleme schaffen können. Nein, die Frage war anders gemeint. Hast du dir je überlegt, wie es wäre, ewig zu leben?«

Er stieß etwas Luft zwischen den Zähnen aus, ein halb verächtlicher, halb verbitterter Laut, und die Illusion der Reife verschwand.

»Wer möchte schon für immer leben? Um ganz offen zu sein, Schwester, ich finde den Tod zur Zeit wesentlich attraktiver. Die Leute drängen sich geradezu danach. Meine Mutter ist tot, mein bester Freund ist tot, ich muß mich beeilen, daß ich mich noch in die Schlange einreihen kann. Bei der Vorstellung, ein fetter, geldscheffelnder Sack von Dreißig zu sein, wird mir schlecht.«

Rebellenpose und echte Verletzung waren beinahe untrennbar miteinander verwoben, aber es wurde ihr klar, daß sie zu früh zurückgekehrt war. Sie fuhr mit ihrer Hand nachdenklich an seiner Wange entlang. Er rührte sich nicht.

»Ich weiß, was es heißt, tot zu sein«, flüsterte sie. »Ich weiß, was es heißt, zu trauern. Du bist noch ein Kind, das noch nicht einmal angefangen hat, beides zu verstehen.«

Dann zog sie seinen Hals blitzschnell zu sich herab. Sie hatte nicht vor, mehr zu tun, als sich ein wenig für die Reise zu entschädigen. Das Blut, das sie ihm nahm, genügte noch nicht einmal, um sie für einige Stunden zu wärmen. Aber sie war nicht gefaßt auf die Intensität der Bilder, die es mit sich trug, nicht gefaßt auf den Schmerz und das plötzliche Bedürfnis, dieses viel zu früh erwachsen gewordene Kind zu beschützen. Abrupt zog sich Madeline zurück und ließ ihn los.

»Du wirst es lernen«, murmelte sie und verschwand in der Nacht, den Geschmack seines Blutes auf ihren Lippen.

Diesmal machte Madeline nicht den Fehler, sich völlig zurückzuziehen. In den folgenden Jahren beobachtete sie ihn, was gleichzeitig immer leichter und schwerer wurde. Zwei Monate, nachdem sie John auf den Straßen von Liverpool zurückgelassen hatte, unterschrieb seine Gruppe einen Vertrag mit einem Londoner Schallplattenproduzenten. Bald stellte sie fest, daß die Begeisterung, die sie im Cavern Club erlebt hatte, nur ein schwacher Abglanz der Hysterie war, die ganz England zu erfassen schien. Sie konnte nicht mehr die Zeitung aufschlagen, ohne etwas über die Beatles zu lesen. Es war überhaupt kein Problem festzustellen, wo sie sich befanden.

Sie beobachtete diese Entwicklung mit gemischten Gefühlen. Einerseits genoß sie die Konzerte, die sie besuchte, und das nicht nur, weil es in diesem Massengedränge niemandem auffiel, wenn jemand bleich und ohnmächtig wurde. Es war, wie sie es an jenem Abend im Cavern empfunden hatte, die ideale Umgebung für einen Vampir. Doch es bedeutete ihr bald mehr als das. Diese aufgeregten, singenden Kinder verströmten einen Enthusiasmus und eine eigenartige Unschuld, die ihr die Essenz dieser neuen Zeit zu sein schien.

Einmal sprach sie mit Selene darüber. Mit der Umsiedlung nach London war es unvermeidlich gewesen, daß sie den anderen ihrer Art wieder begegnete, und manchmal machte ihr das sogar wider Willen Freude. Nicht allerdings, als Selene sie mit der spöttischen Überlegenheit einer Älteren musterte und sagte: »Du bist selbst noch sehr jung, Madeline, aber auch dir hätte inzwischen auffallen müssen, daß alle Jungen auf uns so wirken.«

Madeline schüttelte den Kopf. »Ich *war* jung. Ich erinnere mich an die Zeit meiner Wandlung. Wir ... wir fieberten damals dem Ende entgegen. Nicht dem Anfang, wie diese jetzt.«

»Das ist wahr«, erwiderte Selene, ernst geworden. »*Fin de siècle. Fin de monde.*« Sie schwiegen eine Zeitlang und erinnerten sich an die letzten Jahre des neunzehnten Jahrhunderts, an die vergiftete, melancholische Süße. Madeline spürte, wie Selene ihr über die Hand strich.

»Warum kommst du nicht zu uns zurück?«

Abrupt erwachte sie aus ihrer sentimentalen Stimmung. »Du kannst ihm sagen«, entgegnete sie scharf und präzise, »daß sich nichts geändert hat. Und laß ihn das nächste Mal keine Boten mehr schicken, wenn er nicht den Mut hat ...«

Selene war verschwunden. Jeder Vampir konnte sich schneller bewegen als die Sterblichen, doch die Älteren mit ihrer immer stärker wachsenden Macht hatten diese Fähigkeit so vervollkommnet, daß sie fast unbegrenzt war. Madeline blieb ärgerlich, mit dem alten Groll im Herzen, zurück und beschloß, von nun an weiteren Begegnungen aus dem Weg zu gehen und sich ganz auf ihren Sterblichen zu konzentrieren.

Nicht, daß es immer einfach war. Mit der wachsenden Popularität kamen Leibwächter, Abschirmungen und vor allem ständige Reisen. Als diese Reisen sich auf das Ausland ausdehnten, verlor sie für einige Monate seine Spur. Dennoch gab es im allgemeinen nichts, was sich mit ihren Möglichkeiten nicht überwinden ließ. Sie kannte inzwischen die anderen Mitglieder der Band und deren Gewohnheiten, sie kannte

Johns Frau Cynthia und ihren kleinen Sohn, sie kannte die Leibwächter, sie kannte Brian Epstein, sie kannte den Produzenten George Martin, ohne auch nur von einem von ihnen jemals bewußt wahrgenommen worden zu sein. Was Madeline am meisten beschäftigte, war die Mischung aus Freundschaft und Rivalität, die John mit Paul McCartney verband. Es war an sich schon überraschend gewesen, unabsichtlich auf *ein* musikalisches Talent gestoßen zu sein; daß es sich um zwei handelte, machte die Sache wesentlich komplizierter. Sie stellte fest, daß John Paul brauchte, als ständigen Anstoß, als Rivalen, den es zu überflügeln galt, als ergänzende Hälfte, wenn er in einer Komposition steckenblieb. Die Wandlung vernichtete schöpferische Gaben nicht, das wußte Madeline; aber sie wurden verändert, sehr verändert. Sie selbst hatte nicht aufgehört zu schreiben; aber es waren andere Gedichte geworden, andere Geschichten, und nichts konnte ihr die Naivität ihrer sterblichen Werke zurückbringen. Schwer genug, jemanden zu überzeugen, sein altes Leben hinter sich zu lassen, wenn dieses Leben gerade von öffentlicher Anbetung erfüllt war. Noch schwerer, wenn die Ehrlichkeit sie zwingen würde, ihn zu warnen, daß nach der Wandlung das Talent, mit dem er sich diese öffentliche Anbetung verschafft hatte, ihm möglicherweise nichts Derartiges mehr geben würde. Unmöglich, wenn er sich in einen ständigen Wettbewerb verstrickt hatte, zu dem ein unverändertes Talent unbedingt notwendig war.

(Sie zog nicht einmal kurz in Erwägung, Paul ebenfalls zu wandeln. Wenn je jemand ungeeignet zum Dasein der Unsterblichen war, dann dieser junge Mann mit der unzerstörbar optimistischen Natur, der Helligkeit zu Johns Dunkelheit.)

Die Existenz von Cynthia Lennon dagegen bereitete ihr überhaupt keine Sorgen. Im Gegenteil, Cynthia war der ermutigendste Beweis für Johns Eignung; sie hatte wenige Sterbliche erlebt, die so deutlich Opfer darstellten. Cynthia, sanft und schüchtern, hatte sich John zuliebe bereits in ihrer gemeinsamen Schulzeit das Haar blond gefärbt und versuchte auch jetzt tapfer alles, um dem glamourösen Bild zu entsprechen, das er haben wollte und das offenbar von einer französischen Schauspielerin mit aufgeworfenen Lippen geprägt wurde. Hoffnungslos, dachte Madeline mit leicht hungrigem Mitleid; wenn man einmal den Fehler beging, sich derart nach den Wünschen eines Mannes zu richten, dann hatte man sich ihm völlig ausgeliefert. Cynthia war offen und wehrlos für jede Zurückweisung, jedes scharfe Wort, sofort bereit, zu vergeben und zu verzeihen; Madeline beobachtete, wie John sich abwechselnd Liebe und Trost von ihr holte, und dann Leid, wenn er sie verletzte, und erkannte das Muster nur allzu deutlich. Sie würde nach der Wandlung sein erstes Opfer werden.

Abgesehen von Cynthia gab es noch jemanden, der von John fast der gleichen Behandlung ausgesetzt wurde. Madeline hatte den Ausdruck in den Augen des so verloren wirkenden Mr. Epstein an jenem Abend nicht vergessen. Sie brauchte nicht lange, um sicher zu sein, daß Brian Epstein hoffnungslos in John verliebt war, ohne den Mut, ein Wort zu sagen, und der sarkastischen Zuneigung nach zu schließen, mit der John ihn behandelte, wußte John das auch, und Brian Epstein wußte, daß er es wußte. Engländer, dachte Madeline, die Waliserin war.

In den folgenden Jahren begann sich die Waagschale langsam zu ihren Gunsten zu senken. Auf den Konzerten, die sie besuchte, bemerkte sie, daß die Zuhörer immer lauter und die vier auf der Bühne immer leiser wurden. Das Kreischen der Mädchen erstickte mittlerweile fast jedes andere Geräusch. Sie sah immer mehr Müdigkeit und manchmal deutliche Abneigung auf Johns Gesicht und dachte mit einer Mischung aus Mitleid und erwartungsvollem Triumph, der Kelch der öffentlichen Anbetung ist fast ausgeschöpft. Er ist ihrer überdrüssig, wenn noch nicht jetzt, dann bald. Es war an der Zeit, die passive Beobachtung hinter sich zu lassen. Im April 1966 trat sie erneut aus den Schatten heraus.

Sie wartete vor dem Studio der EMI an der Abbey Road. Mittlerweile wäre es für sie auch möglich gewesen, dem Studio selbst einen Besuch abzustatten, aber die Vorsicht von nunmehr fast einem Jahrhundert hinderte sie daran. Es war zwar sehr unwahrscheinlich, doch immerhin möglich, daß einer der anderen Beatles sie wiedererkannte. Sie wußte, daß die Gruppe begonnen hatte, an einer neuen Platte zu arbeiten, was sich glücklicherweise bis tief in die Nacht hinzog. Madeline wartete nicht allein; einige der abgehärtetsten Fans warteten mit ihr, was sie unauffällig machte. Doch keine dieser hingebungsvollen Anhängerinnen brachte es fertig, Johns Limousine mühelos zu einem der neumodischen Clubs zu folgen, die in den letzten Jahren wie Pilze aus dem Boden geschossen waren und ihren Alkohol häufig versetzt mit Drogen servierten.

Als sie schließlich vor ihm stand, konnte Madeline sehen, daß John eine dieser Drogen genommen haben mußte. Seine Pupillen waren trotz der dämmrigen Beleuchtung fast zu Stecknadelköpfen geschrumpft, und sie konnte die zu schnellen Atemzüge hören.

»Mr. Lennon«, sagte sie, »versuchen Sie immer noch zu verstehen, was es heißt, tot zu sein?«

Er blickte auf. Die Kindlichkeit war verschwunden; niemand hätte ihn mehr mit einem Jugendlichen verwechseln können. »Grundgütiger«, stieß er hervor und lachte. »Asche aus Asche. Madeline Usher. Was für ein Trip. Aber setz dich doch, solange du da bist.«

Es dauerte einige Sekunden, bis sie begriff, was er meinte, da sie zunächst geschmeichelt war, diesmal sofort wiedererkannt worden zu sein. Sie schüttelte den Kopf und blieb stehen. »Kein Trip.« Sie zog ihre Handschuhe aus. Das Licht der silbrigen Kugel im Zentrum des Raumes fing sich in ihren fast zu Kristall verhärteten Fingernägeln. »Ich bin wirklich hier. Und Sie, Mr. Lennon?«

»Ich bin schon längst fort. Aber ich weiß noch nicht, wo. Was schlägst du vor?«

Madeline lächelte. »Komm mit«, sagte sie.

Das Haus, in dem ihre Wohnung lag, hatte den großen Vorteil, fast ausschließlich aus Büros zu bestehen. Es gab keine neugierigen Mitbewohner. »Keine Stühle«, bemerkte John, als er eintrat. Er hatte recht, und Madeline wurde plötzlich bewußt, daß sie zum ersten Mal seit ihrer Wandlung einem Sterblichen ihr Versteck offenbarte. Gwydion würde es töricht nennen, unverantwortlich.

Gwydion sollte verdammt sein.

»Nein«, entgegnete sie und ließ sich auf dem Teppich nieder. »Aber dafür norwegisches Holz an der Wand.«

Er setzte sich zu ihr. Der Weg hierher schien ihn etwas ernüchtert zu haben; seine Bewegungen waren nicht mehr so fahrig, und er betrachtete sie aufmerksam.

»Du bist wirklich hier«, stellte er fest. »Wer bist du, Phönix?«

»Phönix?«

»Aus der Asche.«

»Nicht ganz.« Wann, wenn nicht jetzt? »Feuer ist fast das einzige, was uns wirklich töten kann. Feuer und Sonne, es sei denn … einige der Älteren behaupten, sie könnten die Sonne ertragen, zumindest für einen Tag.«

»Der Älteren.« Mit einem Mal griff er nach ihren Schultern; wäre sie noch sterblich gewesen, hätte er ihr weh getan.

»Wenn das alles ein Scherz sein soll …«

Sie befreite sich nicht aus seinem Griff; statt dessen ritzte sie mit ihren Fingern die Innenfläche ihrer linken Hand und öffnete sie. Sie wußte, was er sah: einen dünnen, roten Faden, der rasch versickerte, während ihr Fleisch sich schloß und so unversehrt zurückblieb wie an dem Tag ihres Todes.

Sie fuhr sich mit der Zunge über die Lippen. »Es gibt noch andere Beweise«, murmelte sie, »aber ich denke, du erinnerst dich noch gut genug an das letzte Mal.«

Aufmerksam beobachtete sie ihn und fand weder Schrecken noch Ekel, wie sie heimlich befürchtet hatte, sondern eine Mischung aus Faszination, Belustigung und noch etwas anderem, Undeutbarem.

»Also das bist du«, sagte er sachlich, dann lachte er. »Draculas Tochter.«

Unerwartet rief das Wort »Tochter« alles in ihr wach, was sie aus ihrem Dasein verbannt hatte, und sie riß sich los. »Niemandes Tochter«, antwortete sie beinahe unfreundlich. »Ich habe auch keine Angst vor Spiegeln, Knoblauch und ähnlichem abergläubischen Unsinn, und der einzige Vampir meiner Bekanntschaft, der sich vor einem Kreuz scheut, ist der arme Ambrosius, der nie aus seiner Zeit entkommen konnte.«

Er musterte sie unverwandt. »Gigantisch. Es gibt mehrere. Ihr habt nicht zufällig die Steuerbehörde auf eurer Liste?« Wider Willen amüsiert, lächelte sie. »Also«, fragte John, »ich glaube, ich halte das immer noch für einen Trip, aber mach weiter. Was willst du von mir, Madeline?«

Es auszusprechen, fiel ihr überraschend schwer. Sie wiederholte die Frage, die sie ihm vor einigen Jahren gestellt hatte:

»Hast du dir je überlegt, was es heißt, unsterblich zu sein?«

Mit einem der jähen Stimmungswechsel, die ihr inzwischen aus der Ferne vertraut waren, verdüsterte sich sein Gesicht.

»Ja«, sagte er. »Und ich lege keinen Wert darauf. Im Moment fühle ich mich, als wäre ich nie geboren worden, und das genügt schon.«

Es war offensichtlich wieder der falsche Zeitpunkt, aber diesmal würde sie sich nicht so einfach abspeisen lassen. Sie war inzwischen frustriert genug, um eine gewaltsame Wandlung in ihre Überlegungen mit einzubeziehen. Doch eine Wandlung bestand aus Geben und Nehmen. Es genügte nicht, sein Blut fast bis zum Herzstillstand zu trinken; er mußte bereit sein, es sich aus ihren Adern zurückzuholen, und es war durchaus möglich, daß er in seinem jetzigen, drogenumnebelten Zustand genügend Willenstärke hatte, um lieber zu sterben. Sie selbst, und der Gedanke ließ Haß in ihr keimen, hatte diese Stärke nicht gehabt. Doch die Umstände waren andere gewesen.

Und sie wollte noch immer nicht Gwydions Rolle übernehmen.

»Du begreifst nicht ...«, sagte sie, dann schüttelte sie den Kopf.

»Weißt du«, sagte er und ließ ihr langes rotes Haar durch seine Finger rinnen, »du schuldest mir immer noch etwas.«

Es war ein Anfang, dachte Madeline und entdeckte, daß sich der Durst in ihr nicht rührte. Zum ersten Mal seit siebzig Jahren küßte sie einen Sterblichen, ohne sein Blut in sich zu spüren.

Es war seltsam, sehr seltsam, nach all dieser Zeit eine Affäre im eigentlichen Sinn zu haben. In diesem bizarrsten Jahr ihres Lebens entdeckte sie wieder, was es hieß, auf einen Brief zu warten oder, wie es in diesem Zeitalter üblich war, auf einen Anruf. Nicht, daß sie häufig wartete; es hielt sie nicht lange in einem Raum, wenn sie allein war, und es hielt sie nicht ständig in London, auch dann nicht, wenn die Beatles nicht auf Tournee waren. Zu reisen war für einen Vampir nicht ganz einfach, doch sie hatte in ihrer natürlichen Unruhe längst Mittel und Wege entdeckt; im äußersten Notfall gab es immer die Erde, in die man sich graben konnte, auch wenn es ihrer Eitelkeit schwerfiel, ihren Zustand in der nächsten Nacht zu tolerieren, bis sie die Kleidung gewechselt hatte.

Doch sie hatte eigentlich vorgehabt, niemals die Beherrschung zu verlieren, und nun mußte sie feststellen, daß es einem scharfzüngigen jungen Mann mit einem Hang zur Selbstzerstörung und einigen vagen utopischen Ideen, die schon in ihrer Jugend überholt gewesen waren, gelang, sie gelegentlich aus der Fassung zu bringen. Zunächst war sie hocherfreut, als er aus Amerika zurückkehrte und erklärte, dies sei endgültig die letzte Tournee gewesen, denn sie nahm es als Zeichen dafür, daß er sich von seinem sterblichen Leben abwandte.

»Wir waren nur noch die Flöhe im Flohzirkus. Und außerdem, als diese Verrückten dann noch den Ku-Klux-Klan losgehetzt haben ...«

Für Madeline waren die Wellen, die Johns beiläufige Bemerkung, die Beatles seien populärer als Jesus Christus, in Amerika schlug, zunächst belustigend gewesen. Als sie die brennenden Kreuze, die Scheiterhaufen voller Schallplatten und die gehängten Puppen im Fernsehen sah, kroch zum ersten Mal seit Jahren etwas wie Angst in ihr hoch. Ihr wurde bewußt, was ihr jeder Ältere hätte sagen können: wie schnell die Massenanbetung in Haß umschlagen konnte. Deswegen warnten sie davor, sich mit Menschen einzulassen, ohne sie zu wandeln. Man machte sich unablässig Sorgen um sie.

»Es müßte eine Welt ohne Religion geben«, erklärte John, »ohne Eigentum ...«

»... ohne Villa in einem Londoner Vorort, ohne Autos, ohne Steinway-Flügel und ohne teuer importiertes Marihuana«, vollendete Madeline ironisch.

Er rückte die Brille zurecht, die er jetzt immer öfter trug. »Nun, man kann von dir nicht erwarten, daß du das verstehst. Du lebst von Ausbeutung, nicht wahr? Ich wette, ihr rekrutiert euch ausschließlich aus dem Adel, getreu dem gräflichen Vorbild.«

Die Kohlenbergwerke standen ihr plötzlich vor Augen, die kleine, schäbige Schulstube, die damals für sie der Höhepunkt der Zivilisation gewesen war. *Eines Tages, Ivor-bach, eines Tages werde ich nach London gehen ...*

»Du hast keine Ahnung, wovon du redest«, sagte Madeline brüsk.

»Oh, aber ich denke doch. Ich sehe keinen großen Unterschied darin, nach Pot und LSD süchtig zu sein oder den Leuten an den Hälsen hängen zu müssen.«

Es war eine der beunruhigend klarsichtigen Bemerkungen, die er in seinem Zustand und in seinem Alter eigentlich gar nicht hätte machen dürfen und die sie ihm nicht so schnell verzieh. Sie überließ ihn für eine Weile sich selbst und kehrte nach Wales zurück. Selene, die wirklich zu den Alten zählte und Ägypten seit mehr als einem Jahrtausend nicht mehr gesehen hatte, pflegte dieses Bedürfnis »primitiv« zu nennen. Und ein Zeichen von Jugend. In der Sprache, in der Madeline immer noch träumte, hieß es *hiraeth* und war nicht zu übersetzen. Sie lag auf einem der Hügel, spürte die Erde unter sich, in die sich ihre Finger geschlagen hatten, und blickte zu Pontrhydyfen herab.

»*Holl amrantau'r ser ddywedant ...*«, flüsterte sie.

»*Ar hyd y nos*«, sagte die Stimme, die sie immer noch besser erkannte als ihre eigene, hinter ihr. Madeline stand weder auf, noch drehte sie sich um. Sie wußte, wie er aussah, wie er noch aussehen würde, wenn Pontrhydyfen längst zu Staub zerfallen war. Groß, zu muskulös, um schlank zu sein, rothaarig wie sie, doch ohne die Zartgliedrigkeit, die sie von ihrer Mutter geerbt hatte. Jeder, der Gwydion zum ersten Mal begegnete, hielt ihn für den Bergarbeiter, der er nie gewesen war.

»Es ist unhöflich zu spionieren«, sagte sie kühl auf englisch.

»Du benimmst dich immer noch wie ein kleines Mädchen, Madeline«, entgegnete er auf walisisch. »Wie lange willst du noch vor mir davonrennen? Und wie lange«, sein Ton wurde schneidend, »gedenkst du dein und unser aller Leben mit diesem törichten Jungen aufs Spiel zu setzen?«

Sie zwang sich, aufzustehen und ihm ins Gesicht zu schauen. Ihr Ton blieb gleichmäßig distanziert, obwohl ihr Inneres brannte.

»Er weiß nichts von euch«, gab sie verächtlich zurück. »Es gibt nichts, was du fürchten müßtest. Was mich angeht, selbst wenn er je von mir sprechen sollte, man würde ihn für verrückt halten und es auf das Zeug zurückführen, daß er nimmt.«

Gwydion schüttelte den Kopf. »Es genügt, wenn er dir einige Haare abschneidet und sie an ein Labor gibt. Ich kann nicht glauben, daß du eine derart simple Regel immer noch nicht begriffen hast.«

Ihre Erbitterung brach durch und zerstörte ihre Selbstdisziplin. »Ich habe alles begriffen, was du mir je gesagt hast«, entgegnete sie heiser. »Ich weiß, wie man uns einfangen und zerstören kann. Ich weiß es nur zu gut. Glaub mir, wenn irgend jemand auf einem Labortisch landet, dann bin es ganz bestimmt nicht ich, sondern du!«

Er war kein Älterer, obwohl er sich zu ihrem Anführer gemacht hatte. Dennoch übertraf er Madelines Kräfte mühelos. Ihre heftige Gegenwehr nützte ihr nichts, während er sie näher zog. Erst als er ihren Hals zurückbog, erkannte sie, was er vorhatte.

»Du wirst es nicht wagen«, schrie sie wütend.

»Du hast es so gewollt.«

Erst als seine Zähne ihre Haut durchstießen und ihre Schlagader fanden, erkannte sie die Intensität des Ärgers, den sie in ihm geweckt hatte, und empfand inmitten ihres eigenen weißglühenden Zornes ein flüchtiges Triumphgefühl. Dann breitete sich bereits die Schwäche aus, und ihr blieb nichts anderes übrig, als den Biß zu erwidern und sich ihrerseits von ihm zu nähren.

Beide atmeten schwer, als sie sich endlich aus der gegenseitigen Umklammerung lösten. Madeline fuhr sich mit dem Handrücken über den Mund.

»Auch das werde ich dir nie verzeihen«, sagte sie tonlos. Sie zitterte am ganzen Körper und wünschte verzweifelt, behaupten zu können, daß sie es nur aus Haß tat.

»Töte ihn oder wandle ihn, Madeline«, sagte Gwydion. »Es ist mir gleich. Aber tu es bald.«

»Sommer der Liebe«, nannten die Zeitungen den Sommer 1967, in dem die Beatles ihre erste Langspielplatte seit dem Ende ihrer Tourneen herausbrachten, und überschlugen sich vor Lob. Madeline, die mittlerweile aufgehört hatte, die Artikel über die Beatles zu studieren, konnte nicht umhin, die eine oder andere hingerissene Rezension über die »Platte des Jahrhunderts«, »Sergeant Pepper's Lonely Hearts Club Band«, zu bemerken. Als John anfing, von dem indischen Guru zu schwärmen, den George der Gruppe vorgestellt hatte, riß ihr Geduldsfaden. Genug war genug. Er hatte sein Ausmaß an Anbetung gehabt; er stand auf dem Gipfel des Ruhms, etwas Besseres konnte er als Sterblicher nicht mehr erwarten. Wenn er sich jetzt für so etwas Abstruses wie den Maharishi begeisterte, der den echten Lehrern, die sie bei ihrem einzigen Besuch in Indien erlebt hatte, nicht das Wasser reichen konnte, dann wußte sie, was das bedeutete, und er wußte es auch, auch wenn er es nicht zugab. Er war des ganzen Beatles-Phänomens insgeheim überdrüssig und suchte nach etwas Neuem.

Dieses Neue würde nicht der Maharishi sein.

Daß der Maharishi ausgerechnet in Wales residierte und seine getreuen Anhänger dorthin eingeladen hatte, machte das Faß voll. »Wirst du mitkommen?« fragte John sie halb ernsthaft, halb im Scherz. »Ich bin sicher, eine Schülerin wie dich hat der Maharishi noch nie gehabt.«

»Nein, ich denke nicht«, antwortete Madeline gedehnt. Sie hatte ihn in ihre Wohnung gebracht und schloß mit Nachdruck die Tür hinter sich. Er bemerkte es und hob eine Augenbraue.

»Vorsicht. Das norwegische Holz könnte in die Brüche gehen.«

»Die Zeit für Vorsicht ist vorbei«, sagte sie und löste die Uhr, die sie trug, von ihrem Handgelenk, warf sie achtlos auf den Teppich. »Die Zeit zum Nachdenken ist vorbei. Jetzt ist die Zeit gekommen, sich zu entscheiden.«

»Weißt du, das klingt fast wie eine Heiratsdrohung«, erwiderte John belustigt, in seiner irritierenden Weise, sie nicht ernst zu nehmen. Gewöhnlich genoß Madeline ihre Wortgefechte, doch diesmal war sie gesonnen, sich nicht ablenken zu lassen.

»Wach auf«, gab sie zurück. »Ich frage dich heute zum letzten Mal, ob du unsterblich sein willst. Wenn ich es noch deutlicher machen soll: Ich bin bereit, dich zu einem Vampir zu wandeln.«

Er ließ sich langsam auf dem Boden nieder, im Schneidersitz, was sie flüchtig an seine momentane Beschäftigung mit allem Indischen erinnerte.

»Und warum? Ich meine, bist du gerne ein Vampir?«

Sie konnte kaum glauben, daß es so einfach war, und entgegnete erleichtert: »Ja. Du wirst überwältigt sein, wenn du die Nacht zum ersten Mal siehst, wie ich sie sehe, wenn du zum ersten Mal begreifst, was ein Mensch sein kann ...«

Er ließ sie nicht aus den Augen, als er sie beinahe zu gelassen unterbrach: »Wenn du es so sehr genießt, ein Vampir zu sein ... warum hast du dann demjenigen immer noch nicht verziehen, der dich dazu gemacht hat?«

Sie schwieg und hörte seinen Herzschlag deutlicher, als sie ihren hörte. Verwünscht seien die Menschen, wenn sie über Beobachtungsgabe verfügten und sich einige Bemerkungen richtig zusammensetzten.

Dann hob sie den Kopf. »Weil er mein Vater ist.«

Diesmal war John aufrichtig verblüfft. Seine Augen weiteten sich auf die ausdrucksvolle Art, die Menschen hatten, ehe sie gewandelt wurden.

»Dein Vater? Ach so, du meinst, dein Schöpfer ...«

»Nein«, sagte Madeline hart, »ich meine meinen Vater. Und ich möchte nicht über ihn reden. Da du und ich nicht im mindesten miteinander verwandt sind, spielt es keine Rolle. Oder«, fügte sie hinzu, getrieben von dem Wunsch, sich für die unabsichtliche Verletzung, die er ihr gerade zugefügt hatte, zu rächen, »bist du auf der Suche nach deiner Mutter?«

Es war der Fehler, den sie nicht hätte machen dürfen. Sie hatten schon vorher gestritten, doch nie auf diese Art. Seltsamerweise war er ihr nie so geeignet für ihr Dasein erschienen wie jetzt, als er so leise und präzise, wie sie ihn noch nie hatte sprechen hören, sagte: »Ich kann dir verraten, wonach ich ganz bestimmt nicht auf der Suche bin, mein

Schatz. Nach einem menschlichen Blutegel. Oh, ich gebe zu, eine Zeit lang turnt es einen an. Du warst fast so gut wie LSD. Aber warum um alles in der Welt glaubst du, ich wäre scharf darauf, so ein Parasit zu *werden*?«

Langsam, ganz langsam öffneten und schlossen sich ihre Finger. Es mußte, es mußte ihr einfach gelingen zu unterdrücken, was sie jetzt gerade fühlte. Niemand bis auf Gwydion hatte ihr je so etwas antun können, antun dürfen. Die Ader an ihrer Stirn pochte, und sie spürte den Drang stärker als je zuvor.

»Du bist es bereits«, erwiderte sie, während die letzte Hülle ihrer Menschlichkeit immer dünner wurde und anfing zu reißen. »Ich könnte dir mindestens zwei Menschen nennen, die nur deswegen noch am Leben sind, weil du noch nicht weißt, wie man Blut nimmt.«

Er stand auf und wandte ihr den Rücken zu. »Madeline«, sagte er harsch, »das ist auch alles, was du von den Menschen begreifst. Wie man sie umbringt. Tut mir leid, aber ich bin nicht länger interessiert.« Mit ein paar Schritten war er an der Tür und drehte sich noch einmal zu ihr um. »Und jetzt ist es Zeit zu gehen.«

Er konnte sie nicht mehr sehen und kniff verwundert die Augen zusammen. Noch ehe er an seiner Brille rücken konnte, wurde er zu Boden geworfen. Selbst ihre Diebe und Mörder hatte Madeline nicht mit einer derartigen Heftigkeit genommen, denn auch ihnen gegenüber hatte sie, wenn sie schwächer wurden, noch ein winziges Quentchen Mitleid empfunden. Diesmal trank sie das Leben nicht in sich herein, sie riß es aus ihm heraus. Schließlich lichtete sich der rote Nebel etwas. Mitten in die Befriedigung ihres Hasses hinein schoß ein Gedanke, bösartig und scharf in seiner Klarheit: Sie würde ihn nicht töten. Das war es, was er im Grunde immer gewollt hatte. Nein, sie würde ihn nicht töten, denn wo blieb dann die Möglichkeit, sich zu rächen?

Sie ließ ihn los, stieß ihn mit dem Fuß weg und lehnte sich an die Wand. Sie konnte ihn noch immer atmen hören. Nein, er würde nicht sterben, wenigstens heute nacht noch nicht. Jemand anderes würde es für ihn tun. Sie hatte zuerst an Cynthia gedacht, doch die Idee wieder verworfen. Cynthia wäre ein schlimmer Verlust, aber letztendlich würde er sie ersetzen können, und die Schuldgefühle wären vielleicht nicht schlimm genug. Es sollte jemand sein, dessen Tod auch das geliebte Spielzeug, die Gruppe, beträfe. Brian Epstein, dachte sie, während sie in unmenschlicher Schnelligkeit durch die Nacht rannte. Brian Epstein, der die praktischen Dinge des Lebens immer von seinen Jungen ferngehalten und sich für sie überschlagen hatte, ohne je wirklich akzeptiert zu werden. Viel zu jung für einen Vater, etwas zu alt für einen Freund. O ja. Brian Epstein, zum Leiden geboren. Das ideale Opfer.

Es war Freitag, und es stellte sich heraus, daß Mr. Epstein sich für das Wochenende in sein Landhaus nach Sussex zurückgezogen hatte. Während sie in dem Auto saß, dessen unglücklicher Besitzer vermutlich erst am nächsten Tag in der Themse gefunden werden würde, pochte jedes einzelne Wort in ihr. *Fast so gut wie LSD.* Sie war nichts als eine weitere Droge für ihn gewesen.

Aber meine Liebe, sagte Selenes Stimme in ihr, *was hast du erwartet? Was sonst kann ein Vampir für einen Menschen sein?*

Es war ihr Glück, daß Brian Epstein in dieser Nacht offensichtlich noch auf jemanden wartete. Er öffnete die Pforten für sie und ging auf den Wagen zu. Sie konnte ihn sagen hören: »Nun, das ist eine angenehme Überraschung. Ich dachte, ihr wäret alle besetzt gewesen ...«

Sie öffnete die Tür und stieg aus. Sein Lächeln gefror. »Eine angenehme Überraschung, in der Tat, Mr. Epstein.«

Er war niemand, den man mit Gewalt nehmen mußte. Sie setzte ihr Charisma ein, und er folgte ihr wehrlos ins Innere des Hauses. »Sie werden sich nicht mehr erinnern«, sagte sie mit ihrer sanftesten Stimme, werbend, einlullend, »weil es so lange zurückliegt, aber wir sind uns schon einmal begegnet, Mr. Epstein. Im Cavern. Eigentlich ist es nur ein paar Jahre her, aber es hat sich so viel verändert.«

»Ja«, murmelte er, »viel.« In seinen Augen tanzte Entsetzen mit einer unfreiwilligen Faszination. Sie kannte diesen Blick. Er kämpfte darum, sich zu befreien, und hatte im Grunde bereits aufgegeben.

»Keine Sorge, Brian«, wisperte sie, »es wird nicht weh tun. Du möchtest doch am liebsten zurück zu diesem Moment, nicht wahr? Kurz nachdem alles angefangen hatte. Als noch alles möglich schien.«

»Wer sind Sie?« fragte er schwach, während er sich von ihr auf das Bett zusteuern ließ. Es war voller Briefe und Notizzettel. Der fleißige Mr. Epstein, dachte sie. Selbst wenn er auf einen Callboy wartet, arbeitet er noch.

»Der Tod«, entgegnete sie lächelnd und biß zu. Ihr Zorn hatte sich inzwischen zu Eis verfestigt, und daher nahm sie sich diesmal die Zeit, die Bilder zu absorbieren, die mit jedem vergehenden Herzschlag auf sie zuströmten. Brian der Außenseiter, immer schon, viel zu gut angezogen für die Schule, ein viel zu korrektes Englisch, und die nicht zu leugnende jüdische Herkunft. Dann die Armee, eine noch schlimmere Schule – FÜR WEN HALTEN SIE SICH EIGENTLICH, EPSTEIN?!!! –, und Papa und Mama – Warum bringst du nicht mal ein nettes Mädchen nach Hause, Brian? Dann die kurze, glorreiche Zeit in der Schauspielschule, Bühne, auf der Bühne stehen, aber Brian, Junge, nimm's leicht, du hast einfach nicht genügend Talent dafür. Geh zurück zum Laden deines alten Herrn. Er macht doch in Schallplatten, oder? Egal, ihr Juden habt ein natürliches Talent fürs Geld. Bleib bei deinem Leisten. Die Straßen von Liverpool, suchend, suchend, was willst du eigentlich, hab' ich dir nicht genug für dein Geld geboten? Und dann, mittags, mittags im Cavern – Was bringt Mr. Epstein hierher?

Was bringt Mr. Epstein hierher?

Madeline ließ ihn los. Er sah so jung aus mit seinem lockigen Haar und den großen, dunklen Augen, die noch im Tod ihren verlorenen Ausdruck behielten. Dreiunddreißig Jahre, erinnerte sie sich vage, oder waren es zweiunddreißig?

Sie fühlte sich leer, ausgepumpt, als sei sie es, die ihr Leben verloren hatte.

In der nächsten Nacht erwachte sie mit einem bitteren Gefühl im Mund und Ekel vor sich selbst im Herzen. Nie in all den Jahrzehnten hatte sie aus einem anderen Grund als um der Nahrung willen getötet. Und nun hatte sie sich dazu erniedrigt, aus Rache zu morden, für einen arroganten, unwissenden Jungen.

Das ist auch alles, was du von den Menschen begreifst. Wie man sie umbringt.

Nicht ganz so unwissend.

Das Gefühl des Verrats, der Zurückgewiesenheit war immer noch da, doch vermengt mit Scham und Selbsthaß. Sie hatte John verloren, und sie würde es nicht ertragen, jetzt einem der anderen zu begegnen, von Gwydion ganz zu schweigen. Sie faßte einen jähen Entschluß. Es war nicht einfach, über das Wasser zu reisen, aber wenn man über jahrzehntelang angesammeltes Vermögen verfügte, um sich die nötige Diskretion zu erkaufen, lag es im Bereich des Möglichen. Eine Woche später, als sich die Schlagzeilen über den »GEHEIMNISVOLLEN TOD DES BEATLES-MANAGERS« noch immer nicht beruhigt hatten, betrat sie zum letzten Mal für mehr als zehn Jahre eine Stadt, eine kleine Stadt, die hauptsächlich aus Wellblechhütten bestand. Danach verschwand sie in den afrikanischen Wäldern.

Es fiel ihr schwer, in Afrika die Jahre zu messen. Zum ersten Mal seit Jahren wirklich um ihr Überleben zu kämpfen und an nichts anderes zu denken, betäubte sie zunächst, wie sie es gehofft hatte. Als Madeline anfing, ihr Selbst wieder zusammenzusetzen, nahm ihre Umgebung sie zu sehr gefangen, um ihr viel Zeit zum Grübeln zu gewähren. Sie lernte bald, menschliche Siedlungen nur im Notfall heimzusuchen, denn die Stämme in einigen innerafrikanischen Ländern waren nicht von den Zweifeln der modernen Zivilisation belastet und wurden ihr mehr als einmal gefährlich. Ein anderes Mal stieß sie auf einen einheimischen Vampir, der sein Revier eifersüchtig verteidigte. Am schlimmsten war das Land mit der Hungersnot, aus dem sie so schnell wie möglich flüchtete. Als sie sich schließlich nordwärts wandte, nach Ägypten, und mit Kairo wieder eine Großstadt betrat, wußte sie nur, daß es Frühling war, doch sie hatte längst das Gefühl für die Jahreszahlen verloren.

In Kairo stellte sie fest, daß sie ihr erstes Jahrhundert längst überschritten hatte. »Neunzehnhundertundachtzig«, sagte Madeline laut, um es besser glauben zu können.

Die Vampire in Kairo waren Außenseitern gegenüber mißtrauisch, doch sie verhalfen ihr zu einem amerikanischen Paß. Madeline hatte keinen bestimmten Grund für ihr Reiseziel, außer einer vagen Neugier und dem Wunsch, wieder in hartem, glitzerndem Neonlicht auf Asphalt zu gehen und das neue Jahrhundert auf sich einwirken zu lassen. Tief in ihrem Inneren gestand sie sich ein, daß sie noch immer vor England und Wales zurückscheute.

New York war für einen Vampir womöglich noch geeigneter als das Nachkriegs-Liverpool. Anscheinend hatte sich mittlerweile auch ein großer Teil der Menschheit entschlossen, nachts zu leben. Sie spazierte durch die durchgehend geöffneten Läden, beobachtete die grellbunten Taxis, die hitzigen Straßenkämpfe und begann allmählich, sich wieder an die Zeit anzuschließen. Als sie die vielen Radiostationen entdeckte, entschloß sie sich, ihre alte Wunde zu prüfen, und begann, einige Stunden in der Nacht dort zu arbeiten.

Es fiel ihr nicht schwer, in Erfahrung zu bringen, was seit jener Augustnacht 1967 geschehen war. Der Tod von Brian Epstein hatte tatsächlich ein Desaster ausgelöst. Die Beatles hatten eine Zeitlang versucht, sich selbst zu managen, waren gescheitert, und der Streit um einen geeigneten neuen Manager hatte zu ihrer Auflösung beigetragen. Noch wichtiger allerdings war ein Umstand, der Madelines Gedanken von dem bedauernswerten Mr. Epstein auf die überraschende Erkenntnis lenkte, daß sie noch imstande war, Eifersucht zu empfinden. Anscheinend hatte John Cynthia und Paul gleichzeitig durch ein und dieselbe Person ersetzt; seine zweite Frau *und* seine musikalische Ergänzung. Madeline starrte auf die Plattenhüllen, die Yoko Ono zeigten, und versuchte vergebens sich einzureden, daß sie sich nicht gedemütigt fühlte.

»Tja«, kommentierte Matthew, der Diskjockey, der ihren Blick verfolgt hatte, »wir fragen uns auch alle, was er in ihr sieht.«

Madeline fragte sich außerdem, was er in ihr hörte, denn sie konnte den hohen, quälenden Tönen nichts abgewinnen, aber sie war ehrlich genug, um sich Voreingenommenheit zuzuschreiben. In jedem Fall schwor sie sich, sich nicht wieder so von einem Menschen gefangennehmen zu lassen, und schon gar nicht von diesem Menschen. Dieser gute Vorsatz hielt so lange an, bis Matthew beiläufig bemerkte, es sei doch ein Jammer, daß John Lennon nun schon seit fünf Jahren keine Platte mehr herausgebracht habe und sich statt dessen nur dem Hausmannsdasein und der Erziehung seines zweiten Sohnes widme.

Sie hatte mehrere mögliche Zukunftswege für ihn geahnt, die eigentlich alle in den Tod führten, doch die Vorstellung von einem friedlichen Familienvater war nicht darunter gewesen. Es traf sie wie ein Schlag ins Gesicht. Das war es, was er gesucht hatte? Nicht den Tod, nicht die Unsterblichkeit, sondern ein ganz normales menschliches Leben?

Inzwischen hatte Madeline herausgefunden, daß er in New York wohnte, doch ihr Stolz hielt sie davon ab, auch nur den Versuch einer Beobachtung zu machen. In ihrem Inneren allerdings gärte es. Sie war durchaus bereit gewesen, ihn zu bedauern, aber die Vorstellung, daß er unter dem, was sie ihm angetan hatte, noch nicht einmal *litt* ...

Als sie endlich soweit war, auch diese unangemessenen Gefühle hinter sich zu lassen, verkündeten sämtliche Zeitungen das Comeback von John Lennon als Musiker. Zusammen mit der neuen Platte spielte der Sender, bei dem sie arbeitete, auch wieder die alten Hits der Beatles. Madelines souveräne Nichtbeachtung zerriß in einer Dezembernacht, durch den Text eines einzigen Liedes.

She said she said:
I know what it's like to be dead
I know what it is to be sad
and she's making me feel I got never been born

I said:
who put all those things in your head
things that make me feel that I'm mad
and you're making me feel I got never been born

She said:
you don't understand what I said

I said:
no, no, no, you're wrong ...

Matthew zuckte zusammen, als sie ihn an der Schulter berührte, ohne auf ihre Stärke zu achten. »Von wann ist das?«

Er grinste. »Typisch für euch Youngsters. Unsereins weiß natürlich sämtliche Beatles-Songs auswendig, in der korrekten Reihenfolge, aber für dich ist das noch Steinzeit, richtig?«

»Wann hat er das geschrieben?« beharrte Madeline und bemühte sich, nicht zu eindringlich zu klingen.

»Okay, weil du's bist – das ist einer der weniger bekannten Songs von der LP *Revolver.* 1966, glaube ich. In dem Jahr, als sie mit den Tourneen aufhörten. He, das ist kein Grund, mir den Arm abzureißen.«

Sie entschuldigte sich. Es war zu spät für diese Nacht – sie spürte bereits die Dämmerung –, doch während sie von dem Sender zu ihrer Wohnung flüchtete, wußte sie schon, daß sie John in der nächsten Nacht einen Besuch abstatten würde. Von all den Dingen, die er damals zu ihr gesagt hatte, hatte sie nichts so sehr getroffen wie die Vorstellung, nicht mehr als eine ablenkende Droge für ihn gewesen zu sein. Er hat gelogen, dachte sie und spürte, wie die Erstarrung langsam einsetzte und der Sarg sie vor jedem Licht bewahrte. Es war mehr für ihn. Und es wird wieder mehr sein.

Vor dem Dakota-Gebäude standen immer noch einige Fans, als sie ankam. Von ihnen erfuhr Madeline, daß John und Yoko am Nachmittag zu Aufnahmen ins Studio gefahren waren, doch sie nahm die Menschen kaum mehr wahr. Zum ersten Mal seit ihrer Wandlung ignorierte sie ihre Umgebung völlig. Der Hunger war noch nie so still gewesen, und selbst das Besondere, Zauberhafte, das jedes lebende Wesen sonst für sie hatte, verblaßte neben der angespannten Erwartung, die sie erfüllte. Als eine Limousine sich der Einfahrt näherte, hörte sie jemanden neben sich sagen: »Na endlich. Es ist fast elf.«

Es hatte angefangen, leicht zu schneien; einige Flocken fingen sich in ihrem Haar, auf ihren Wimpern, ohne zu schmelzen. Sie blinzelte und bemerkte dabei, daß von den ausharrenden Fans nur noch zwei zurückgeblieben waren, die ihre Hände in die Jackentaschen gegraben hatten und deutlich froren. Die Tür der Limousine öffnete sich, und Madeline verspürte einen kleinen Stich. Seit dem Tod ihrer Mutter hatte sie niemanden mehr, der ihr etwas bedeutet hatte, altern sehen. Doch sie hätte den vierzigjährigen Mann, der nun ausstieg, überall wiedererkannt. Sie öffnete den Mund, als schräg neben ihr eine junge, leise Stimme fragte: »Mr. John Lennon?« John drehte sich um und schaute unsicher in die Dunkelheit, mit dem vertrauten, kurzsichtigen Blick, als die erste Kugel ihn traf.

Es dauerte eine Sekunde, bis Madeline begriff, und eine weitere, bis sie mit aller Schnelligkeit, zu der sie imstande war, reagierte. Sie kniete neben John, während die Sicherheitskräfte noch ihre erste, vergebliche Bewegung auf den Attentäter zu machten, und flüsterte seinen Namen.

»Es ist noch nicht zu spät«, fügte sie fieberhaft hinzu und öffnete sich die Pulsader am Handgelenk. »Noch nicht zu spät, um zu überleben!« Er hatte sie erkannt. Seine Lippen bewegten sich mühsam, zu leise für einen Menschen, aber nicht für sie.

»Nein.«

Der erste Tropfen ihres Blutes traf auf seinen Mund, und er wandte das Gesicht ab. Hinter sich hörte sie einen der Leibwächter brüllen: »Wissen Sie, was Sie getan haben?«

Und die leise, ruhige Stimme des jungen Mannes, der wie Madeline die ganze Zeit vor dem Dakota-Gebäude gewartet und nicht die geringsten Anstalten gemacht hatte, sich zu wehren, erwiderte: »Ich habe gerade John Lennon getötet.«

Sie ließ sich von den übrigen Sicherheitskräften zurückdrängen. Die Schüsse hatten Passanten angelockt, und das entsetzte, aufgeregte Gemurmel, das von allen Seiten auf sie eindrang, schien ihr im Takt des immer langsamer schlagenden Herzens, das sie hören konnte, bis es erlosch, auf und ab zu schwellen. Madeline starrte auf die Wunde an ihrem Handgelenk, die sich langsam wieder schloß. In ihr war nichts als eine große schwarze Leere. Langsam nahm sie wahr, daß eine junge Frau neben ihr zu weinen angefangen hatte.

»Du warst doch dabei«, schluchzte sie, »stimmt es wirklich? Ist er wirklich tot?«

»Ja«, sagte Madeline langsam, und die Erbitterung, die in ihrer Stimme lag, brachte das Mädchen dazu, unter ihren Tränen verwundert aufzuschauen. »Er ist tot.« Die Haut über ihren Adern war wieder so makellos und hell, wie sie es für den Rest ihrer Existenz sein würde. »Er hätte«, setzte sie hinzu, und es war ihr gleichgültig, was ihre Zuhörerin damit anfing, »unsterblich sein können.«

Tot, tot, tot, wie konnte er es wagen, für immer außer Reichweite, tot, tot, tot.

Sie hörte die verwunderte Antwort des Mädchens wie aus weiter Ferne, während der Schnee sie immer dichter einhüllte.

»Aber das ist er doch.«

Gisbert Haefs

Der Vampir und das Infranet

Seine geringfügige Seele erinnerte sich; Gedanken krochen unendlich langsam im komprimierten Ego umher. ABEND. HUNGER. Zwei Impulse, die zu ignorieren ihn Mühe kostete. Etwas in ihm wollte aufbrechen und Nahrung suchen, wie mehr als hundert andere, die kopfunter in der Scheune gedöst hatten. Er bekämpfte den Drang, blieb hängen, nahm das *ping* wahr, als ihn ein Peilstrahl traf; ein *tuiizzz* und mehrere *bzzanng* gaben die Richtungen geplanter Beutezüge an – rudimentäre Informationen, die die anderen austauschten. Die verbliebenen menschlichen Sinne: Er hörte das Rascheln und sah zuckende Schatten. In der Nähe roch er ein paarungsbereites Weibchen, das nicht aufgebrochen war. Baumelnd begattete er es, gegen den Abscheu der Restseele; dann schoß er hinaus in die Neumondnacht. Mäuse im Feld unter ihm, kleines Getier im lichten Wald, den er überflog. Wieder unterdrückte er das Hungergefühl und den drängenden Impuls, Nah-

69

rung zu suchen. In dieser Nacht wartete Besseres auf ihn. Er fürchtete sich vor dem Moment der Verwandlung. Die jähe Ausdehnung war ebenso entsetzlich wie später das unvermeidliche Schrumpfen, aber der Lohn des Leidens war größer als der Preis.

Ein weiterer Sinn, den er jetzt nicht bedenken konnte, zog ihn zu einer fernen Stelle. Dort war diesmal der ÜBERGANG. Nach der Verwandlung würde er an den Charonspunkt denken oder, je nach Laune, an ein Wurmloch oder einen Dimensionstunnel. Beim letzten Mal – drei Neumonde war es her – hatte der wandernde Punkt in einem Straßengraben gelegen; diesmal schwebte er hoch über einem Sumpf. Einen Moment kreiste er über der Stelle, zog die Flügel an, machte sich klein und ließ sich ins Nichts fallen.

Er stürzte ins ewig glühende Halbdunkel der Zwischenzone, stürzte, bis die Flugmembranen wieder gehorchten und ihn über der brodelnden, zähen Flüssigkeit abfingen, ehe er mit einer düsteren Blase kollidierte. Der stumpfe Turm war gut zu sehen, das Ufer mit Ockerfelsen und Nachtflechten nicht weit.

Wie immer kam er als erster; eine Frage der Etikette, wie er fand, da er in der Leidensphase des Verwandelns keine Zeugen wünschte. Er landete auf der steinernen Brüstung, ließ sich auf den Boden gleiten und konzentrierte sich.

Ausdehnung. Überdehnung. Eine Detonation der Qual. Er schrie; stöhnte dumpf; schwieg; stand taumelnd auf. Die Stiche im Kopf ließen nach, als das Hirn sich beruhigte und die Gedanken rascher flossen. Mit ihnen kam die Erinnerung. Er wußte wieder, wer er war, was er war, welches wichtige Amt er im Kreislauf der Dinge erfüllen mußte.

Es war schwül, wie immer; dennoch nahm er aus der Nische den schwarzen Umhang. Ebenfalls eine Frage der Etikette, aber auch mehr. Nacktheit mochte die anderen nicht stören, aber er wollte sich nicht nackt fühlen. Jedenfalls nicht, solange seine verbliebene Teilseele wie ein zerfetztes, gespanntes Tuch war, das die zu bedeckende Fläche mit wenig Stoff und vielen Löchern belegte. Er schloß den Umhang, atmete tief, roch faulige Ewigkeit und tastete mit der Zunge nach den großen Eckzähnen im Oberkiefer. Alles in Ordnung – aber etwas stimmte nicht.

Er fühlte sich seltsam: ein Beutel, in dem einige Steine fehlten und einer der vorhandenen falsch war.

Schritte, irgendwo unter ihm, im Turm. Er lehnte sich an die Brüstung, starrte ins Glühen der Zwischenzone, zählte die schwarzen Blasen, die aus dem Gebrodel stiegen, und wartete. Erwartete den Ghul, aber es war Charon: eine dunkelgekleidete Gestalt mit fließenden Gesichtszügen. Auf der vorletzten Stufe blieb er stehen, sah sich um und entblößte gleißend schwarze Zähne.

»Loris. Wie üblich erster. Noch immer nicht geheilt von deiner krankhaften Diskretion?«

Der Vampir zog den Umhang enger. »Bah, krankhaft. Was wären wir denn ohne Selbstachtung?«

Der Fährmann gluckste. »Die gleiche bedeutende Sorte Nichts.« Er ging zur Brüstung und setzte den schweren Korb ab, ein Geflecht von Tartarosbinsen. »Aber da es keine Rolle spielt ...«

»Ist es egal.« Loris runzelte die Stirn. Mit dem Daumen der Rechten berührte er die lange Reihe von Kerben an der Innenseite der Brüstung. »Sieh mal. Und da wir grade allein sind ...«

Charon beugte sich vor und zählte. »Hm. Ja. Immer was Neues. Die Striche stimmen nie.«

Es war ihr 112. Treffen; letztes Mal waren 86 Kerben an der Innenbrüstung gewesen, geätzt von der Zunge des Basilisken; diesmal waren es 209.

»Warum? Und die beiden anderen Fragen ...«

Charon hob die Schultern. »Auch wenn wir allein sind, beantworte ich sie nicht.«

»Komm«, sagte der Vampir halb drängelnd, halb schmeichelnd. »Unter uns. Wer hat den Turm gebaut, und wie kommst du her? Übergang ohne Verwandlung, oder wie machst du das mit den Kleidern?«

Charon verschränkte die Arme; er lehnte mit dem Rücken an der Brüstung. »Was da aus der Ursuppe steigt, die schwarzen Blasen, ist die Essenz des Todes: Zeit. Die Blasen steigen und sickern substanzlos in den Kosmos. Die Suppe sickert nach unten weg als Materie. Hier

71

schwappt so viel Zeit herum; kein Wunder, daß wir mal früher, mal später da sind.«

»Verstehen muß ich es ja nicht.« Loris klang beleidigt. »Und der Turm?«

Charon berührte den Korb mit einem Fuß. »Eingelegte Harpyienschenkel. Hartgekochte Phönixeier. Asphodelensalat. Hesperidenäpfel. Schwarzer Wein. Manna, mit Käse überbacken.«

Der Vampir stöhnte. »Gibt es sonst was Neues?«

»Nichts, was du gern hören würdest. Du und der Gruftie, ihr bleibt der Sektion Mitteleuropa unterstellt. Das Schoßtier wird irgendwann versetzt.«

»Wohin?«

»Sie wissen es noch nicht.«

Der Vampir riß die Augen auf. »Die Namenlosen *wissen* etwas nicht?«

»Sagen wir, sie haben sich noch nicht entschieden.«

Eine besonders dicke schwarze Blase trieb näher, platzte auf der Brüstung und gab den Basilisken frei. Charon schnitt eine Grimasse; der Vampir zuckte zusammen.

»Immer diese Scheißversuche, originell zu sein«, sagte er. »Kannst du nicht einfach die Treppe hochkommen oder feixend herumflattern oder so?«

Das dackelgroße Wesen sträubte metallische Federn und fixierte Loris mit tausendfarbigen Augen. »Die Stufen sind zu hoch für meine Beinchen, und du solltest wissen, daß mir Flatterhaftigkeit nicht liegt.«

Der Vampir versuchte, seine Augen vom Blick des Basilisken zu lösen. Eigentlich kein Problem, aber diesmal gelang es ihm erst, als mitten auf der Turmfläche wie zur Ablenkung mit einem *plop* der Ghul erschien. Beim letzten Mal hatte er sich darin gefallen, auf einem schwärenbesetzten Hyänenkörper einen Krötenkopf zu tragen und beim Reden dank der Schlangenzunge ein feuchtes Gezischel abzusondern. Diesmal war er eine Art Gorilla, mit Katzenaugen, Säbelzähnen, grünlicher Behaarung und sieben Fingern pro Hand. Er schmatzte, verbeugte sich vor Charon, nickte dem Vampir zu und ging zur Brüstung.

»Na, Kleiner?« sagte er mit rauher, grollender Stimme. »Wir waren doch zwischendurch verabredet, Rex. Wo hast du gesteckt?«

Der Basilisk ließ die halbtransparenten Harmlider hochschnellen; seine Augen wirkten nun beinahe menschlich. »Verpennt«, sagte er. »In einem alten Steinbruch.«

»Verfressenes Geschöpf.«

Charon starrte über die Brüstung ins Gebrodel, dann ging er auf die andere Seite, wo sich die öde Schlangengrassteppe bis zum wabernden Horizont erstreckte. »Unser Mehrzweckdschinn scheint sich zu verspäten«, sagte er. »Ich habe Hunger. Fangen wir schon mal an?« Er setzte sich auf den Boden, den Rücken an der Brüstung, und packte den Korb aus. Die anderen ließen sich ebenfalls nieder, schweigend. Als Charon die erste Flasche entkorkte, rauschte es gewaltig; aus dem Flaschenhals stieg ein feuchter Nebel, schüttelte sich, verspritzte Weintropfen und wurde zu einem bartlosen, wohlgeformten Jüngling mit gewaltigem Gemächt.

»Irgendwie finde ich euch alle albern«, sagte der Vampir. »Soll ich von meinem Umhang einen Zipfel abreißen, damit du deinen Zipfel bedecken kannst?«

Der Dschinn kicherte. »Bist du heute wieder schamhaft!«

»Nicht Scham – Ästhetik, Junge. Ich hoffe, du hast darauf verzichtet, den Wein zu begatten, den ich gleich trinken soll.«

»Werd' ich mich in etwas ergießen, das ich selber schlürfen will?«

Charon goß Wein in ein Glas, hielt es hoch, kniff ein Auge zusammen. »Na ja, sieht klar aus.« Er füllte drei weitere Gläser und einen Marmornapf, den er dem Basilisken hinschob. Dann sagte eine ganze Weile keiner etwas; es zischte, als der Basilisk die sengende Zunge in den Napf tauchte, und die Säbelzähne hinderten den Ghul daran, mit völlig geschlossenem Mund zu kauen.

»Nicht schlecht«, sagte der Basilisk schließlich beim letzten Tropfen aus dem zweimal neu gefüllten Napf.

»Vom Sisyphos-Hang. Aber bestenfalls Cru Bourgeois – die besseren Sachen schlepp' ich nicht in der Ungegend rum.«

Der Basilisk zerbiß einen Schenkelknochen, malmte ihn und nuschelte: »Und? Was Neues?«

Charon hob die nächste Flasche aus dem Korb. Vom glimmenden Horizont näherte sich ein schrilles Pfeifen; der Klang umrundete den Turm und stürzte sich in die brodelnde Masse, nicht weit vom Ufer, wo er als Gurgeln endete.

Der Ghul hatte sich halb erhoben, starrte hinterher, ließ sich wieder nieder und grinste schief. »Muß ein Nachtgebet gewesen sein. – Also? Du wolltest doch mal nachsehen.«

Charon schloß einen Moment die Augen. »Ihr beide, du und Loris, ihr bleibt der Sektion Mitteleuropa unterstellt; Rex wird irgendwann versetzt, aber es ist noch nicht entschieden, wohin.«

»Und ich?« Der Dschinn schob den fetttriefenden Unterkiefer vor. »Was ist mit mir?«

»Du kannst weiter schweifen, Kumpel.«

»Na ja. Gold in Brunnen verstecken? Darauf warten, daß jemand eine rostige Lampe poliert? Mich mühsam erinnern, wie ein Siegel Salomons aussieht, damit ich erscheinen kann, wenn jemand eines malt oder eine Flasche entkorkt, auf der so ein Ding gekritzelt ist?« Er grunzte und warf den abgenagten Knochen hinter sich über die Brüstung. Zwei gelbe Finger von nirgendwo schnappten danach und schwanden langsam.

»Sei froh; es gibt Schlimmeres.« Charon klang beiläufig, aber der Dschinn zuckte zusammen.

»Und zwar?« Der Basilisk knabberte eine Scharte in den Marmornapf. »Meinst du, er soll froh sein, wenn überhaupt noch jemand an ihn glaubt, statt nutzlos rumzuhängen wie ich?«

Der Dschinn schien zu frieren; er schob die Hände in die Achselhöhlen und rieb den Rücken an den Steinen. »Er meint was anderes«, sagte er leise. »Mir geht's ja gut. Ich meine, das bißchen Dienstverpflichtung, Spuken in schottischen Herrenhäusern, die paar Lampen und Flaschen.« Er kicherte gezwungen. »Lästig, keinen Inkubus mehr zeugen zu dürfen; immer dieses Gefummel mit Kondomen ... Aber wenn ich an ein paar Kollegen denke ...« Er schüttelte sich.

»Hängt alles zusammen.« Charon rieb sich die Augen; plötzlich wirkte er unsterblich müde.

Der Ghul verdrehte den Kopf und sah den Vampir an. »Weißt du, wovon die reden?«

Loris hakte einen Moment die langen Zähne in die Unterlippe. »Nee. Nicht direkt. Meint ihr die Überstunden, die ihr alle fahren müßt, um endlich das Infranet in Gang zu bringen?«

Der Fährmann lachte dumpf. »Das wird dauern; bis der ganze Datenwust prozessiert ist … Und jeder hat Sonderwünsche. Deine Kumpel zum Beispiel.« Er starrte den Vampir an. »Ihr mit eurem subtilen Geschmack.« Er imitierte den affektierten Tonfall eines Antragstellers, der sich für besonders wichtig hält. »›Wann kann ich endlich den Ausdruck haben, Chef? Du weißt doch, die Daten aller Diabetiker in Andalusien. Ich warte jetzt schon soundso lange.‹ Zum Kotzen.«

Loris zupfte an seinem rechten Ohrläppchen. »Manche mögen's eben lieblich und finden, langes Suchen ist überflüssig, wenn's auch bequemer geht. Ich persönlich mache mir nichts aus Diabetikern, aber wenn ihr mal so weit seid …«

Der Basilisk rülpste; Marmorsplitter prasselten auf den Steinboden. »Wie hättest du's denn gern? Komm schon, laß mal hören. Ist dein Deal mit diesem Heilpraktiker in Düsseldorf abgelaufen?«

»Der mit den Blutegeln? Die ich auswringen darf, wenn er wen geschröpft hat?« Loris blinzelte schnell und deutete ein Lächeln an. »Steht noch, aber das macht ja nicht immer Spaß. Hin und wieder möchte man ja mal etwas Ausgefalleneres.«

»Zum Beispiel?«

»Ach.« Der Vampir verdrehte die Augen und schmatzte. »Da gibt's viele Geschmacksrichtungen. Und, sagen wir mal, Begleitumstände … Manchmal ist mir einfach danach, einen Ginsäufer anzuzapfen, verstehst du? Zweigleisiges Trinken. Oder ein mit schwerer Muttermilch vollgesoffenes Baby. Neulich« – er seufzte wollüstig – »hatte ich eine Mittelstreckenläuferin. Höhentraining, Eigenblutdoping, all der Kram. Ich war gut in Form; sie hatte grade mächtige Hormonausschüttungen; ich hab' sie in einer Milchbar kennengelernt.«

»Milchbar!« sagte der Ghul. »Dem Reinen ist alles rein, aber ist dem Perversen alles pervers?«

»Ein philosophisches Problem«, sagte der Dschinn. »Laß uns das ein andermal erörtern. Was ist mit der Läuferin?«

»Hm. Wir haben uns dann zu ihr begeben. Zwei Runden für beide – erst oral, dann genital. Und eine Extrarunde für mich, als sie eingeschlafen war: dental.« Loris bleckte die langen Eckzähne. »Berauschend, die Höhenluft im Blut. Plus Hormone.«

Der Dschinn keckerte. »Nett. Jedem das Seine. Mein schönstes Ferienerlebnis, häh …« Er erging sich in einer weitschweifigen Schilderung der Ersprießlichkeiten, die er sich und einer Gespielin (in einem schottischen Herrenhaus, auf dem Tigerfell vor dem Kamin) verschafft hatte, indem er statt in eine Flasche in eine bessere Öffnung eindrang, zur Gänze, und drinnen randalierte.

»Sollen wir jetzt alle von unseren ultimaten Ergüssen reden?« sagte der Basilisk mürrisch. »Der Gruftie hier hat bestimmt was Feines beizutragen – nette Motorradfahrerin, zum Beispiel; Unfall, Genickbruch, sonst keine Beschädigungen; dann in der Friedhofskapelle Sarg aufgebrochen und erst geschändet, dann verzehrt, so was?«

»Ich hab' den Deckel aber sorgsam wieder zugenagelt.« Der Ghul grinste. »Woher weißt du das?«

Der Basilisk starrte ihn an und ließ ein Harmlid sinken, über das rechte Auge; der Ghul blickte schnell weg. »Nur gut geraten. Aber ich glaube, wir sind vom Thema abgekommen. Infranet. Und die Befürchtungen des Dschinn.«

»Sag du's ihnen.« Charon verschränkte die Arme.

Der Dschinn stöhnte leise. »Muß ich …? Ich fürchte, wenn ich davon rede, wird es wahr.«

»Pah. Unfug. Ich sorge schon dafür – zumindest was dich angeht. Du hast nichts zu befürchten, solange ich einen Finger in dem Geschäft habe. Ich schulde dir ja noch was.«

»Hast du denn die Finger wieder frei?«

Charon hob die Schultern. »Wann hätte ich je alle Finger frei gehabt? Aber es entzerrt sich langsam, wie ihr wißt. Natürlicher Tod, Unfälle,

Krankheiten, die eine oder andere Epidemie; damit werden wir fertig. Die schlimmen Massakerschübe sind ja etwas abgeflaut, kann man sagen; wir sind wieder zur Gleitzeit zurückgegangen, mit Dreiviertel-Schichten, können ein paar Überstunden abfeiern und haben einen Teil der Kähne ins Trockendock geschleppt. War aber auch nötig. O Mann!« Er schüttelte den Kopf.

»Was hat das mit dem Dschinn zu tun?« sagte der Basilisk.

»*Das* hat direkt nichts mit ihm zu tun; indirekt schon. Im Moment sind noch genug Seelen in den Depots – für ein paar Tage. Einer der Gründe, weshalb ihr bei euren Amüsements nicht auch noch zeugen sollt, Jungs – die hecken doch sowieso wie die Karnickel, nicht zu reden von dem zusätzlichen Unfug, Reagenzgläser und Leihmütter und derlei. Die Ruhepausen, Elysium vor dem Recycling, werden immer kürzer; die Seelen müssen viel zu schnell wieder an die Front. Wenigstens geht zum Glück kaum noch jemand im Nirwana verloren.«

»Was hat das mit dem Dschinn zu tun?« wiederholte der Basilisk.

»Nachschub.« Charon klang kalt und hart. »Die oberen Namenlosen haben das Spiel in Gang gebracht, damals ... Sie finden wohl, es soll jetzt mit minimalen Eingriffen zu Ende laufen; jedenfalls können sie sich nicht dazu aufraffen, zusätzliche Seelen herzustellen. Oder sie wollen nicht.« Er seufzte. »Oder sie sind so weit abgehoben ... Mürbe Seelen, schlecht ausgeruht, taugen in der nächsten Runde nicht viel, höchstens als Politiker oder Geistliche, aber so genau können wir künftige Karrieren noch nicht kalkulieren. Deshalb ... ein Dschinn ist nicht unbegrenzt spaltbar, aber Der Zerstörer macht aus einem bis zu zweitausend Seelen. Nachschub, wie gesagt. Die Dschinns mögen das natürlich nicht; wer verzichtet schon gern auf geballtes Ego?«

»Der Zerstörer?« sagte der Ghul leise; etwas wie ein eisiger Hörschatten kroch über den Turm. »Als was, uh, als wer arbeitet Er im Moment?«

Charon hob die Schultern; der Vampir fand, es sah eher nach Frösteln aus denn nach Ratlosigkeit. »Yama«, sagte der Fährmann. »Shiva. Asrael. Luzifer. Baal. Keine Ahnung; er hat doch genügend Masken. Ich habe angenehmere Dinge zu tun; ich muß das so genau nicht wissen.«

»Hunderttausend waren wir mal«, sagte der Dschinn heiser. »Und jetzt? Dreihundert? Lauter Mehrzweckdschinns. Und kein Ende in Sicht?«

Charon nickte langsam. »Niemand fällt Entscheidungen. Die nächsthöhere Etage – Kollege ist zuständig – Abteilungsleiter im Moment beschäftigt – der ganze Murks. Die meisten haben offenbar die Stelle ihrer maximalen Inkompetenz erreicht. Oder …« Er schwieg.

»Deswegen keine Versetzungen?« sagte der Vampir. Er lauschte in sich hinein. Schwarzer Wein, Gesellschaft, die Zwischenzone und Betätigung des Bewußtseins hatten einige der klaffenden Löcher gefüllt. Er erinnerte sich wieder an viele Dinge, die er bei seiner Ankunft noch nicht oder nicht mehr gewußt hatte. Aber noch immer das Gefühl, daß innen etwas nicht stimmte. Dann schüttelte er sich und lachte gepreßt. »Aber besser keine Versetzung als – Aufteilung.«

»Keine Gefahr für dich.« Der Basilisk zeigte ihm die dampfende Zunge. »Seit wann hättest du eine nennenswerte Seele?«

»Ah bah.«

»Irrtum, Schoßtier.« Charon grinste. »Das ist doch genau eure Funktion.«

Der Basilisk nahm einen großen Happen Marmor zu sich. »Ist doch schön«, knurrte er mit vollem Mund, »daß man nicht völlig sinnlos in der Gegend herumturnt.«

Der Ghul gluckste. »Für dich ist das aber eine schlechte Gegend, wo du jetzt bist. Die können sich doch gar nicht mehr konzentrieren.«

»Deswegen soll er ja woanders hin.« Charon berichtete von seinen Versuchen, auf der nächsthöheren Ebene Beschlüsse herbeizuführen. Der Vampir lauschte zerstreut, verlor aber schnell das Interesse an den byzantinischen Verstrickungen der Hierarchie.

Seine Gedanken irrten ab. Oder, genauer, richteten sich auf das eigentliche Thema. Und er begriff, weshalb er nicht mit Versetzung in eine angenehmere Sektion rechnen konnte. Nach und nach reicherten Seelen den jeweiligen Körper mit Immaterie an: Seelensedimente. Mit dem Blut seiner Partner (Loris sah sie nicht als Opfer) nahm der Vampir diese Parasubstanz auf – wie der Ghul, wenn er Leichen fraß. Loris nahm an, daß beim Ghul die »Ausscheidung« ähnlich geschah wie bei ihm, erinnerte sich daran, daß er schon lange danach hatte fragen wollen, es aber immer wieder vergaß.

Wenn er über die Vorgänge nachdachte, benutzte er ungenaue, aber »handliche« irdische Begriffe. Materie war kein Problem; es gab überall und jederzeit genug freie *Atome*, die bei der Verwandlung *absorbiert* und *modifiziert* werden konnten. Der kleine Fledermauskörper wurde *desintegriert*; das restliche *Ka* erzeugte aus freier Materie den gewünschten neuen Körper. Der Vorgang war schmerzhaft, in der Zeit aber nicht meßbar. Die *Seele*, eine Sammlung von Fetzen mit defekter Erinnerung, häufte durch Aktivitäten sehr schnell *Karma* an: Loris entstand. Bei der Rückverwandlung blieb nur wenig Ego übrig; die problematische Immaterie ließ sich nicht beliebig komprimieren. Loris beneidete seine Kollegen in Lateinamerika, wo größere Fledermäuse erheblich mehr Ego aufnehmen konnten. Die Seelenmenge, die er zum Überleben brauchte, mußte in den europäischen Camouflage-Körper gestaucht werden. Etwa ein Zehntel, hatte Charon vor langer Zeit gesagt, blieb übrig; mit zehn Verwandlungen vom Humanoiden zum Tier lieferte Loris genug Immaterie für neun Seelen. Das »Zeug«, wie er es nannte, unterlag einer speziellen Anziehungskraft und sammelte sich am Ufer des Styx, wo Charon und seine Helfer es zum Recycling aufbereiteten. Melancholisch entsann der Vampir sich der guten alten Tage, als Ergänzung der Depots eine reine Vorsichtsmaßnahme gewesen war – als er in transsylvanischen Schlössern oder anderen gemütlichen Gegenden den Humanoiden spielen durfte und nur selten überschüssige Immaterie abzugeben hatte. Ohne Papiere; das kam noch dazu. Beim Stand der staatlichen Organisation in Europa war es jetzt nahezu unmöglich, ohne reguläre Erfassung zu existieren, und reguläre Erfassung stellte ein Problem dar. Wenn erst das Infranet zufriedenstellend funktionierte, könnte man jede gewünschte Vita herstellen, aber es bliebe das Problem der aufzufüllenden Depots …

Der Vampir seufzte und hörte, daß der Dschinn aus anderen Gründen ähnliche Gedanken gedacht haben mußte. Eben fragte er:

»Was versprecht ihr euch eigentlich von diesem Infranet?«

Charon musterte ihn einen Moment. »Viel«, sagte er langsam. »Besseres Zusammenfügen versprengter Dschinnfragmente, zum Beispiel. Schnellere Verfügbarkeit von Daten. Bessere Berechnung des jeweiligen Leistungsstatus. Erfassung relevanter Informationen. Übernahme von Daten aus menschlichen Systemen.«

»Zum Beispiel?« fragte der Vampir.

»Zum Beispiel dein Kumpel, der auf Diabetiker steht. Wir können ihm dann Namen und Wohnsitze ausdrucken; er muß nicht mehr lange suchen, kann mehr produzieren, indem er mehr zapft. Klar? Gilt für euch alle, mit euren feinen Geschmäckern. Vegetarier. Krampfadern. Bluter. Weintrinker. Irgendwann haben wir sogar alle nötigen Infos für Abszeßschlemmer und Menstrualfreaks. Auch für dich, Ghul.«

Der Vampir machte ein Würgegeräusch. »Habt ihr Geschmackswünsche? Feine Nuancen? Spezifische Kadaverbouquets?«

Der Ghul schnurrte wie ein satter Kater. »Ah, köstliche Vielfalt! Ein Kollege hat sich auf Feuerbestattungen spezialisiert, hockt als, na ja, Ghulamander im Krematorium. Andere haben Kiemen entwickelt, um sich bei Seebestattungen zu laben; da soll es ganz entzückende Verwesungseffekte geben. Aber was für Infos sollen denn da dienlich sein? Wir brauchen doch bloß aufzupassen.«

Charon lächelte dünn. »Bei bestimmten Krankheiten denken die Leute intensiver an ihre Körper und lassen mehr Karma zurück. Krebs. Aids. Alles, was zu langem Grübeln taugt. Von uns gefördert, natürlich. Aber die vielen Medikamente …«

»Yechch!«

»Eben. Deshalb kriegt ihr demnächst medizinische Daten.«

Loris deutete auf den Basilisken. »Und was ist mit dem Schoßtier? Wieso soll der demnächst versetzt werden?«

»Abendländer haben eine immer kürzere Konzentrationsspanne. Wenn man schon nicht an Basilisken glaubt, muß man wenigstens ein paar Sekunden hinschauen, damit das Versteinern klappt. Hat im Moment keine Zukunft; deshalb soll er woanders hin. Afrika, Asien, was weiß ich. Die Chefs …« Charon schnitt eine Grimasse.

»Haben die überhaupt eine Funktion?« Der Ghul betrachtete zuerst den Basilisken, dann den Dschinn. »Nicht, daß ich euch die Existenz nicht gönne, aber ...«

Der Vampir leerte sein Glas und füllte nach; irgend etwas stimmte nicht. Er lauschte in sich hinein, registrierte ein unbehagliches Zappeln, konnte es aber nicht deuten.

»Die Menschen müssen hin und wieder an die Anderwelt erinnert werden«, sagte Charon. »Das lädt die Seelen mit Karma auf und macht sie griffiger fürs Recycling.«

»Außerdem tun wir hin und wieder etwas, das Charon hilft.« Der Basilisk starrte den Fährmann an, mit heruntergelassenen Harmlidern. Die Blicke loderten, aber Charon schien immun. Zwischen ihm und dem Basilisken baute sich ein beinahe sichtbarer Spannungsbogen auf. Charon schnippte. Zwei Entladungen erfolgten, ohne daß der Bogen völlig zusammenbrach. Zwei strahlend schwarze Kugeln fielen zu Boden, rollten die Innenwand der Brüstung hoch, blähten sich plötzlich auf und stiegen wie die anderen Blasen nach oben.

»Du bist heute sehr stark«, sagte Charon; er musterte den Basilisken und wandte den Blick ab – langsam, als ob es ihn Mühe kostete.

»Was tun die denn schon?« sagte der Ghul geringschätzig. »Dir helfen? Wie?«

Der Vampir wollte eine ähnliche Frage stellen, konnte aber nicht. Etwas krampfte sich in ihm zusammen. Er ließ das Glas fallen; es löste sich auf.

Charon hatte es nicht bemerkt. Halblaut sagte er: »Einer der Gründe, weshalb ich dafür sorge, daß ein bestimmter Dschinn nicht aufgespalten wird und ein bestimmter Basilisk nicht ... nun ja.« Er schloß die Augen. »Lange her, aber Dankbarkeit ist langlebig. Notfalls.«

Der Ghul schnaubte. »Dankbarkeit? Wofür?«

»Für eine größere Rettungsaktion.« Charon schwieg einen Moment; dann erzählte er, halblaut, von einer lange zurückliegenden Katastrophe. Eine der Namenlosen hatte sich »als Ishtar oder Aphrodite oder was weiß ich; so lange her« auf Wanderung begeben und Gefallen an einem Heros gefunden. Charon beschrieb den Mann; Loris fand diesen Teil eher uninteressant.

»Jede Lust will Ewigkeit, heißt es.« Der Fährmann wiegte den Kopf. »Sie hat also versucht, den Knaben zu … wandeln. Aber die anderen wollten keinen zusätzlichen Passagier. Darauf hat sie eine Subinkarnation ausgebildet. Die schönste Frau, die je in einer der Welten gelebt hat.«

Leise, bisweilen stockend berichtete er, wie die Inkarnation ihn besucht und bezaubert hatte. Und wie sie ihm das Innere stahl. »Seele, wenn ich das so nennen darf. Damit ist sie weggegangen, und ich war nur noch eine Art mechanischer Fährmann, immer gierig wartend und ohnmächtig.«

»Was wollte die … Namenlose denn mit deiner Seele?« fragte der Ghul verblüfft.

Der Vampir versuchte zu schreien, konnte sich aber nicht bewegen. Nicht einmal die Stimmbänder. Etwas lähmte seine Atmung. Etwas blähte sich in ihm.

»Ich bin für Übergänge zuständig«, sagte Charon müde. »Übergänge sind Zeit. Ohne Zeit kein Tod. Ohne Zeit ewige Gegenwart. Ich habe den Schwarzen beraten, als er diese Zwischenzone hier anlegte. Die Namenlose wollte meine Seele und meine Kenntnisse, um in die Zone einzudringen, um die Zone zu isolieren. Weil sie ihren Heros nicht unsterblich machen konnte, wollte sie das Sterben abschaffen.«

Er schwieg; nach kurzem Zögern erzählte der Dschinn das Ende der Geschichte. Er hatte zufällig einen Teil der Vorgänge am Styx mitbekommen, war mißtrauisch geworden und verfolgte die Subinkarnation, die sich auf eine Insel begab, mit Charons Karma, um dort die Namenlose zu treffen. Der Dschinn holte den Basilisken herbei, dem es gelang, die Subinkarnation auf sich aufmerksam zu machen, so daß sie ihn ansah. Sie wurde zu Stein.

»Damit war das Problem nicht gelöst«, sagte der Dschinn. »Sie war zu stark; auch versteinert hielt sie die eigene Seele und die von Charon fest. Sie mußte … vermindert werden.«

»Wie?« fragte der Ghul.

»Erzähl du es, Rex.« Der Dschinn blickte den Basilisken an. Schweigen.

»He, Schoßtier!«

Noch immer schwieg der Basilisk; seine Augen troffen von schwarzem Feuer.

Plötzlich konnte sich der Vampir bewegen – oder wurde bewegt. Seine Stimme, die nicht seine Stimme war, sagte:

»Ich habe sie angefressen. Sie hatte die Arme abgespreizt, als ich sie versteinert habe; die Arme waren gut zu erreichen, also hab’ ich die Arme angefressen. Irgendwann ist sie innen zusammengeklappt, Charons Seelengekröse ist zurück zum Styx, der Rest von der Inkarnation wurde später auf der Insel Melos gefunden und steht in irgendeinem Museum, und wer steckt in meinem Körper? Ich will aus diesem öden Vampir raus, so was Langweiliges … Wieso meint ihr denn, ich könnte plötzlich in schwarzen Blasen reiten?«

Der Turm zitterte. Loris kreischte, als etwas Riesiges ihn verließ. Das schwarze Feuer in den Augen des Basilisken erlosch. Der Ghul schlug die Hände vors Gesicht; Charon und der Dschinn flackerten, als ob sie sich auflösen müßten.

Ein schwarzer Hauch, über dem Turm und in jedem Stein und in der Luft. Fressende Kälte, Unfeuer. Eine amüsierte Stimme, die keinen Körper brauchte, hüllte sie ein.

»Ich wollte schon lange wissen, was ihr hier eigentlich macht. Nun weiß ich es. Was die logistischen Probleme angeht, Fährmann: Statt die Seelen zu vermehren, kann man die Anzahl der Körper vermindern. Sela.«

Sie hatten nichts weiter empfunden, außer dem absoluten Grauen. Keinen Schmerz, keine Berührungen. Aber der Turm war verformt – oval, nicht mehr rund. Der schwarze Umhang des Vampirs bestand nur noch aus Aschefasern; Korb, Flaschen und Gefäße waren Staub, Charons Kleidung ein Gewirk aus kalten Feuerzungen.

Sie brachen schnell auf, schweigend. Als der Vampir sich heulend verwandelte, waren die anderen bereits fort. Mühsam erhob er sich von der Brüstung, flog taumelnd zum blakenden Charonspunkt. Die Flugmembranen waren versengt und durchlöchert; das restliche Ego versuchte, sich an das Vorgefallene zu erinnern. Irgend etwas mit einem Netz, dessen Teil er war. Flog er hier als Wurfnetz? Oder doch eher Wurfangel – Köder, Haken, Fisch? Aber das Rest-Ego war schon zu komprimiert für komplizierte Gedanken. Und zu sehr mit den Schwierigkeiten des Fliegens beschäftigt.

Birgit Wiesner

Schloß Aschebisky

Mein Name ist Antonio. Ich bin Jäger. Ich jage Frauen. Unzählige weibliche Wesen habe ich schon erlegt. Doch egal, wie begehrenswert sie mir auch schienen, keine konnte meine Gier befriedigen.

Ich wollte mehr.

Deshalb beschloß ich spontan, die Stelle, die vor drei Wochen in der Zeitung inseriert war, anzutreten. »Diener gesucht auf Schloß Aschebisky«, stand da, und eine Telefonnummer. Das war alles, und doch lief es mir kalt den Rücken hinunter, als ich die Anzeige las. Ich spürte sofort, daß da etwas nicht stimmte. Aber gerade das reizte mich.

Ich rief an und wurde für den nächsten Abend ins Schloß bestellt. Gleich am Morgen fuhr ich mit dem Zug nach Bleiheim, eine kleine Stadt am Rande der Heide. Es war bereits spät, als ich ankam. Am Bahnhof kippte ich noch schnell einen Kaffee hinunter und erkundigte mich nach dem Schloß. Doch niemand wußte, wovon ich redete. Das beunruhigte mich. Was konnte das bedeuten?

Ich mußte mich also auf die Beschreibung verlassen, die man mir am Telefon gegeben hatte. Mit dem Taxi ließ ich mich an die angegebene Stelle fahren. Der Fahrer hielt am Ende eines Feldweges, mitten in der Heide. Er wunderte sich noch, was ich hier wollte. Aber ich ließ mich nicht beirren, zahlte und stieg aus.

Als das Taxi verschwunden war, schaute ich mich um. Nebelschwaden waberten über die Heide, türmten sich zu monströsen Gebilden auf. Ein paar verkrüppelte Büsche krochen hie und da über den Boden. Ich horchte. Lautlosigkeit umfing mich, als hätte jemand den Ton abgedreht.

Ich lief in Richtung Westen, so wie man es mir beschrieben hatte. Da entdeckte ich die tote Esche. Ihre Äste langten nach der violettfarbenen Sonne, als wollten sie den erlöschenden Ball in ihr dürres Labyrinth ziehen. Ich hörte eine Eule schreien. Dann war es wieder grabesstill. Ich fröstelte, die feuchtkalte Luft kroch über mich.

Auf einmal sah ich das Schloß. Seltsam, dachte ich, ich hätte schwören können, daß es noch vor ein paar Minuten nicht dagewesen war.

Ich lief darauf zu und stieg die Stufen hinauf, bis ich vor dem gewaltigen Portal stand. Es war aus schwarzem Holz. Köpfe mit feindseligen Gesichtsausdrücken waren hineingeschnitten. Rasch wie ein Affe kletterte die Angst jetzt an mir hoch. Noch hätte ich umkehren können.

Und doch zog mich etwas dort hinein. Ich spürte eine Gier in mir, als ob ich nach einer Droge dürstete. Ich bebte vor Verlangen, und schon betätigte ich den Türklopfer.

Im selben Augenblick ging die Tür auf. Eine bleiche Frau mittleren Alters stand vor mir. Sie trug einen enganliegenden schwarzen Anzug. Die schwarzen Haare waren ägyptisch geschnitten.

»Ah«, stieß sie hervor, als sie mich sah. »Sie sind da.« Ihre schwarzen Augen glommen auf wie glühende Kohlen.

Sie bat mich ins Schloß. Drinnen war es noch ungemütlicher als draußen. Die Kälte, die hier herrschte, feucht und modrig wie in einer Gruft, sickerte in mich hinein und ließ mich schaudern. Die Frau geleitete mich in einen staubigen Raum, der nur mit Kerzen beleuchtet war. Obwohl ein Feuer im Kamin brannte, blieb die Kälte an mir haften.

Sie stellte sich mir als Diana von Aschebisky vor, Tochter des Grafen Aschebisky. Ihre Augen bohrten sich in mich, so daß mir ganz unbehaglich zumute wurde.

Ohne Umschweife kam sie zur Sache. Ihre Tochter Charlotte, die bald ihren achtzehnten Geburtstag feiern sollte, weigerte sich, Männern den finalen Biß zu geben.

»Sagen Sie, höre ich richtig, Sie sind ein ...« Ich räusperte mich. »... ein Vampir?«

»Chhhh«, fauchte Diana. »Welch ein Wort! Sprechen Sie es nie wieder aus!«

Ihr Blick ätzte sich in mich. Ich atmete tief durch.

»In Ordnung«, beschwichtigte ich sie. »Also, Ihre Tochter will nicht beißen, wenn ich das richtig verstanden habe?«

»Ja. Sie ist empfindsam und gefühlvoll. Es ist ekelerregend«, zischte Diana.

»Und darum hat die Familie beschlossen, ihr einen besonders leckeren jungen Mann zum achtzehnten Geburtstag zu kredenzen.«

Sie musterte mich von oben bis unten und zog die Augenbrauen hoch. »Ziehen Sie sich aus.«

»Wie bitte?« Die ging vielleicht ran!

»Ich muß sehen, ob Sie überhaupt in Frage kommen«, antwortete sie.

»Ach so.«

Ich kann wirklich behaupten, daß ich im Laufe der Jahre alle Scham verloren hatte. Aber jetzt, unter ihrem Blick, tauchte sie auf einmal wieder auf. Ein seltsames Gefühl war das. Und doch, es lag auch ein gewisser Reiz in der Situation. Was konnte sie einwenden? Mein Körper ist makellos.

Langsam entkleidete ich mich.

Als ich nackt vor Diana stand, trat sie ganz nah an mich heran und prüfte nicht nur die Muskeln an meinen Armen und Beinen, sondern nahm auch meinen Bolzen in die Hand und untersuchte ihn genau. Dabei glaubte ich zu bemerken, daß ihr Atem schneller wurde. Ich sah deutlich, wie ihre dunkelroten Lippen bebten. Oder war es nur das Flackern der Kerzen?

Nein, ich kenne die Frauen, es fällt ihnen schwer, sich bei mir zu beherrschen. Ich sehe verdammt gut aus. Ich bin ein einziges Versprechen. Und ich halte es.

Natürlich kämpfte auch Diana gegen die Versuchung an. Ich bemerkte es wohl. Doch sie beherrschte sich. Schließlich verfolgte sie höhere Ziele. Mütterliche!

»Sie müssen sie verführen, daß ihr Hören und Sehen vergeht«, sagte sie, wobei sie noch immer dicht vor mir stand. Ich roch ihren Atem. Moschus.

»Nichts leichter als das«, winkte ich ab.

»Oh, stellen Sie sich das nicht so einfach vor«, meinte sie und trat einen Schritt zurück. »Charlotte ist ... äh ...« Diana zögerte. »Sie ist fromm.« Ein Ausdruck des Ekels schwappte über ihr Gesicht.

»Sie wäre nicht die erste Heilige, die über meinen Heini stolpert«, beruhigte ich sie und grinste.

»Oh. Nun, Sie müssen es ja wissen. In der Ekstase wird Charlotte hoffentlich ihre Skrupel vergessen und Sie aussaugen. Also dann ...«

»Halt. Was springt für mich dabei heraus?«

»Was für Sie dabei herausspringt?« Diana zog erstaunt die Augenbrauen hoch. »Oh, ja, natürlich. Das ewige Leben im Schloß wird Ihr Lohn sein, und zwar als Mitglied unserer gräflichen Familie. Der Graf wird Sie adoptieren.«

»Ja, und?«

»Ich bitte Sie. Graf Blaschke hätte beinahe die englische Königin gebissen.«

»Ach.«

»Normalerweise würden Sie einfach ausgesaugt und dann hinausgeworfen. Ein Geschöpf der Nacht, das keiner der großen Familien angehört, ist, mit Verlaub gesagt, ein armer Tropf. Ruhelos und einsam geistert er durch die Welt, verkriecht sich in dreckigen Löchern, und mitunter ernährt er sich gar von Ratten. Kein schönes Leben.« Angewidert verzog sie das Gesicht. »Doch Ihnen würde die Ehre zuteil, bei uns im Schloß aufgenommen zu werden. Das ist in der Tat etwas ganz Besonderes. Bei den Aschebiskys erwarten Sie Protektion, Macht, Reichtum, Genuß.«

Sie fuhr mit der Zunge über ihre Lippen, die sich bestimmt nach einem richtigen Mann verzehrten. Das sah ich doch genau! »Und die ewige Jagd«, flüsterte sie erregt.

Ein Schauer durchlief mich. Die ewige Jagd! War das nicht immer schon mein tiefster Wunsch gewesen? Ohne zu zögern, griff ich danach. »Ich verstehe. Wann kann ich anfangen?«

»Sofort. Ach, übrigens, bis zu Charlottes Geburtstag sind es noch drei Wochen. Sie werden offiziell als Diener hier arbeiten, und zwar zum Staubwischen. Charlotte weiß natürlich nichts von unserer Abmachung. Deshalb werden Sie nicht nur bei ihr arbeiten, sondern auch beim Grafen, bei Tante Mechthild und der Gräfin. Aber die meiste Zeit natürlich bei Charlotte. Sie haben drei Wochen Zeit, sich dem Mädchen schmackhaft zu machen.«

»Irgendwelche Bedingungen?«

»Sollte es Ihnen nicht gelingen, Charlotte zum Beißen zu bewegen, werde ich Sie Tante Mechthild zum Geburtstag schenken und Sie dann des Schlosses verweisen. Und draußen, mein Lieber«, ihr Gesicht nahm einen spöttischen Zug an, »draußen wartet die Hölle auf Sie. Dort wird man *Sie* jagen.« Ihr Mund lächelte grausam. »In Ewigkeit.«

Für einen kurzen Moment spürte ich Angst. Aber ich schob sie beiseite. Ich konnte sie weiß Gott nicht brauchen. »Seien Sie unbesorgt. Mir kann keine widerstehen.«

Dabei warf ich Diana einen verheißungsvollen Blick zu. Gegen sie hätte ich auch nichts einzuwenden gehabt. Sie war ein herber Typ, außen kühl, innen schwelendes Feuer. Kenne ich, nicht ohne. Und außerdem, Frauen mittleren Alters schätze ich, sie sind so dankbar.

Diana warf den Kopf nach hinten. »Packen Sie Ihren ... Heini ein«, sagte sie und warf mir Jeans und T-Shirt zu. Ich zog mich wieder an und hängte mir die Lederjacke um die Schultern.

Diana zeigte mir noch Tante Mechthilds Raum und das Gemach des Grafen. Auch wies sie mir mein Zimmer zu. Dann verließ sie mich.

Allein in meinem Zimmer, atmete ich erst einmal richtig durch. Wo war ich da hingeraten? Wollte ich das? Hatte ich noch die Wahl? Ich wischte alle hinderlichen Gedanken beiseite. Endlich war da eine Sache, die mehr war als dieses ewig wiederkehrende Spiel der Verführung. Wie hatte mich das zum Schluß angeödet! Ich bekam sie sowieso alle. Doch diesmal galt es mehr. Was für eine Verheißung! Die Ewigkeit. Und die Gefahr, das Risiko! Es reizte mich.

So begann ich also mit dem Staubwischen, und noch in derselben Nacht lernte ich sie alle kennen.

Als erstes klingelten Tante Mechthild und Hiltrud nach mir. Sie brannten vor Neugierde. Gespannt blickten sie mir entgegen, als ich mit meinem Staubwedel den Raum betrat. Die beiden saßen vor einer Stickarbeit, an der sie offensichtlich gemeinsam arbeiteten.

»Meine Damen«, sagte ich und verneigte mich leicht. »Ich bin Antonio. Und mit wem habe ich das Vergnügen?«

»Ich bin Tante Mechthild«, sagte die eine. »Und das ist Hiltrud.« Dabei deutete sie auf ihre Schwägerin. »Sie ist die Gemahlin des Grafen.«

Ich nickte wohlwollend und fing sofort an, Staub zu wischen, ohne die zwei Alten allerdings aus den Augen zu lassen. Ich sah genau, wie sie mich die ganze Zeit beobachteten.

»Das ist er also«, sagte Hiltrud und ließ die Nadel sinken.

»Nicht schlecht«, meinte Mechthild, während sie mich mit ihren Blicken verschlang.

»O ja, diese jungen Männer heutzutage«, bestätigte Hiltrud und betrachtete mich versonnen.

»Schwarze Haare und schwarze Augen finde ich stimulierend«, sagte Mechthild.

»Mich macht Staubwischen immer ganz kribbelig.«

»Mich auch.«

Die beiden seufzten und stickten weiter.

»Schau dir mal seinen Tokus an«, fing Mechthild wieder an.

Sie taxierten mein Hinterteil.

»Oh. Knackig«, sagte Hiltrud.

»Zwei runde Brötchen.«

»O ja. Wie wohl sein Tommy ist?«

»Bestimmt lang und dick.«

»Meinst du?«

Mechthild nickte. Sie stickten wieder weiter. Mir wurde immer unheimlicher. Ich behielt die Tür im Auge, um notfalls das Weite suchen zu können.

»Schade, daß Diana ihn uns verboten hat«, sagte Mechthild.

»Ja, das ist gemein.«

»Ich finde deine Tochter manchmal zu streng.«

»Da kann doch ich nichts dafür.«

»Hab' ich ja nicht gesagt.«

»Trotzdem.«

Wieder machten sie sich an die Arbeit und schwiegen eine Weile. Ich versuchte in der Zwischenzeit, des Staubes Herr zu werden, der auf den schwarzen Möbeln lag. Hier hatte seit Generationen niemand mehr gewischt. Und ausgerechnet meine Aufgabe sollte das sein! Außerdem fror ich, denn auch dieses Zimmer war von einer feuchten Kälte durchdrungen, die weder das Feuer im Kamin noch die Kerzen mildern konnten.

»Möchtest du sehen, was wir hier machen?« fragte Mechthild und richtete ihre wäßrigen Augen auf mich.

Fragend blickte ich sie an.

»Komm her.«

Ich zögerte. Die beiden schauten mich so gierig an. Langsam bewegte ich mich auf sie zu.

Aus der Nähe sah ich ihre vertrockneten Gesichter, ihre staubigen Runzeln. Schatten von flackernden Kerzen fielen auf ihre bleichen Wangen. Die aschgrauen Haare hatten sie zu turmhohen Frisuren aufgesteckt. Ihre Lippen waren blutrot bemalt.

»Was ist das?« fragte ich sie höflich.

»Das ist ein Gobelin«, antwortete Mechthild. »Er stellt reizvolle Szenen aus dem Leben unserer Vorfahren dar. Hier ist Graf Hermann zu sehen, wie er des Nachts drei Herzoginnen auslutscht und auf einen Sitz zu Geschöpfen der Nacht macht.« Sie deutete mit ihrem langen blutroten Fingernagel auf einen greulich aussehenden Herrn. »Und das ist Gräfin Freia«, fuhr Mechthild fort und zeigte auf ein uraltes Weib, »wie sie einem Stallknecht den letzten Tropfen aussaugt.«

Hiltrud kicherte und schaute mich begehrlich an.

»Hiltrud!« mahnte ihre Schwägerin. »Natürlich werden wir noch viele andere Heldentaten hineinsticken«, fuhr sie fort. »Aber das wird noch einige Zeit dauern.« Dabei warf sie mir einen lüsternen Blick zu.

Ich flüchtete in die andere Ecke des Zimmers und wedelte eifrig über einen düsteren Wandteppich.

Hiltrud und Mechthild nahmen die Stickerei wieder auf.

»Ich würde gern seinen Tommy sehen«, sagte Mechthild nach einer Weile.

»Ich auch«, seufzte Hiltrud.

»Oh. Also …«

»Geht aber nicht.«

»Warum nicht?«

»Du weißt doch: Diana!«

Sie seufzten und stickten weiter.

»Ich habe Durst«, klagte Mechthild nach einer Weile. »Du nicht?«

»Was?« fuhr Hiltrud auf. »Ach so, ja, natürlich. Einen kräftigen Schluck könnte ich jetzt auch vertragen.«

Dabei warfen sie mir bedeutungsvolle Blicke zu. Ich tat so, als würde ich sie nicht bemerken, und arbeitete weiter.

Mechthild zog an einem bestickten Band, das von der Decke herabbaumelte. Nach einer Weile konnte man schlurfende Schritte hören. Die Tür ging auf, und ein Diener trat ein. Er war klein und häßlich, mit einem schiefen Mund.

»Die Damen wünschen?« zischte er feucht.

»Wir haben Durst, Kerl, bring uns was zu trinken«, herrschte Mechthild ihn an.

»Sehr wohl, Euer Hochwohlgeboren.« Der Kerl verbeugte sich und schlurfte wieder hinaus.

Bald darauf kehrte er mit einem schmächtigen Mann zurück, dessen Haar bereits schütter war. Der Kerl schubste ihn vor sich her und warf ihn den beiden Alten vor die Füße. Dann entfernte er sich wieder. Eifrig wischte ich weiterhin Staub, behielt aber alles genau im Auge.

»Wie heißt du?« fragte Mechthild streng.

»Ich?« stieß der Mann zittrig hervor und wich ein wenig zurück.

»Siehst du hier sonst noch jemanden außer meiner Schwägerin und mir?«

Der Mann warf mir einen unsicheren Blick zu, schüttelte aber trotzdem den Kopf und grinste. »Ich heiße Arnold«, sagte er.

»Weiter!« drängte Mechthild.

»Kohnle. Arnold Kohnle ist mein Name.«

»Beruf?«

»TÜV-Inspektor.«

Die beiden runzelten die Stirn.

»Hoffentlich ist der nicht so versaut wie der Politiker von neulich«, gab Hiltrud zu bedenken.

»O ja«, stimmte ihr Mechthild zu. »Der hat wirklich abscheulich geschmeckt.« Dann wandte sie sich wieder Arnold Kohnle zu. »Alter?«

»Dreiundfünfzig.«

»Da!« jammerte Hiltrud. »Blaschke jagt den jungen Dingern nach, und ich soll mich an diesen alten Knackern gütlich tun!«

»Beruhige dich, meine Liebe«, beschwichtigte Mechthild sie und legte ihr die blaugeäderte Hand auf den Arm. »Steh auf«, fuhr sie Arnold Kohnle an.

Der stand auf.

»Komm her.«

Wie hypnotisiert bewegte sich Arnold Kohnle auf Tante Mechthild zu.

Die packte ihn unterm Kinn und drehte seinen Kopf zur Seite. »So schlecht scheint er mir nicht zu sein.« Dabei blickte sie wohlgefällig auf Arnold Kohnles Hals.

Arnold Kohnle grinste sie unsicher an. Und bevor er sich's versah, hatte Mechthild mit eisernem Griff seinen Kopf nach hinten gebogen und ihre großen gelben Zähne in seinen Hals geschlagen.

Bei diesem Geräusch zuckte ich zusammen. Das also würde mich erwarten? Sollte mich erwarten? Doch ich beruhigte mich. Bei mir würde es sich um ein junges Mädchen handeln.

»Mechthild!« unterbrach Hiltrud sie nach einer Weile und tupfte ihr auf die Schulter. »Laß mir auch noch was übrig.«

Mechthild hörte auf zu saugen und reichte den schlaffen Arnold Kohnle an ihre Schwägerin weiter. Dann ließ sie sich zufrieden auf den Stuhl fallen und rülpste laut.

Hiltrud saugte weniger gierig und war bald satt. Sie ließ den ausgelutschten Arnold Kohnle fallen und wischte sich mit einem weißen Spitzentuch den Mund ab. Ich konnte deutlich die roten Flecken sehen, als sie es wieder in ihren Rock steckte. »Ah«, meinte sie, »das hat gutgetan.«

»Besser als der Politiker«, stimmte Mechthild ihr zu.

»Und besser als der Priester neulich.«

»O ja.« Mechthild nickte und läutete. »Wirf ihn hinaus«, befahl sie dem Diener, der bald darauf hereingeschlurft kam.

Der Kerl packte Arnold Kohnle am Kragen und schleifte ihn hinter sich her. Mir wurde ganz anders, als ich den armen Mann so schlapp hängen sah. Der war jetzt also einer dieser armseligen Vampire, die ruhelos durch die Welt zogen! Mein Schicksal sollte das nicht sein. Dafür wollte ich schon sorgen.

Die beiden Alten schienen aber noch immer nicht ganz satt zu ein. Ihre Blicke, die sie mir jetzt zuwarfen, waren lüsterner denn je. Ich mußte schleunigst weg. Also zog ich mich vorsichtig lächelnd zurück.

»Ich sollte wohl nach dem Zimmer des Grafen schauen«, stieß ich hervor, und schon war ich draußen.

Graf Blaschke lag in seinem Gemach auf der Ottomane. Auf seiner Stirn befand sich ein Beutel mit Eis.

»Was will er?« jammerte der Graf, als er mich sah.

»Staubwischen, mit Verlaub«, antwortete ich.

»Nun denn, so soll er.« Dabei wedelte er mit der Hand, was ich als Zeichen betrachtete, mich in die hinterste Ecke zu begeben.

Neben Blaschke saß ein bleiches junges Ding und betrachtete den stöhnenden Grafen.

»Ah, Aline, mein Täubchen«, jammerte er. »Mir geht's ja so schlecht.«

»Warum muß mein kleines Springerle auch immer so übertreiben«, tröstete ihn die rothaarige Aline. Sie hob den Eisbeutel hoch und tupfte Blaschkes Stirn mit einem schwarzen Tuch ab.

Blaschke setzte sich mit steifem Oberkörper auf und richtete seine blutunterlaufenen Augen auf Aline. »Hilf mir auf«, gebot er mit klagender Stimme. Auf Aline gestützt, erhob er sich ächzend. »Den Stock!«

Aline reichte ihm den Stock aus schwarzem Ebenholz. Der Graf humpelte im Zimmer auf und ab. Zwischendrin warf er lüsterne Blicke auf Aline, die sich auf der Ottomane räkelte. Ihr schwarzes Negligé fiel vorne ganz leicht auseinander. Was ich da sah, war nicht von schlechten Eltern.

Blaschke blieb vor Aline stehen und betrachtete sie züngelnd.

»Na, mein Alterchen«, meinte Aline. »Wollen wir ein bißchen Orgel spielen?«

»Ich weiß nicht. Mein Herz.«

»Ach Blaschke, hab dich doch nicht so.«

Der Graf stöhnte unschlüssig. Doch dann schien die Lust zu siegen. Er lehnte seinen Stock an die Ottomane und begann an seiner Hose zu nesteln.

In dem Moment ging die Tür auf, und Diana kam herein. Indigniert betrachtete sie Aline und verzog den Mund. »Vater!« sagte sie in strengem Ton.

»Pfui!« rief der Graf und warf einen schuldbewußten Blick auf Aline. Diese zog ihr Negligé zu, nicht ohne Diana gekränkt anzuschauen. Betont langsam stand sie auf, schlüpfte in ihre Pantöffelchen und schwänzelte aus dem Zimmer.

»Da sind Sie ja«, sagte Diana, als sie mich sah. »Kommen Sie, ich stelle Sie dem Grafen vor.« Sie wandte sich an ihren Vater, der bereits wieder auf der Ottomane lag und vor sich hin stöhnte. »Das ist Antonio, der junge Mann, von dem ich dir erzählt habe.«

Der Graf richtete sich vorsichtig auf. »Reizender Bengel«, meinte er. »Für dich?«

»Nein, ich habe es dir doch erzählt. Der ist für Charlotte.«

»Für Charlotte? Ich dachte, die will nicht saugen?«

Diana stöhnte. »Deshalb habe ich ja Antonio engagiert. Er soll sie verführen.«

»Oh.« Jetzt betrachtete mich der Graf etwas genauer. »Glaubst du, er kann das?«

»Ich hoffe es. Wenn nicht …« Und sie tat so, als würde sie zubeißen. Dabei enthüllte sie eine Reihe spitzer weißer Zähne.

Der Graf seufzte. »Hauptsache, dir geht's gut«, meinte er und zwinkerte Diana zu.

»Nicht für mich, Vater. Für Tante Mechthild.«

Jetzt strahlte der Graf übers ganze Gesicht. »Das ist schön. Du bist ein gutes Mädchen.«

»Ich werde Sie jetzt zu Charlotte bringen«, wandte sich Diana zu mir. »Da muß unbedingt Staub gewischt werden.«

Sie führte mich durch die Gänge. Wie sie da vor mir herlief, ich muß schon sagen, ein Teufelsweib! Hochwild. Aber ich sollte ja die Tochter erlegen.

»Was ist mit Aline?« fragte ich sie. »Gehört die zur Familie?«

»O nein«, wehrte sie ab.

»Aber sie lebt doch im Schloß!«

Diana zuckte mit den Schultern. »Vater braucht hie und da etwas Aufmunterung, er neigt zu Depressionen.«

»Wie lange kann sie bleiben?«

Diana blieb stehen und wandte sich mir zu. »Ein paar Wochen, ein halbes Jahr. Je nachdem.«

»Und dann?«

»Dann?« Diana lächelte maliziös. »Dann muß sie gehen.«

»Das scheint die Kleine aber wenig zu stören.«

»Sie glaubt es nicht. Sie glauben es nie.« Diana verzog abfällig den Mund.

Ich nickte. Alines Tage im Schloß waren also gezählt. Das würde mir nicht passieren, dessen war ich mir sicher. Ich würde für immer in diesem Schloß bleiben.

Wir liefen weiter. Als wir in einen Gang einbogen, erblickte ich einen jungen Mann, der an einer Tür kratzte.

Diana beschleunigte ihren Schritt. »Bolko!« rief sie. »Was soll das?«

Der bleiche junge Mann drehte sich zu uns. Er hatte lange dunkle Wimpern und sah fast wie ein Mädchen aus. »Mama!« rief er und stampfte mit dem Fuß auf. »Du bist so gemein! Aber bitte, dann werde ich eben weiterhin Männer aussaugen!« stieß er trotzig hervor. Dabei schaute er mich herausfordernd an.

»Du weißt, daß du sie nicht haben kannst. Sie ist deine Schwester!« sagte Diana mit ungeduldiger Stimme.

»Ja, und?« antwortete Bolko. Dann entfernte er sich, nicht ohne mir einen letzten verschlagenen Blick zuzuwerfen.

»Probleme?« fragte ich.

»Diese Kinder«, murmelte sie kopfschüttelnd, während ihr Gesicht einen bekümmerten Ausdruck annahm. Doch dann gab sie sich einen Ruck. »Das hier ist Charlottes Zimmer. Also, an die Arbeit.« Sie warf mir noch einen strengen Blick zu, dann entfernte sie sich.

»Ach, übrigens«, sagte sie und drehte sich noch einmal um. »Sperren Sie Ihr Zimmer ab, wenn Sie sich zum Schlafen legen.«

Das hätte sie mir nicht sagen müssen, ich hätte das sowieso gemacht.

Ich öffnete die Tür und trat ein. Der Raum war kleiner als die andern, die ich bisher kennengelernt hatte, und vor allem wärmer. Er war hell erleuchtet.

Sie stand am Fenster und blickte hinaus in die Nacht. »Immer wenn ich die Sterne betrachte, spüre ich, wie unwichtig meine Probleme sind, wie nichtig«, murmelte sie.

Ich räusperte mich, worauf sie sich jählings zu mir umdrehte.

»Oh«, sagte sie. »Wer sind Sie denn?«

»Ich bin Antonio«, antwortete ich stolz.

»Und was wollen Sie hier bei mir?«

»Ich komme, um Staub zu wischen.«

»Oh.« Sie zögerte, blickte mich verwirrt an, dann lächelte sie. »Bitte«, sagte sie und lud mich ein, meine Arbeit aufzunehmen.

Ein wenig enttäuscht war ich schon. Nach der Mutter hatte ich etwas ähnlich Pikantes erwartet. Charlotte war jedoch mager, ein blasser Typ, unauffällig. Niederwild. Normalerweise kümmerte ich mich nicht um solche Frauen. Die Farblosen sind der Mühe nicht wert. Aber in diesem Fall! Ich schickte ihr mein bestes Lächeln und fing an, Staub zu wischen.

Sie setzte sich in einen Sessel und schaute mir dabei zu. »Antonio«, fing sie nach einer Weile an, »glauben Sie an Gott?«

Ich hörte mit dem Staubwischen auf und wandte mich ihr zu. Ihre Mutter hatte allerdings recht. Dieses Mädchen war keine leichte Beute. »An Gott?« wiederholte ich, um Zeit zu gewinnen. Jetzt nur nichts Falsches sagen. Ich überlegte fieberhaft, was ich ihr antworten könnte. Ob ich an Gott glaubte? Was wußte ich? Darüber hatte ich mir schon lange keine Gedanken mehr gemacht. Mit Gott hatte ich wirklich nichts zu schaffen. Wäre ich sonst hier in diesem Schloß gelandet?

»Ja, an Gott. Glauben Sie, daß es Gott gibt?«

»Glauben Sie an den alten Knaben?« versuchte ich auszuweichen.

»O ja. Ohne Gott gäbe es die Sterne nicht und nicht den Mond.«

»Bestimmt.« Ich nickte und tat so, als ob ich ihr recht gäbe. Was interessierten mich die Sterne und der Mond? Als hätte ich keine anderen Probleme. Dann kam mir auf einmal eine glänzende Idee. »Und die Liebe«, sagte ich und schaute sie verträumt an. »Auch sie gäbe es nicht ohne Gott.«

»Die Liebe«, wiederholte Charlotte leise und schloß die Augen.

Eine Weile schwieg sie. Dann huschte ein Lächeln über ihre Lippen, und sie schlug ihre braunen Augen wieder auf. Prüfend blickte sie mich an. »Antonio, haben Sie schon geliebt?«

»Ob ich …?«

So eine war das also. Eine dieser Ernsthaften, Tiefgründigen. Nun gut, dann würde ich eben dieses Spiel mitspielen.

Ja, so ist das auf der Jagd. Zuerst mußt du die Beute beobachten. Je schneller du erfaßt, wen du vor dir hast, um so besser. Ich weiß es immer bereits nach ein paar Minuten. Ich bin ein Profi.

Dann mußt du auf die Frau eingehen. Du mußt genau das sagen, was sie hören will, was sie schon immer hören wollte und ihr noch nie jemand gesagt hat. Sie wartet schon lange darauf. Und dann kommst du. Sie liebt dich auf der Stelle. Sie frißt dir aus der Hand. Ich weiß, wie das läuft. Keine hat eine Chance gegen mich. Warum sollte es bei diesem Aschenputtel anders sein?

Ob ich jemals geliebt hätte, wollte sie wissen. »Das habe ich «, antwortete ich und machte ein gedankenvolles Gesicht.

»Ich meine nicht Sex«, sagte sie. »Ich meine die wahre Liebe.«

Aha, dachte ich, daher weht der Wind. Unwissend ist die Kleine nicht, aber sie will, daß man so tut, als ob. Bitte, wenn sie meinte. »Ja«, sagte ich und senkte meinen Blick. »Einmal.«

»Und was ist daraus geworden?«

»Sie ist gestorben«, sagte ich und verlieh meiner Stimme einen kummervollen Ausdruck.

Das stimmte allerdings. Es gab wirklich mal eine, die von der Hatz abtrat. Ich glaube, Vanessa war ihr Name, oder hieß sie Jessica? Egal. Auf jeden Fall nahm die sich damals das Leben. Angeblich aus Liebeskummer, weil ich sie verlassen hatte. Das behauptete sie zumindest in ihrem Abschiedsbrief. Natürlich alles Blödsinn. Die war einfach überspannt. Da hatte ich mich gerade noch rechtzeitig abgesetzt.

»Oh«, meinte Charlotte. Sie schwieg wieder und beobachtete mich weiter. »Hast du, Entschuldigung, haben Sie ...«

»Nein, nein«, unterbrach ich sie. »Ich bin nur Ihr ergebener Diener, sagen Sie ›du‹ zu mir.«

»Dann mußt du aber auch ›du‹ zu mir sagen, äh, ich heiße Charlotte.« Sie stand auf, kam auf mich zu und streckte mir die Hand entgegen. Ich hielt sie mit festem Griff. Charlotte errötete.

Die Jagd ließ sich nicht schlecht an. Fürs erste war ich zufrieden.

»Also gut«, sagte ich und lächelte sie an. »Charlotte.« Ich ließ ihre

Hand los und machte mich wieder ans Staubwischen. Drei Wochen hatte ich Zeit. Kein einfaches Spiel, dachte ich, aber möglich.

Was ihre Verführung betraf, machte ich mir keine Sorgen. Das wäre ja die erste gewesen, die mir widerstanden hätte. Aber ob es zum Biß reichte? Bei so einem faden Typ kam selten die große Leidenschaft auf. Charlotte war eine Herausforderung.

Täglich suchte ich sie auf. Bald war in ihrem Zimmer kein Staubkörnchen mehr zu finden.

Es war ein harter Job. Diese schwierigen Gespräche, die sie ständig mit mir führen wollte! Ich bin nicht ungebildet, aber das! Meistens wußte ich überhaupt nicht, worauf sie hinauswollte. Und doch mußte ich auf sie eingehen, Verständnis zeigen und allmählich aufkommende Liebe vortäuschen. Das erforderte all meine Waidmannskunst.

Leider sah es überhaupt nicht so aus, als ob sie sich nicht mehr beherrschen könnte. Nicht, daß sie nicht verliebt gewesen wäre. Aber ich spürte keine Leidenschaft. Verdammt seien diese lauen Dinger!

Einmal wollte sie wissen, ob ich jemals Sex gehabt hätte. Da konnte ich mich fast nicht beherrschen. Aber im letzten Moment riß ich mich zusammen. »Ja«, sagte ich.

»Das ist eine Sünde, Antonio, weißt du das?«

»Ja«, antwortete ich und blickte sie ernst an. »Mit dir würde ich die Sünde allerdings gern auf mich nehmen.«

Ich wußte, ich ging ein Risiko ein, wenn ich das sagte. Aber einmal mußte ich doch bei ihr weiterkommen. Ich hatte dieses Mädchengetue langsam satt. Die Kleine mußte heiß werden, so heiß, daß sie nicht anders konnte als sich in mich verbeißen. Dann hätte ich mein Ziel erreicht. Ich wäre Graf Antonio von Aschebisky, der ewige Jäger, unsterblich und reich.

Charlotte schaute mich mit fragenden Augen an. Ich hielt ihrem Blick stand. Sie senkte den Blick und rannte aus dem Zimmer. Na also, dachte ich, langsam kommt sie.

Ihr Bruder Bolko tauchte allerdings immer wieder im Schußfeld auf. Jedesmal, wenn wir uns begegneten – und es kam mir so vor, als würde er mir auflauern –, warf er mir seltsame Blicke zu. Ich wußte nicht, wie ich sie deuten sollte. War er eifersüchtig, weil ich mich an seine Schwester heranpirschte, oder hatte er es auf mich abgesehen? Ich konnte ihn nicht leiden.

Am Abend vor der großen Nacht waren sie alle nervös. Das spürte ich. Alle im Schloß fieberten Charlottes Geburtstag entgegen.

Und dann war es soweit. Im Speisesaal des Schlosses wurde das Dinner gegeben. Feucht und kühl war es im Saal. Ein matter Glanz lag über den Lüstern und Bildern. Es roch nach verwelkten Blumen.

Ich hatte früher immer gedacht, Vampire würden weder essen noch trinken. Doch Diana hatte mich eines Besseren belehrt: »Wir Aschebiskys sind keine gewöhnlichen Geschöpfe der Nacht«, sagte sie. »Wir essen und trinken. Wir schlafen in Betten und kopulieren. Das Schloß schützt uns ... Sex«, fuhr sie lächelnd fort, »ist für uns ein Aperitif, ein Appetitanreger, das Vorspiel sozusagen.«

Wie sie wohl im Bett war? Die ganzen drei Wochen hatte ich wenig von ihr mitbekommen. Aber darum wollte ich mich kümmern, wenn ich ein Aschebisky war.

Der Graf saß am Kopfende des Tisches. Zu seiner Rechten saß Greta, seine neue Favoritin, und fütterte ihn. Ihr gegenüber saß Diana, und neben Greta saß Bolko. Daneben saß Charlotte, und dann kam ich. Mechthild und Hiltrud saßen mir gegenüber.

Während des ganzen Essens stießen sich die beiden gegenseitig an, kicherten und flüsterten sich alles mögliche zu. Dabei betrachteten sie mich unverhohlen. Diese lüsternen alten Weiber!

Beim Essen berührte ich des öfteren wie zufällig Charlottes kleine Hand. Sie zuckte nicht zurück, was ich für ein gutes Zeichen hielt. Diana beobachtete uns. Ich schenkte ihr zwischendurch immer wieder einmal ein aufmunterndes Lächeln. Bolko ließ uns auch nicht aus den Augen. Die ganze Zeit starrte er auf unsere Hände.

Wir aßen rotes Fleisch und tranken dunklen Wein. Die Zeit wurde mir lang.

Endlich löste sich die Gesellschaft auf. Alle erhoben sich, um sich auf ihre Zimmer zurückzuziehen. Bolko schaute mich so heimtückisch an, daß mir ganz unheimlich zumute wurde.

Der Graf schien mich erst jetzt zu bemerken und fragte seine Tochter, wer ich sei.

»Das ist Antonio«, antwortete Diana.

»Für dich?« fragte er freundlich.

»Vater!« Diana zog die Augenbrauen hoch.

Doch der Graf wandte sich schon wieder Greta zu, die ihm einen Klaps auf den flachen Hintern gegeben hatte. Züngelnd humpelte er hinter ihr aus dem Saal.

Ich lächelte Charlotte verliebt an. Sie lächelte schüchtern zurück. Bolko stand in der Tür und stierte mich an. Hiltrud und Mechthild stießen sich gegenseitig an und kicherten. Diana warf mir einen fragenden Blick zu. Ich nickte ganz leicht und setzte mein Siegeslächeln auf. Das Rehkitz hatte ich bereits vor dem Lauf. Nicht mehr lange, und ich würde Graf Antonio von Aschebisky sein! Ah, welch eine Aussicht!

Ich begab mich auf mein Zimmer und wartete dort eine Weile. Ich muß gestehen, ich war sehr nervös. Aber jetzt gab es kein Zurück mehr. Unbehelligt würde ich dieses Schloß nicht mehr verlassen können. So machte ich mich nun bereit, mein letztes Wild in diesem Menschenleben zu erlegen. Meine gefährlichste Jagd wartete auf mich. Alles hing davon ab. Die Ewigkeit. Also los, Antonio, sagte ich zu mir.

Ich griff nach einer Kerze und verließ mein Zimmer. Leise schlich ich durch die Gänge. Mein Herz schlug. Vor Charlottes Zimmer blieb ich stehen. Ich lauschte. Drinnen war alles still.

Vorsichtig drückte ich die Klinke. In dem Moment glaubte ich, ein Geräusch zu hören. Ich hielt inne und schaute mich um. Doch alles war still. Vermutlich hatte ich mich getäuscht.

So ging ich endlich hinein und schloß die Tür hinter mir. Im Lüster brannte nur eine Kerze. Ich steckte meine dazu. Charlotte lag auf der Chaiselongue. Ängstlich blickten mir ihre Rehaugen entgegen.

Ich lächelte und setzte mich zu ihr.

Was soll ich sagen? Das Mädchen war reif wie eine violette Feige. Wußte ich es doch! Und dennoch, die Leidenschaft hätte größer sein können. Tja, mit der Mutter wäre das ein Kinderspiel gewesen! Also legte ich noch einen Zahn zu. Ich mußte sie kriegen. Mensch, Mädchen, dachte ich, während sie so dalag und mich verklärt anschaute, geil sollst du werden, nicht liebeskrank!

Ah, was flüsterte sie da?

»Ich liebe dich.«

Mein Gott, dachte ich, leicht hatte ich es wirklich nicht.

Ich setzte all meine Tricks und Kniffe ein. Ja, sie wurde heiß, ja doch, langsam kam sie. Wenn sie nur nicht immer so selig gelächelt hätte! Am liebsten hätte ich ihr ein paar gescheuert, so ging mir dieses Lächeln auf die Nerven. Aber sie kam.

Einmal und nie wieder, dachte ich mir. Sobald ich ein Aschebisky bin, werde ich mich um die Mutter kümmern. Hochwild hat mich schon immer mehr gereizt. Charlotte klammerte sich an mich. Ich hoffte, aus Ekstase! Meine Arme taten mir schon weh.

Erschöpft ließ ich mich neben sie fallen.

Ich mußte wohl für kurze Zeit eingenickt sein. Auf einmal spüre ich den Biß an meinem Hals. Das kracht, als ob man in eine Waffel beißt. Es ist soweit, das Rehkitz bringt mir die Ewigkeit! In ein paar Minuten werde ich ein Aschebisky sein. Jagd frei! Welch ein Gefühl! Jetzt wartet das dunkle Leben auf mich. Endlich ist es mit der Langeweile vorbei!

Wie gierig das Kind saugt! Ich bin gerührt.

Wie ein Film laufen die letzten drei Wochen vor mir ab. So muß es sein, wenn man stirbt. Ich bin stolz auf mich. Was für ein Jäger ich doch bin! Wie viele Frauen ich bereits erlegt habe! Jetzt kann es nicht mehr lange dauern, jeden Augenblick beginnt die ewige Jagd.

Mattigkeit fließt durch meinen Körper. Vom Hals abwärts werden mir die Glieder schwer. Ein seltsames Gefühl. Ich öffne die Augen.

Doch da – Charlotte liegt neben mir! Sie schläft!

Ich glaube, ich verliere den Verstand. Wer, ja wer saugt dann an mir?

Ich versuche mich zu entwinden, möchte den Kopf zur Seite drehen. Doch ein eiserner Griff hält mich fest. Ich öffne den Mund, ich will schreien. Da senkt sich eine kalte Hand auf meine Lippen. Eine andere drückt mich auf den Boden. Und immer noch dieses widerliche Schmatzen an meinem Hals! Wer ist das?

Bolko! Bestimmt ist er es! Ja, natürlich, er haßt mich. Er will sich rächen!

Und neben mir Charlotte. Sie schläft. Sie lächelt im Schlaf. Die Liebe hat sie erschöpft. Könnte ich dich nur wecken! Du würdest mir zur Seite stehen. Ah, diese dumme Gans! Zu blöd, um mir den Liebesbiß zu geben! Charlotte, ich verliere den Verstand! Ich werde schwächer. Was für ein widerwärtiges Gefühl! Als ob Schnee durch meine Adern treibt. Charlotte, ich hätte dich geliebt! Verlaß mich nicht! Laß es nicht zu, daß sie mich hinausjagen! Charlotte, ich liebe dich!

Da, jemand kichert. Ich höre es ganz deutlich. »Mechthild!« flüstert eine mir nur zu bekannte Stimme. »Laß mir auch noch was übrig.«

Und Mechthild reicht mich tatsächlich an ihre Schwägerin Hiltrud weiter. Rülpsend läßt sie sich in einen Sessel fallen. Während Hiltrud den Rest aus mir saugt, blickt mir die alte Vettel triumphierend in die Augen. Oh, wie ich sie hasse! Ich bin so matt. Ich kann mich nicht mehr bewegen. Ich kann nicht mehr sprechen. Waidwund bin ich.

Flüsternd und kichernd schleichen die beiden Alten jetzt aus dem Zimmer. Bald darauf kommt der Diener, dieser häßliche Kerl, und packt mich an meinem rechten Bein. Charlotte schläft noch immer. Der Kerl zerrt mich hinaus, schleift mich durch die Gänge. Dabei murmelt er irgend etwas vor sich hin.

Jetzt steht er vor der Eingangstür. Er öffnet sie und wirft mich einfach hinaus.

Ich falle die Stufen hinab, rolle noch ein paar Meter weiter. Eine Weile liege ich da.

Oh, diese Mattigkeit! Diese Ohnmacht! Dieser Schmerz! Ich muß zurück zu Charlotte! Mit letzter Kraft richte ich mich auf.

Doch ich kann das Schloß nirgends sehen! Nur die Heide, ein paar verkrüppelte Büsche, die Esche, deren Äste nach mir greifen.

Wie kann das sein? Habe ich nur geträumt? Ein Moment der Hoffnung.

Hastig greife ich an meinen Hals. Zwei Löcher spüre ich. Und den Schnee, der durch meine Adern treibt.

Wolfhard Sitter

K. o. beim ersten Biß

Und wieder ging Lee einen halben Schritt zurück. Die Treffer brannten in seinem Gesicht und in seinem Herz. Wieder und wieder kam der Gegner, und ihm wollte einfach kein starker Gegenangriff gelingen. Er stand aufrecht, und die Deckung war sauber, aber alle Antriebskraft war am Versiegen, er dachte nur an ein erlösendes Ende. An ein Ende, von dem er wußte, daß es besiegelt war. Einfach schrecklich, diese Kämpfe, wo man anfangs so klar und direkt im Geschehen stand und dann plötzlich absackte und jeder kämpferischen Möglichkeit beraubt wurde. Noch während er nach einem Ausweg suchte, kam der andere hart arbeitend mit langen Schwingern an seinen Kopf und an seinen Körper. Schwer atmend stand Lee am Seil, keineswegs vernichtend getroffen, aber innerlich schon längst sechs Fuß unter der Erde. Und langsam schaufelte sich diese dreckige Erde über seinem Kopf zusammen, nahm ihm die Luft zum Atmen, das freie Herz für einen glorreichen und befreienden Augenblick. Er hatte sich aufgegeben, mitten in einem kochenden Kampf. Er wollte nicht mehr existieren. Auf alle Fälle nicht so. Gesichtslos, ohne Profil, ohne Biß, ohne Gier auf Opferblut. Lee war auf der Straße der Verlierer. Eine lichtlose Gestalt im Dunkeln auf einem verwackelten, einsamen Weg. Ein letzter schmerzender Treffer auf die blutende Backe, ein letzter schadenfroher Angriff, der Beifall von der falschen Seite. Er ließ müde und unendlich traurig seinen Kopf hängen und wußte, wer die Arme hochreißen würde.

Mit verzweifelter Unruhe stieg Lee aus dem Ring und hatte nur noch einen Gedanken: Das darf nie, nie wieder geschehen. Es muß einen Ausweg geben. Solche Niederlagen sind mehr als Niederlagen. Sie sind der rostige Nagel für den eigenen Sarg. Lee mußte einen Weg einschlagen, der ihn wieder zum Sieger krönte und ihn befreite von dieser gemeinen, alles vernichtenden Scham, der herz- und blutlosen Niederlage. Er mußte seinen Biß zurückgewinnen. Den Biß eines unerbittlichen, harten Siegers, den Biß für jeden Kampf, für jeden klaren Gewinn. Er hatte endgültig genug und beschwor, noch blutend und schwitzend, auf dem Weg in seine Kabine die Formel für den Siegesbiß, unbesiegbar und triumphierend, kommend aus einer anderen Welt.

Nie hatte Lee sich als einen Killer im Ring gesehen – verbissen, unnahbar, zielten bisher seine aggressiven Potentiale, die durchaus vorhanden waren, mit einem ausgewogenen Verhältnis von Schnelligkeit, taktischer Wut und verhaltenem Angriff auf seine Gegner. Er lief damit ganz gut, aber je höher er stieg, desto klarer war er einordbar und deshalb auch durch zornige Angriffe verwund- und besiegbar.

Zu viele Niederlagen in letzter Zeit hatten Lee waidwund, böse und verschlagen gemacht. Er wollte unendlich wütend werden und trotzdem alles unter Kontrolle haben. Er wollte die Gier nach seinem Sieg in jeder Haarspitze, in jedem Muskel, in jeder Gehirnzelle spüren. Er wollte es wieder genießen, seine Gegner zu vernichten und dafür von einem blutrünstigen Publikum geliebt zu werden. Der Kampf war Lees Leben, und Blut mußte fließen. Dieses aufreizend verrückte Gefühl im Kopf beherrschte ihn.

Eines Tages ging Lee zum alten Hafen hinunter. Die Dunkelheit hing wie ein schwarzer Mantel in der unheimlichen Ruhe der Landungsstege. Verrostete Frachtkähne rieben sich am zerfallenen Kai. Lee ging gedankenverloren auf morschen, vibrierenden Planken. Er war bereit, seine zwiegespaltene Seele, die ihn jede Sekunde folterte, für etwas zu geben, von dem er sich Erlösung erhoffte. Der Geruch von modernden Algen, faulenden Fischen und schwimmendem Öl umfing ihn. Eine große schwarze Muschel lag vor seinen Füßen. Wie in seiner Kindheit drückte er sie an sein Ohr. Sein Blut rauschte wie das Meer. Salzige Tränen der Erinnerung liefen über sein Gesicht. Irgendwas kroch in sein Ohr, krabbelte durch seinen Gehörgang. Aus der schwarzen Muschel erklang eine hypnotisierende Melodie, die sein Herz trunken tanzen ließ. Ein Schatten löste sich aus den plätschernden Meeresfluten, umfing ihn und zog ihn tief auf die Planken. Mit ausgebreiteten Armen umfing er die kreisenden Geister und Teufel der Nacht. Ein kleiner fremder Schmerz führte ihn schnell und erbarmungslos in die Ferne einer anderen, gesetzlosen Welt und gab ihm ein neues Wesen, eine neue Gestalt mit eigenen Anschauungen und eigenem Sinn.

Etwas unbestimmt Eigenartiges war mit ihm geschehen und hatte ihn zu einem anderen gemacht. Vergessen waren die Ängste und Sorgen, vertrieben war die bleiche Niederlagengestalt, deren Kämpferherz unter unzähligen Rückschritten litt und nicht mehr an Sieg und Aufstieg zu glauben vermochte. Er hatte eine neue Identität, und als Kämpfer würde jetzt eine neue, starke Seele in die künftigen Seile steigen. Er hatte sich eindeutig und klar verwandelt und würde von nun ab verzehrende Lust verspüren, wenn seine Gegner wankten.

Lee saß in seiner Kabine. Schleier überzogen seine leuchtenden Augen. Seine Lippen waren feucht aufgeschwungen, ein finstres Lächeln drohte in ihren Winkeln. Er hatte diesen Geschmack auf seiner Zunge, in seinem Gaumen. Einen betäubend süßen, verzaubernden Geschmack, der ihm Kraft, Energie, unendliche Gier gab. Die Gier nach Leben, nach ewigem Leben. Noch nie hatte er einen solchen Kampf geführt. Noch nie hatte er einen solchen Sieg gehabt. Den Sieg der

Ewigkeit, ruhend in seinen Adern, in seinem blutgeilen Herz. Sein Gegner war ein unseliges Opfer gewesen, ein Opfer, das sein hatte müssen. Viele würden noch folgen. Das spürte er. Niemand stellte Fragen. Alle liebten den Sieger, niemand wollte etwas wissen von früheren Mißerfolgen, von den Fehlern der Vergangenheit. Lee war seit dieser Nacht am Hafen ein Boxer mit einem besonderen Instinkt und einem Killerwillen, der ihn unweigerlich siegen lassen würde. Er wollte von seinen Gegnern nicht nur den Sieg. Er wollte mehr.

Lees Kämpfe waren inzwischen Ereignis. Unzählige Kameras und Mikrofone sollten seinen Sieg festhalten. Und jede Menge Menschen, die Blut und Tränen sehen wollten. Wie immer war er allein in seiner Kabine. Er genoß diese Augenblicke vor dem Kampf, tief unten in den Betonkatakomben unter den großen Sportarenen. Er bandagierte seine Fäuste in aller Ruhe, und aus alter Gewohnheit machte er ein paar Aufwärmübungen, die er eigentlich nicht mehr brauchte. Viel wichtiger war die Konzentration auf seine neue Kraft, auf sein neues, powerdurchtränktes Wesen. Es machte ihm ungeheueren Spaß, sein neues, gewaltiges Ich zu erproben, mit dem er später den Ring, den Kampf, den Gegner absolut beherrschen würde. Er hörte schon den gewaltigen Lärm von oben aus der Halle. Sie saßen bereits um den Ring und warteten auf das Opfer. Bald würde es wieder so weit sein. Er lechzte dem gewaltigen Augenblick des Sieges entgegen. Lee verstaute seinen Zahnschutz, den er als Talisman behalten hatte, neben der schwarzen Muschel. Dann schaute er gewohnheitsmäßig in den Spiegel und lächelte hinein. Der Spiegel hatte nicht den Mut, ihm sein neues Gesicht zu zeigen.

Ein Raunen ging durch die Reihen, als Lee die riesige Halle betrat. In seinem tiefschwarzen Kampfmantel lief er durch die Gasse der Menschen, die zu johlen begannen. Geduckt betrat er tänzelnd den Ring. Blitzende Schatten drängten aus seiner Kapuze. Die Zuschauer tobten. Was würde wohl heute passieren? Lees Gegner war ein durchtrainierter Farbiger mit Glatze und brutalem Blick, ohne einen Funken von Angst. Die Angst in diesen Augen langsam kommen zu sehen, würde Lee heute ein besonderes Vergnügen sein. Lee war erregt, hielt aber seine verwegenen Instinkte auf einen unglaublichen einzigen Höhepunkt hin konzentriert.

Farbige Laserstrahlen verwandelten den Ring kurz vor Kampfbeginn in ein Höllenfeuer. Die Zuschauer boten ein Inferno aus hüpfenden Leibern, hochgereckten Armen und heiseren Schreien. Die Anfeuerungschöre probten für den Weltuntergang. Durch Rauchschwaden und Lasernebel hindurch sah Lees Gegner kurz die Augen seines Ringgegenübers. Eine seltsame, nie erfahrene Furcht fuhr den Rücken des farbigen Boxers hinunter, erreichte seinen Kopf, dröhnte in allen Winkeln seines Gehirns. Verwirrt trat der glatzköpfige Boxer in die Ringmitte. Sie reichten sich die Fäuste, und Lees Blicke bohrten sich tief in seinen Gegner. Für einen Moment herrschte in der Sporthalle die feierliche Ruhe einer Kathedrale, kurz bevor die Orgel tosend losbricht. Was nun geschah, übertraf alles, was bis dahin in den Boxringen stattgefunden hatte. Die Faszination des beginnenden Kampfes schnürte hunderttausend Kehlen zu. Die erste Boxerfaust flog durch die Luft. Gebrüll aus den Kehlen von hunderttausend Besessenen erschallte.

Der Farbige war ein ebenso entschlossener wie verbissener Fighter, der anscheinend keine Schmerzen kannte und auch keine Erschöpfung. Er wußte noch nicht, wie ihm geschehen würde. Und so lange er sich immer wieder in Sicherheit wiegte, war er auch voll Kampfwillen und wollte weitermachen. Nur ganz langsam würde sich der abgrundtiefe Geist der inneren Aufgabe und Vernichtung, der einem alten Schwur folgte, durch die engen Blutbahnen von der Lende übers Herz ins Hirn durchzwängen. Das Vergnügen einer grandiosen Hinrichtung wurde genüßlich langsam vorbereitet. Umfassend und erquickend würde es für Lee sein. Die Runden gestalteten sich zu packenden Kampfszenen. Das Publikum war sich einig: Dieser Boxkampf ist jetzt schon Legende. Die Kameras drängten sich um den Boxring wie eine durstige Büffelherde um ein viel zu kleines Wasserloch. Immer vor Rundenschluß, kurz bevor der Gong ertönte, trafen Lees erbarmungslose Fäuste den Kopf seines Gegners durch dessen zusammenbrechende Deckung. Lee drängte den Farbigen in eine Seilecke und verpaßte ihm harte und üble

Schläge. Hunderttausend kreischende Stimmen schlugen wie gewaltige Wogen hysterisch über dem Ring zusammen.

Die Augen von Lees Gegner waren zugeschwollen, seine Nase war abartig zermalmt. Aber er hielt stand bis zum nächsten Gong. Bevor er sich in seine Ringecke zurückzog, drang durch seine zerschundenen Augenlider für eine Tausendstelsekunde der blendende Vernichtungsblick aus Lees satanisch glitzernden Pupillen. Wie eine Lawine aus Eis und Schnee verschütteten lähmende Gefühle den Mut in dem gequälten Körper. Er konnte sich nicht mehr wehren. Er wollte im Erdboden versinken oder lieber gleich sterben. Die vorletzte Runde. Lees Fäuste kamen wie zubeißende Schlangen auf seinen Gegner zu. Alle warteten auf den erlösenden letzten Schlag, auf das K. o., auf Lees Sieg, auf seine hochgerissenen Arme. Die Zeit war reif. Es war kurz vor Mitternacht. Keine Sonne, nur ein voller Mond und die Mächte fremder Götter. Der Sieg, das Blut gehörte ihm.

Ob Boxer Spaß an Blut haben? Es soll welche geben, die sich sogar davor ekeln. Aber sicher noch ein paar mehr, die Geschmack daran finden. Je mehr von diesem Lebenssaft im Boxring fließt, desto eher geraten sie in kämpferische Trance und verrückte, brutale Wildheit. Lee war ein Boxer, der Blut nicht fürchtete, es bisher aber auch nicht gerade übermäßig verehrte. Das Boxpublikum kannte ihn bisher als einen fairen Kämpfer, der viel Herz zeigte und mit eleganten Schlagfolgen engagierte Fights führte. Aber an diesem Abend war Lee nicht mehr der alte Lee. Der neue Lee war ein gnadenloser Boxer geworden. Er präsentierte sich als Kampfmaschine, die mit Hohn und Verachtung die Kampfmoral ihres Gegners erfolgreich untergrub. Hinterhältig und spielerisch lockte er seinen Gegner auf das Schafott zwischen den Seilen.

Beim Gong zur letzten Runde zeigte Lee seine Zähne, und hunderttausend Augen weiteten sich vor Entsetzen. Die Zuschauer wurden Zeugen einer Hinrichtung. Der blutverschmierte Glatzkopf wurde von Schlägen hin und her geworfen. Lee setzte nach wie ein Tiger auf Beutezug. Diese Runde war die Apokalypse. Schrecklich ergreifende Szenen wechselten sich ab mit perversen Donnerschlägen mitten ins schmerzverzerrte Gesicht. Die Zuschauer bekamen Mitleid mit dem geschundenen Menschen, der gegen ein Ungeheuer kämpfen mußte. Selbst durch die blutende Nase konnte der zerschmetterte Boxer das verachtenswerte Parfüm des Mitleids der aufstöhnenden Menge riechen, und der Zorn darüber ließ ihn sich aufbäumen. Doch ein Hagel aus Schlägen raubte dem Farbigen schnell wieder die Kraft, und er sehnte sich dem Aus entgegen. Grenzenlose Scham und Pein überfielen ihn. Er war ein erfahrener Kämpfer, der eigentlich keinen Schrecken vor Kämpfen und Gegnern mehr kannte, war stets stolz auf sich und den Kampf und empfand vor allem immer Respekt vor seinem Gegner. Nie zuvor hatten ihn Angstgefühle derartig gefesselt. Eine unsichtbare Wand schien ihn zu erdrücken. Ein Abgrund tat sich auf. Er wollte davonlaufen. Wankenden Schrittes trat er beim letzten Gong dem Gegner gegenüber. Die Unterwelt griff nach ihm. Er sah in eisige Augen aus einer unbekannten Welt. Er wollte schreien, wie ein vom Horror überwältigtes Kind. Doch es war zu spät. Zu spät.

Lee war schon längst auf einem anderen Planeten. Kurz bevor er seinen farbigen Gegner auf den Boden schicken wollte, umarmte er ihn fast liebevoll in einem letzten Clinch. Lees Gesicht rieb sich wollüstig an der blutverschmierten Brust seines Gegners. Die Zuschauer erstarrten bei diesem intimen Schauspiel. Lee roch das fremde Blut, er spürte das fremde Blut auf seinen Lippen. Er hörte die vertraute Melodie, das Rauschen eines Ozeans voller Blut. Sein inneres Auge bekam einen ganz anderen Blick. Er sah, wie er jeden Gegner dieser Welt in diese verzweifelte Situation brachte. Er sah sich selbst als allgewaltigen Boxer, der jeden noch so guten Kämpfer in eine ausweglose Situation brachte. Er sah, wie das Publikum begeistert jauchzte und nach seinem blutigen Sieg verlangte, er sah seinen von ihm gewählten Augenblick der totalen Vernichtung, und er sah sich als König der Champs, als Boxer von dämonischen Gnaden, dem alle in blinder Verehrung zu Füßen lagen. Wieder erfaßte ihn seine eigene teuflische Phantasie. Lee sah sich auf dem Gang zu unzähligen Siegen. Er sah sich als Weltmeister, der, noch benetzt vom bitteren Blut seiner Gegner, die Verehrung seiner Anhänger entgegennahm. Diese waren genauso siegestrunken und blutrünstig wie er. Er sah sich als Triumphator der Kämpfer, als

111

Cäsar der Dunkelheit, der den Menschen auf Millionen Bildschirmen, in Millionen Zeitungen zeigen würde, daß in Zukunft immer das Böse siegt. Lee lächelte seinem urgewaltigen Ich zu.

Der irgendwie sehr innige, irgendwie sehr erotische Clinch der beiden Boxer in der Ringmitte schien endlos zu dauern. Die Zuschauer erwachten langsam aus ihrem Schock und wollten zu buhen beginnen. Sie wollten kein Ende ohne das gigantische Schlußdrama, das sie schon erahnt hatten. Sie begannen Betrug an ihren Gelüsten zu wittern. Sie wollten den farbigen Körper gekrümmt auf dem Ringboden liegen sehen, wollten ihren gemeinsamen Triumphschrei ausstoßen.

Doch noch lag ein bißchen Wirklichkeit dazwischen. Lee stieß den taumelnden Körper abrupt von sich, und seine Fäuste schlugen wieder zu, trafen wieder den Gegner, schlugen ihn wieder quer durch den Ring, trommelten ihn dann in die Ringmitte. Wie in Zeitlupe kam der letzte Schlag auf seinen zerstörten Gegner zu. Hunderttausend Münder öffneten sich.

Lee saß ohne Licht in seiner fensterlosen Kabine. Ein Fürst der Dunkelheit. Mit entrücktem Blick lockerte er die blutigen Bandagen an seinen Händen. Auf seiner Zunge war der Geschmack des Blutes. Er war vollends zufrieden. Lee griff nach der schwarzen Muschel und drückte sie fest an sein Ohr. Er konnte sich nun sicher auf seinen Weg machen. Auf seinen Weg durch die Nacht.

Harald Braem

Die Toten kommen

Vor den Toren unserer alten, ehrwürdigen Stadt gibt es unten am Fluß eine Stelle, die man Burgmannsberg nennt, obgleich auf dem sanften Hügel weder eine Burg steht noch eine Ruine. Ich kenne die Gegend genau, streife dort oft herum und weiß, daß der Hügel die seltsame Gabe besitzt, seine Gestalt mit dem Licht der Sonne zu wandeln. Nie sieht er gleich aus, morgens anders als mittags, und gegen Abend nimmt er die Züge eines trutzigen Felsens an, in dessen schattigem Faltenwurf allerlei Verborgenes lauert.

In jüngster Zeit – dies mag durch den gereizten Zustand meiner Nerven bedingt sein – nehme ich erhebliche Veränderungen am Hügel wahr, und dies zu jeder Tages- und Nachtzeit. Er gleicht einem gähnenden Organismus, der sich räkelt und streckt, einem Wunschgedanken, der jahrhundertelang geruht hat und nun wach wird. Wie gesagt, ich beobachte sehr genau, und was meinen bereits erwähnten Nervenzustand anbelangt, so unterstützt er meine sinnliche Wahrnehmung erheblich, läßt mich durch alle Mauern und Schichten hindurch tiefer und tiefer die Wirklichkeit sehen.

Ich bin völlig kaltblütig dabei und stehe außerhalb aller natürlichen und sonstigen Gesetze, was die Sache erleichtert.

Parallel zu den fortschreitenden Veränderungen am Burgmannsberg geschah mitten in der Stadt etwas, das für mich und alle anderen von großer Bedeutung war: Beim Ausschachten für ein Haus stieß der Bagger auf drei Leichen, die in einem verborgenen Hohlraum wie in einer Art Luftblase lagen. Das war auch der Grund, warum sie – trotz ihres erheblichen Alters, das eiligst herbeizitierte Fachleute schätzten – noch so erstaunlich frisch aussahen. »Wie eben ermordet«, sagte ein vorlauter Polizist gegenüber der Presse. Und ermordet waren sie in der Tat, daran bestand aufgrund der Wunden auch nicht der geringste Zweifel. Als sie zutage gefördert wurden, waren alle Anwesenden von ihrem Anblick so berührt, daß das Staunen und die Faszination die Sicherheitsabsperrungen überwucherten. Den ganzen Tag standen Gruppen von Menschen am Platz, unfähig, über das Gesehene und Gespürte zu diskutieren. Die ganze Stadt war mehr oder weniger gelähmt, hielt den Atem an und blickte nach innen.

Ich war mit Eleonore zur Baugrube gekommen, Arm in Arm standen wir in der Menge, hielten uns immer noch, trunken vor Glück und doch bereits von Entsetzen bedroht: Liebende zu Zeiten der Mißgunst.

Da geschah es, daß plötzlich aus einem nicht mehr rekonstruierbaren Grund eine der Leichen fehlte und der geschwätzige Polizist schließlich die Gesuchte in meiner Eleonore wiedererkannte. Kurz nur hatten seine Augen sie im Vorbeigehen gestreift, da schrie er auch schon völlig undiszipliniert los und brach zuckend zusammen. Diese wenigen Minuten reichten, um uns in Sicherheit zu bringen.

Polizist sah Tote: Sie lebt! schrieb später die Zeitung. Doch davon wußten wir vorerst wenig. Wir spürten nur, wie Irrsinn über die Stadt fiel. Latent immer schon vorhanden, kroch er als Gerücht um die Ecken, wuchs scheußlich an, füllte die Gehirne und machte die Menschen zu Monstern.

Eleonore spürte so deutlich wie ich, daß sich etwas zusammenballte. Noch standen die Häuser, gewiß, alte, zottige, fleckenübersäte Untiere aus vergangenen Zeiten, unten dicker als oben, pilzig, moosig, flechtenüberwachsen aneinandergelehnt mit müden, jalousieverhangenen Fenstern. Noch waren die wuchtigen Torbögen, die abgrundtief gähnenden Gänge der Arkaden, die Winkel und Labyrinthe nichts anderes als Fluchtpunkte verdichteten Schattens. Aber wie, wenn dies alles aus seiner gewohnten Verpflichtung gerissen würde? Eleonore und ich, wir spürten genau, daß die äußere Form sich zu wandeln begann. Etwas war unterwegs zu sich selbst.

Wir rannten, schlichen uns unbemerkt durch die Menge und nutzten den Schatten. Unsere genaue Ortskenntnis und die pulsenden Sinne halfen uns, zumindest ein wenig in sichere Zonen zu kommen.

»Ich blute«, sagte Eleonore und wies auf ihr Kleid.

Wir standen unmittelbar vor der Eulenapotheke des alten, schlampigen Morphinisten. Ein Zankapfel war die schwammige Stube und hätte längst aus hygienischen Gründen geschlossen werden müssen, doch da es die älteste Apotheke am Ort war und sie unter Denkmalschutz stand, nahm kaum noch jemand Notiz von ihr. Wir schlüpften hinein und atmeten dankbar den betäubenden Moschus der Medikamente. Zwischen getrockneten Kräutern, Flaschen und staubigen Regalen hockte der Ranzer wie eine Spinne im Netz. Seine Augen, die selbst im Dunkeln nur stechende Punkte waren, visierten uns an.

»Verbandszeug«, sagte Eleonore, obgleich sie wußte, daß es hier nur uralte Binden gab – und wahrscheinlich noch nicht einmal das. Der Ranzer rührte sich nicht, er ließ sich nie in übereilte Bewegung bringen, und genau das beruhigte uns: Er war noch nicht von der allgemeinen Panik draußen berührt, würde sich gewiß nicht so schnell wie all die anderen anstecken lassen.

»Sie sind anämisch«, krächzte die Stimme des Alten. »Ferrum sollten Sie nehmen!«

Ich sah meine Geliebte an und spürte unendliche Sehnsucht, mit ihr zu verschmelzen. So bleich war sie, weiß wie ihr Kleid, weiß wie die Unschuld. Eleonore war meine bleiche Rose im Schnee.

Draußen hallten hastende Schritte dumpf durch die Unbestimmtheit der Stadt. Für einen Moment hielten wir drei den Atem an, auch der Ranzer, und lauschten. Noch hatte die Rotte ihren Mittelpunkt nicht gefunden. Einzelne trieb es umher, kleinere Gruppen wie Tentakel einer großen, unruhigen Amöbe. Sie suchten das Opfer, sie suchten den Mörder, und sie würden nicht eher Ruhe geben, bis sie irgend etwas aufgespürt hatten.

Plötzlich schnellte der Apotheker auf uns zu, stand vor Eleonore, nachdem er mich mit einer fahrigen Handbewegung beiseite geschoben hatte. Erst jetzt merkte ich, daß er mich gar nicht sah. Ich war ein Spinnweb für ihn.

»Schnell, nehmen Sie, bevor die Dinge noch schlimmer werden«, flüsterte er mit heiserer Stimme, und Eleonore trank die Phiole mit einem Schluck leer.

Lag es daran oder an den neuen Geräuschen – nackte Füße, die über Kopfstein klatschten –, daß uns klar wurde: Auch der Ranzer und dieser Ort würden vom Kommenden nicht verschont …

»Gehen wir«, verlangte Eleonore bestimmt. Wir faßten uns an den Händen und rannten nach draußen. Wir liefen in einem gleichmäßigen, nicht übermäßig anstrengenden Tempo. Die Stadt war zu sehr in Aufruhr, um uns wirklich zu sehen. Ab und zu nur fingen wir einen Blick ein, ein erstarrtes Gesicht, und immer war es deutlich zu spüren, daß das Interesse allein meiner schönen Freundin galt. Ich war nicht vorhanden für sie oder allenfalls etwas, das sie nicht einordnen konnten.

So entkamen wir, gelangten zum Fluß und schlugen die Richtung zum Burgmannsberg ein. Schön war der Hügel im Licht der letzten Sonne, seine Schatten sorgsam gefaltet. Deutlich ragten edle Formen daraus empor, der Weg, die Treppe, Gemäuer und Zinnen.

»Kommen Sie, Gräfin«, sagte ich, und mein Herz flog mit ihr hinauf zum Gipfel, zum Turm. Wir waren gerettet.

Falko Blask

Vampire im Netz

Jonathan war ein digitaler Junkie der allerersten Stunde. Er gehörte zu denen, deren Gesichter den Farbton ihres statisch überladenen Bildschirms annehmen, wenn sie sich in den ersten Morgenstunden von ihrem Schreibtisch aufraffen, um in ein verwaistes und seit Wochen nicht mehr mit neuer Wäsche bestücktes Bett zu stürzen. Und wie alle Süchtigen war er unbeirrt auf der Suche nach einem Kick, den ihm seine ausgedehnten Reisen in den virtuellen Universen der Datenströme und vernetzten Systeme immer weniger bieten konnten – bis zu dem Tag, an dem er das Päckchen der Firma *Websuck* in seinem Briefkasten fand. Interaktive Spiele waren schon seit langem Jonathans liebster Zeitvertreib. Er hatte so viele Rollen auf so vielen verschiedenen Servern eingenommen, daß er sich angewöhnt hatte, ein umfangreiches Journal über seine virtuellen Identitäten zu führen. Sein reales Leben war in diesem Chaos der Legenden ohne jede Bedeutung.

The Vampire's Net fesselte ihn seit einigen Tagen, auch wenn er die zum Teil kryptischen Spielregeln nicht ganz verstanden hatte. Bei diesem Spiel liefen die Aktionen anscheinend nicht nur auf schriftlicher Basis ab. Es genügte nicht, sich ein Pseudonym zu geben und mit anderen Teilnehmern in Phantasiewelten Kontakt aufzunehmen. Es gab da noch eine handfestere Dimension. Und um diese zu erkunden, hatte Jonathan seinen tatsächlichen Namen und seine wirkliche Adresse in das dafür vorgesehene Formular getippt.

Als er das Päckchen öffnete, war er froh, daß man ihn nicht nach seiner Kreditkartennummer gefragt hatte. Die Ausrüstung, die er aus der Plastikfolie schälte, sah überaus kompliziert und damit teuer aus. Wenn er eine ihm unangemessen erscheinende Rechnung erhielte, würde er den ganzen Kabelverhau einfach zurückschicken.

Aber zuerst wollte er das neue Spielzeug ausprobieren. Der sogenannte Joy-Strap bestand aus einer Manschette – ähnlich denen zum Messen des Blutdrucks –, die man locker um den Hals legen mußte, und einem Stirnband, an dem zwei wie Lämpchen aussehende Sensoren befestigt waren, die wenige Zentimeter vor den Augen an zwei fingerdicken Bügeln herunterbaumelten. Jonathan nahm die notwendigen Anschlüsse vor, schob sich die Konstruktion über den Schädel und loggte sich ein.

Wenn es um die jüngsten Trends der Computerindustrie ging, konnte man Jonathan nicht so leicht verblüffen. Er kannte sich aus. Er hatte die primitiven Versuche der Schöpfung virtueller Realitäten von Anfang an verfolgt. Er kannte die klobigen Helme mit den eingebauten Videomonitoren, die eine dreidimensionale Umgebung simulieren sollten, er hatte die zuckenden Grafiken und verzerrten Perspektiven schon am eigenen Auge erlebt. Er hatte einen Datenhandschuh getragen und damit nicht existierende Gegenstände berührt, wobei die Servos im Handschuh summten, während sie die Illusion der Wirklichkeit zu erzeugen versuchten. Aber das hier war etwas völlig anderes. Sobald er die Spielebene betreten hatte, preßte die einsetzende Reizüberflutung Jonathan mit aller Gewalt in seinen Sessel. Einen Moment lang sah er ein Aufblitzen an den Spitzen der fühlerartigen Fortsätze vor seinen Augen, dann war seine gewohnte Umgebung vollständig ausgelöscht.

Er fand sich in einem Raum, der keiner der bekannten Simulationen auch nur im entferntesten ähnelte. Obwohl ein beständiger elektrischer Austausch zwischen seinem Sehnerv und den Kontakten vor den Augen begann, obwohl sein limbisches System bis an die Grenzen seiner Belastbarkeit stimuliert wurde, waren es keine optischen Signale, die sein überraschtes Gehirn verarbeitete. Es waren eher Ahnungen komplexer unbekannter Emotionen, die eine abstrakte Gegenständlichkeit angenommen hatten und ein diffuses, aber eindringliches Gefühl der Lust in seinem Nervensystem erzeugten. Jonathan war wie gelähmt. In dem Gespinst der Eindrücke war jedoch etwas, das sein uneingeschränktes Vertrauen erweckte, etwas Personifiziertes, das ihm annähernd weiblich erschien und sich als sein *Guide*, sein Führer, zu erkennen gab.

Die Spielregeln, in die dieser ihn einführte, waren keine Handlungsanweisungen im herkömmlichen Sinne. Es ging eher darum, die eigene Haltung zu verändern, eine Verfassung der Hingabe zu erreichen, die Möglichkeiten fluktuieren zu lassen. Jonathan versuchte es; als Belohnung durchfuhr ihn ein purpurner Blitz von purer und bis in die äußersten Verzweigungen seines neuronalen Netzes reichender Euphorie. Den Schmerz an der rechten Seite seines Halses bemerkte er gar nicht.

Jonathan wurde nicht richtig wach an diesem Morgen. Er war schwach, und als er sich endlich aufraffte, befiel ihn ein starkes Schwindelgefühl, das sich erst nach der dritten Tasse Kaffee legte. Beim Rasieren bemerkte er im Spiegel die beiden leicht entzündeten Einstichstellen an seinem Hals.

Er wußte, daß es im Netz von potentiellen Unannehmlichkeiten nur so wimmelte, daß sich dort einige üble Gestalten herumtrieben, denen man nicht einmal entkommen konnte, wenn man den Stecker zog. Aber die meisten dieser Risiken bedrohten immer nur den eigenen Rechner oder im schlimmsten Fall noch das Kreditkartenkonto. Es gab die Jäger nach Passwörtern und Kreditkartennummern, die im Namen ihres Opfers kostspieligen Unfug anrichteten, die Eindringlinge in fremde Systeme, die virtuellen Streithähne, die ihre Opfer mit beleidigender elektronischer Post bombardierten, weil ihnen irgendeine Äußerung an einem der schwarzen Bretter gegen den Strich ging. Aber daß ihn einer dieser Datenoutlaws regelrecht ausbluten würde, daran hatte er nie gedacht.

Er verwarf den Gedanken. Wo sollte das Blut denn hingekommen sein? Es handelte sich nur um eine etwas handfestere Illusion des Spieldesigners. Und was er gestern abend erlebt hatte, wog die kleinen Kratzer mit Leichtigkeit auf. Er hatte einfach zu lange vor der Maschine gesessen. Deshalb war er so müde. Das ganze war nicht mehr als ein besonders anspruchsvolles Spiel.

In den folgenden Nächten loggte sich Jonathan immer wieder in seine neue Spieloberfläche ein. Er lernte andere Phantome kennen, und sein *Guide* lehrte ihn, sich im Labyrinth des *Vampire's Net* zurechtzufinden. Aber bei allem, was er dort wahrnahm, bei jedem Gipfel der Lust, blieb doch der Eindruck der Unvollkommenheit, des Ausgeliefertseins zurück. Es gab ein Geheimnis, auf das Jonathan der Zugriff verwehrt blieb, es gab noch eine andere Dimension dieses Spiels, von der er ausgeschlossen war. Das spornte ihn nur noch mehr an, sich mit dem Joy-Strap an der Stirn und der Manschette um den Hals auf die Spielfläche zu begeben.

Mittlerweile verbrachte Jonathan einen immer größeren Anteil seiner Zeit vor dem Bildschirm im *Vampire's Net*. In regelmäßigen Abständen, egal womit er gerade beschäftigt war, wählte sich sein Computer ins Netz ein. Sein System war mit einem Virus infiziert, der immer dann für eine Auffrischung seiner Erlebnisse sorgte, wenn Jonathan gerade in Erwägung zog, eine Zeitlang die Finger davon zu lassen. Sein Gesundheitszustand erschien ihm in klaren Momenten immer fragwürdiger: Das Tageslicht machte ihm zu schaffen; er bekam Kopfschmerzen davon. Seine Haut hatte eine blassere Färbung angenommen und fühlte sich rauh und spröde an. Tagsüber war er verkatert und fror, so daß er die meiste Zeit unter seiner stickigen Bettdecke verbrachte. In seinem Gehirn hatte sich eine immense Leere breitgemacht, die sich nur dann annähernd beseitigen ließ, wenn er sich dem elektrischen Rausch des Joy-Straps hingab.

An einem Vormittag, an dem er sich erschöpfter und ausgelaugter denn je fühlte, raffte er sich auf, um seinen Hausarzt aufzusuchen. Dr. Rand besah sich die violetten Flecken an seinem Hals, nahm eine Blutprobe und zeichnete ein EKG auf. Dann entließ er seinen Patienten, nicht ohne ihn noch mit der grundsätzlichen Ermahnung zu einem gesünderen Lebenswandel zu versorgen. Über die nächtlichen Exzesse am Computer und das sonderbare neue Spiel, an dem er teilnahm, verlor Jonathan kein Wort.

Am übernächsten Tag bestellte ihn Dr. Rand erneut in seine Praxis. Jonathan konnte sich kaum auf das Gespräch konzentrieren, denn sein *Guide* im Netz hatte ihm in der letzten Nacht zu verstehen gegeben, daß er reif für die nächste Ebene des Spiels sei. Er würde bald ein weiteres Päckchen erhalten, das ihn in eine völlig neue Welt katapultieren würde. Daran dachte Jonathan, während ihm Dr. Rand eine Überweisung zu einem Neurologen in die Hand drückte. Seine Gehirnströme wiesen einige pathologische Veränderungen auf, vielleicht ein Tumor oder eine Zyste. Sein Endorphinspiegel sei extrem niedrig, fast wie bei einem Opiatsüchtigen, gleichzeitig sei sein Blut von einer abnorm hohen Menge Serotonin durchsetzt. Die Veränderungen der Haut deuteten auf einen genetischen Defekt hin, den sich Dr. Rand nicht erklären konnte. Noch im Wartezimmer warf Jonathan den Zettel mit der Adresse des Spezialisten in den Papierkorb.

Er mußte ohne fremde Hilfe durchhalten. In einer, spätestens zwei Wochen hätte er die nächste Stufe erreicht und würde dem SysOp einige Namen von Spielern niedrigeren Rangs übermitteln dürfen. Er würde einen neuen Joy-Strap benutzen. Die Schnittstelle zur Netzhaut würde die gleiche bleiben; aber die Manschette an seinem Hals brauchte er dann nicht mehr – die Sensoren der neuen Prothese würden direkt an seinen Eckzähnen anliegen.

Michael Fuchs-Gamböck

Der Kuß vor dem Tango

Verdammte Scheiße, dachte er, das hätte ich mir wirklich sparen können. Angewidert wischte er sich mit dem speckigen Ärmel seines Uniformmantels über die Lippen. Dadurch verschmierte er das Blut, das ihm aus dem Mundwinkel troff, über das ganze Gesicht. Es verwandelte sich innerhalb von Sekunden in die Maske eines grotesk geschminkten Clowns.

Schon bevor er seine Zähne in den Hals des alten Mannes gegraben hatte, wußte er, daß ihm davon übel werden, daß ihm der ganze Mist gleich wieder hochkommen und er sich für seine Gier selbst verfluchen würde. Und in der Tat, es würgte ihn gewaltig. Im nächsten Moment spuckte er Blut, seinen gesamten Mageninhalt und Beschimpfungen, die nur gegen ihn selbst gerichtet waren, aus.

Es kam jetzt immer häufiger vor, daß ihn bereits der Geruch von Blut ekelte. Ganz zu schweigen von dem Gefühl, das in ihm hochkam, wenn er seine Zähne in Hälse vergrub – es ist eine miese Art, sich zu ernähren, ging es ihm durch den Kopf, so schäbig und billig. In letzter Zeit hatte sich sein Abscheu verstärkt, und es gab kaum mehr eine Mahlzeit, die ihm wie früher richtig Spaß bereitete. Inzwischen war er an dem Punkt angelangt, an dem er versuchte, mit so wenig Nahrung wie möglich auszukommen.

Er hatte es mit Konservenkost versucht, doch das verschweißte Blut, schien ihm, hatte den säuerlichen Nachgeschmack von abgestandenem Urin und verursachte zudem nichts als Sodbrennen. Satt konnte man von dem Zeug auch nicht werden – aber das Schlimmste war der Geschmack. Dann lieber auf Diät, hatte er beschlossen.

Außerdem war es an der Zeit, sich seine Opfer wieder etwas genauer anzusehen, ehe er sie leermachte. In dieser Hinsicht hatte er in letzter Zeit ziemlich geschludert. So wie dieses Mal – diesen Penner, der kraftlos zu seinen Füßen lag und gerade seine letzten Seufzer von sich gab, hätte er sich schenken können. In seinen Mundwinkeln sammelte sich nun wesentlich mehr Alkohol als Blut.

Er hatte nichts gegen den Geschmack von Alkohol, das war bestimmt nicht das Problem. Schlimm an der Sache war, daß dann stets alte, wehmütige Erinnerungen in ihm hochkrochen. Erinnerungen an Zeiten, als er sich aus Blut nichts gemacht hatte und der Alkohol dafür um so wichtiger für ihn gewesen war. An Zeiten also, in denen er in der anderen Realität zu Hause gewesen war und nichts von seiner jetzigen Realität gewußt hatte. Gar nichts. Oder doch?

Er war jetzt schon so lange das, was man einen Vampir nannte, eine Art Untoter, nirgends zu Hause und überall bekannt, daß er sich nur noch in Schemen an die Zeit in der anderen Realität erinnerte. Aber der Geruch von Alkohol, ja – den kannte er! Der brachte wieder all die vielen Tränen in ihm hoch, diese Verwirrung in seinem Herzen, den Schmerz des Abschiednehmens und dieses fassungslose Unglück, für das er bis dahin keinen Namen gekannt hatte und schon gar keine Empfindung. Alkohol, soviel war klar, enthielt den Fluch des Erinnerns für ihn. Wo er früher für Vergessen gesorgt hatte, brachte er jetzt die alten Geschichten zurück, die längst geschehen waren und dennoch in seinem Hirn nisteten und auf ihren großen Auftritt warteten.

Er verpaßte dem leblosen Bündel unter sich einen heftigen Tritt, dann machte er einen großen Schritt darüber und ließ es hinter sich. Seinen Mantel zog er fester um den hageren Körper, während er mit staksigen Schritten durch die Straßen schlich. Er spürte, daß der Winter nicht mehr weit war – der Wind kroch seit einigen Tagen bösartiger durch seine Kleider, er stahl sich zur Haut durch und biß sich überall fest, die Tage wurden kürzer, das Sonnenlicht hatte immer mehr an Kraft verloren.

Er nahm die Sonnenbrille ab, denn der Tag verabschiedete sich für heute. Beinahe unmerklich mußte er grinsen, als er dachte: Was für einen Blödsinn man uns da erzählt hat, von wegen, Vampire zerfallen bei Tageslicht zu Staub. Und erst dieser Quatsch mit Knoblauch und den Kruzifixen. Stört mich doch alles nicht!

Und mit einemmal verzog sich sein Grinsen zu einer grimmigen Fratze, weil ihm klar wurde, daß nichts ihn störte, daß nichts ihm etwas bedeutete, daß niemand ihm etwas anhaben konnte. Aber das hieß, daß sein Zustand für die Ewigkeit war, denn ohne natürlichen Feind kein natürliches Ende, ohne Glaube kein Gott, ohne Hoffnung keine Erlösung. Er befand sich in einem Zustand, an dem sich nie etwas ändern würde, er war Gefangener eines endlosen Kreislaufs, in dem sich nichts drehte. Irgendwann hatte er die andere Realität verlassen – war er gestorben –, und daraufhin war er lautlos hinübergeglitten in die jetzige Existenz. Hier würde er bleiben, freudlos, schlaflos und einsam bis in die Unendlichkeit.

Ja, es war schlimm, daß er die Fähigkeit zu schlafen verloren hatte, daß er 24 Stunden am Tag unterwegs war, ohne Aufgabe, ohne Sinn, ohne Ziel, ständig überreizt und übernächtigt, ohne Hoffnung auf Wechsel. Aber schlimmer noch war die Einsamkeit, dieses stetige Verharren in einem Zustand, in dem niemand seiner gewahr wurde und er sich niemandem nähern konnte.

Er sah die anderen, wie sie geschäftig durch ihr Leben hetzten, kaum einer darunter, der den Blick nach rechts oder links wandte. Er konnte mitten durch sie durchstiefeln, sie nahmen ihn nicht wahr, er blieb unsichtbar für sie. Nur in dem kurzen Moment, ehe er seine Zähne in ihren Hals rammte, erkannten sie ihn, die Augen verdrehten sich in irrer Ungläubigkeit, und dann war es zu spät für sie, er machte sie leer und ließ sie hinter sich.

Zu Beginn der neuen Realität hatte er diese Augenblicke am meisten genossen – die Wehrlosigkeit seiner Opfer, daß sie ihm ausgeliefert waren. Natürlich, auch das warme Blut hatte ihm geschmeckt, weil es seine Adern explodieren ließ und ihm neue Kraft verlieh. Doch ihre Hilflosigkeit war ihm mehr wert als ihr Saft. Gierig holte er immer wieder die Bilder zurück vom Entsetzen in ihrem Blick und dann, zu guter Letzt, von der Resignation, vom Sich-fallen-Lassen in die endgültige, unwiderrufliche Entscheidung des Schicksals.

Doch heute ließ ihn dieses Gefühl schaudern, ja, die Blicke seiner Opfer verfolgten ihn oft wochenlang. Das Feuer in seinen Augen war längst erloschen, sein Blut explodierte nicht mehr, die Nahrungsaufnahme war zu einem notwendigen Übel verkommen. Es hatte Zeiten gegeben, da hatte er sich verweigert, viele Tage lang, er hatte kein Blut mehr zu sich genommen, aber es half nichts, weil sein Zustand alles überdauerte. Er hatte sich nur noch elender gefühlt, konnte sich kaum noch auf den Beinen halten, aber schlafen konnte er trotzdem nicht, und an Sterben, nein, daran war nicht zu denken. Soviel wurde ihm damals klar, und er verfluchte sich für seine Situation, weil er die Fähigkeit zu weinen längst verloren hatte.

Da hatte er sich auf die Suche nach irgendwelchen anderen gemacht, nach Gleichgesinnten, denen das Schicksal dieselbe Existenz wie ihm zugedacht hatte. Tag für Tag und Nacht für Nacht war er durch Städte und Straßen geirrt, immer weiter war er gewandert, während er wie beiläufig Opfer leermachte – aber gefunden hatte er niemanden. Er sah die anderen, aber sie sahen ihn nicht. Und da war ihm klargeworden, daß dies hier sein Spiel, seine Realität, seine ureigene Existenz war. Niemand konnte hier eindringen, schon gar kein Gott, an den er hätte glauben können.

Er zitterte jetzt vor Kälte und vor Nervosität, seine Beine setzten sich automatisch in Bewegung, immer weiter, immer weiter, er nahm seine Umgebung nicht wahr, sie bedeutete ihm nichts, er kannte ja all die Straßen, all die Häuser, all den Schmutz, das alles war ihm so gleichgültig – und nur noch manches Mal auch verhaßt –, daß es ihm gar nicht mehr auffiel. Ah, dachte er, was für eine ekelhafte Scheiße.

Ihm war klar, daß irgend jemand ihn da gelinkt hatte, daß es zumindest für ihn kein Entrinnen mehr gab. Sackgasse, ganz eindeutig, aber kein Ende, nirgendwo Land in Sicht, das Land, in dem er zur Ruhe kommen konnte. Er hatte sich gerne Vampirfilme angeschaut, damals, in der anderen Realität – »Dracula« und all den Mist –, eine Flasche Schnaps in der Hand, an der er genüßlich nuckelte, während diese mächtigen und so tragischen Helden auf der Mattscheibe vor ihm ihr Spiel spielten. Das Spiel hieß Macht, das Spiel hieß Erlösung, das Spiel hieß Blut. Er hatte oft geträumt vom Eintritt ins Zwischenreich, damals, aber jetzt wußte er, daß er das nur getan hatte, weil er sich nach der ewigen Ruhe gesehnt hatte. »Die ewige Ruhe, hihi«, kicherte er grimmig und böse in sich rein, »Religionsunterricht in der Schule.« Mehr fiel ihm dazu längst nicht mehr ein.

Er verfluchte seine Fähigkeit, sich zu erinnern; das war das Schlimmste, was man ihm hatte antun können. Denn natürlich hatte es auch bei ihm Zeiten gegeben, in denen er sich wohl gefühlt hatte. Nicht häufig, aber das Leben damals hatte seine Höhepunkte gehabt, flüchtige Augenblicke nur, die sich dennoch ins Gedächtnis eingebrannt hatten.

Er blieb jetzt stehen, mitten auf der Straße, obwohl der Wind ihm mit eisiger Macht in die Knochen fuhr. Aber es würde keinerlei Konsequenz haben, er wurde ja niemals krank, und Sterben – haha, Sterben, was für ein Witz, dachte er bei sich – konnte er natürlich nicht. Tod, Tod, Tod, hämmerte es in seinem Hirn, in einem gleichmäßigen Takt, rhythmisch und erbarmungslos. Es war ein Takt, der ihm längst verhaßt war.

Wer konnte sich eine Existenz wie die seine ausgedacht haben? War das eine Strafe? Ein Spiel? Oder einfach nur die alleinige Wahrheit? Er hatte Lust, gegen Mülltonnen zu treten, die auf der Straße standen, er wollte Übel und Vernichtung bringen, unwiderruflich, doch der Mut fehlte ihm dazu, vielleicht auch nur die Überzeugungskraft. Das hatte er doch alles längst hinter sich, das war Teil seiner Vergangenheit, in der er sich noch aufgelehnt hatte, das war Unsinn, weil es nichts an ihm und schon gar nichts an seiner Situation änderte.

Der Wind fuhr ihm so heftig zwischen die dünnen Kleider, daß er sich in die geschützte Ecke eines Hauses drängte, schlotternd und heftig mit den Zähnen klappernd. Er kauerte sich auf den Boden und schlang die Arme um seine Knie, leicht benommen, während er spürte, wie die Wärme in seinen Körper zurückfloß. Als er irgendwann hochschaute, war es rings um ihn dunkel geworden, erschreckend schnell und in einer Makellosigkeit, daß er sich darüber wunderte. Kein Mond war da am Himmel heute, schien ihm, es gab nichts als allumfassende Schwärze, welche die Welt endgültig verschluckt hatte.

»Mir kann's recht sein«, grummelte er, aber erstaunt war er dennoch. Er blieb sitzen in diesem Hauseingang, gelassen, während sich in sein Hirn schon wieder neue Bilder schlichen, gegen die er sich nicht wehren konnte. Er sah sich in seiner heruntergekommenen Bude auf dem Sofa sitzen, die Flasche zwischen den Knien, aus der er gelegentlich einen Schluck nahm. Er versuchte herauszubekommen, was damals in ihm vorgegangen war, aber das mißglückte rasch. Seine Erinnerung glitt in diesen Momenten stets ab wie eine Hand an glatter Steilwand. Ihm war nur klar, daß er nicht besonders viel nachgedacht hatte, damals, daß die Tage gekommen und gegangen waren, während er sich immer weiter in Suff und Sarkasmus geflüchtet hatte.

Das Leben hatte ihm keinen Sinn gemacht, er war geboren worden und er würde sterben, soviel war klar. Nur hatte er nicht gewußt, was es mit dem Tod auf sich hatte. Der Tod, mit dem konnte er herrlich kokettieren, wenn der Alltag gar zuviel Gleichförmigkeit bot. Der Tod war immer sein Hinterausgang gewesen, die große fremde Unbekannte, das Geheimnis, das er mit niemandem teilen mußte.

Was war hingegen das Leben gewesen? Nichts weiter als der Abspann in einem belanglosen Film, den man am nächsten Tag vergessen hatte. Das Leben war ein Zustand gewesen, den man sich nicht ausgesucht hatte, aber auch ein Zustand, der nicht von Dauer war. Und nach dieser Devise hatte er sich seine Realität damals eingerichtet, er hatte vollkommen willkürlich gelebt, ohne Kraft und ohne Überzeugung, stets die Flasche in der Hand, ein verschlagenes Lächeln auf den Lippen. Die Jahre waren vergangen, er hatte sich mit diesem und jenem durchgeschlagen, die Flasche blieb ihm, zwischen den Knien geborgen. Mehr wußte er nicht von dieser Zeit, er erinnerte sich nicht an Gedanken, die er gehabt hatte, an Gefühle, an einzelne Tage und an ihre Bedeutung.

Plötzlich schob sich ein Gesicht vor das Bild des Mannes auf dem Sofa, der einmal er gewesen war. Maria. Es war ihr Gesicht, ganz eindeutig. Wie lange er es schon nicht mehr gesehen hatte, wie sehr er dieses Bild gefürchtet hatte, wie sehr er es genoß, jetzt, in dieser stockdunklen, ewigen Nacht. Maria.

Wo er sie kennengelernt hatte, warum sie in ihn verliebt gewesen war – und er in sie –, das waren Schemen, verborgene Schleier aus einer Vergangenheit, die ihm fremd war und ihn gleichsam wehmütig stimmte. Ihm war, als blätterte er in einem Fotoalbum mit vergilbten Bildern – da waren Fotos mit Menschen, denen er einst nahe gewesen und die längst tot waren. Maria.

Sie war in sein Leben geschneit, so viel war ihm klar, so federleicht und unbeschwert, daß sie ihm schon zu Beginn dessen, was man eventuell Beziehung nennen könnte, wie ein flüchtiger Traum vorgekommen war. Unwirklich war sie gewesen, immer, wie ein grollender Blitz in finsterer Nacht, der die Luft klärte. Sie war das Wunder, das seinen matten Tagen neuen Glanz verlieh; plötzlich war sie dagewesen, mitten in seinem Leben, sie hatte ihn bei der Hand genommen und zeigte ihm so was wie einen Ausgang, weg aus der leblosen Düsternis.

Er hatte sich nie erklären können, warum sie ihm mehr als einmal ins Ohr geflüstert hatte: »Ich liebe dich.« Große, mächtige Worte, soviel hatte selbst er verstanden, aber richtig kapiert hatte er sie nie. Doch er ließ sie gewähren, er bumste sie wie verrückt, stammelte ebenfalls von Liebe und paßte auf, daß dieser Traum ihm nicht flötenging.

Er hatte sie eines Nachts kennengelernt, in einer Bar, in schummrigem Licht. Und dann hatte er sie gefragt, der Morgen graute bereits, ob sie mit auf seine Bude kommen würde. Zu seiner Überraschung hatte sie »ja« gesagt, da mußte er grinsen, er bestellte sich einen Letzten beim Barkeeper und stürzte ihn schnell hinunter, ehe sie den Laden verließen. Gemeinsam.

Am nächsten Morgen, als er mit schwerem Kopf aufgewacht war, lag sie noch an seiner Seite, friedlich schlummernd, kaum daß er ihren Atem wahrnehmen konnte. Er hatte seinen Kopf auf die Hand gestützt und sie lange betrachtet, seine Elfe, dieses Wesen aus einer längst vergessenen, besseren Zeit. Mein Gott, wie schön sie war! Wie jung wirkte ihr Gesicht, faltenfrei und strahlend. Er hatte an sich heruntergeblickt und einen erschreckend bleichen Körper mit behaarten Beinen und Bauchansatz gesehen, mit schmächtiger Brust und dünnen, schwachen Armen.

Leise hatte er sich aus den Laken gestohlen und sich gleich ein großes Glas eingegossen, das er auf einen Zug leergemacht hatte. Dann hatte er sich zurück ins Bett gelegt, sich so nah als möglich an ihren warmen Körper geschmiegt und war rasch eingeschlafen. Er glaubte daran, daß das, was da in ihm hochgezischt war wie eine alles versengende Flamme, nichts weniger als Glück sein konnte.

Maria war dageblieben. Sie hatte Arbeit, deshalb schlich sie morgens aus dem Haus und trottete abends zurück zu ihm. Sie verlieh der armseligen Hütte, in der er lebte, Glanz – nicht nur durch ihre Anwesenheit, nein, sie richtete sich ein und stellte die Dinge an ihren Platz, da, wo sie hingehörten. Er war sich nicht sicher, ob er sich noch zu Hause fühlte in seiner Bude, aber er beobachtete immer häufiger, daß sich auf dem Bild im Spiegel ein Lächeln auf seinem Gesicht breitmachte.

Und dann brachen die gewohnten dunklen Wolken über ihn herein, wie immer in seinem Leben, seiner miesen, lächerlichen Existenz, die er nie kapiert, mit der er nie etwas anzufangen gewußt hatte. Er war ständig zu Hause gewesen in jener Zeit, die Flasche in der Hand, seinen treuen Gefährten. Und er hatte jeden Abend darauf gewartet, daß Maria zu ihm zurückkommen würde.

Müde sah sie aus, immer müder; er hatte kleine Falten rund um ihre Augen bemerkt, und eigentlich hatte er ihr sagen wollen, wie sehr er sie dafür liebte. Aber sie war nie vor sechs Uhr abends gekommen, und um diese Zeit war er regelmäßig so betrunken, daß er nichts als gehässige Beschimpfungen für sie übrig hatte, einen stoßweise hervorgebrachten Schwall wüster Worte, der nichts mit der Realität zu tun hatte. Er hatte sich dafür gehaßt, aber langsam hatte er auch begonnen, sie zu hassen. Nachts war er immer öfter von ihr abgerückt, sein Körper blieb wieder kalt.

Nur einmal war sie ihm über den Mund gefahren, atemlos noch, weil sie die vielen Stufen zum gemeinsamen Apartment hochgerannt war, die Flasche in ihrer Hand hatte gefährlich geschaukelt, und dann ließ sie dem Korken freien Lauf, und der Schaumwein war ihm übers Hemd gespritzt. Sie hatte gelacht und gelacht und gelacht, bis er einfiel in ihr Lachen. Da hatte sie ihn bei der Hand genommen und war mit ihm durch die enge Wohnung getanzt, stürmisch, während sich sein besoffener Kopf wie irr gedreht hatte: »Ein Kind, ein Kind«, hatte sie geschrien, »du wirst Papa, du Narr!« Und sie hatten weiter und weiter getanzt, während er merkte, wie seine Kehle langsam trocken wurde.

All die alten Bilder in seinem Kopf waren jetzt wieder da, sie standen gestochen scharf vor ihm, und er spürte, wie ihm langsam schwindlig davon wurde, wie er sich wieder ungelenk zu drehen begann, in diesem verschissenen Apartment, wie er wieder zu kichern begann, leise in sich rein, wie damals, wie ein gottverdammter Narr, der nichts verstand. Maria, Maria, Maria! Was hatte sie getan, was hatte sie ihm nur gesagt. Was war passiert?

Irgendwann hatten sie erschöpft zu tanzen aufgehört, und während Maria sich ins Bett gelegt hatte und rasch eingeschlafen war, hatte er sich ihre Flasche vorgenommen und sie leergemacht, dann noch eine – Schnaps –, bis auch diese leer war. Er hatte sich immer weiter gedreht, aber jetzt, jetzt drehte er sich nur mehr in seinem Hirn. »Der Schnaps, der Schnaps«, lallte er vor sich hin, und immer noch war er durstig, doch der Vorratsschrank war leer. Daher war er wie gehetzt in den wenigen Quadratmetern der Wohnung hin und her gelaufen – »Vater, Vater«, hatte er wie besinnungslos gekeucht –, und dann, irgendwann, hatten die Gedanken sich aufgelöst, nichts mehr war wie zuvor gewesen, niemals wieder würde es so sein.

Er hatte sich ganz nackt ausgezogen und zu Maria ins Bett gelegt. Ja, er wollte schlafen, aber die Augen standen sperrangelweit offen – und da hatte er Maria gepackt, brutal, sich auf sie gestürzt und sie genommen, während sie ihm verschlafen zugeblinzelt hatte, gar nicht unfreundlich hatte sie dabei ausgesehen. Er hatte weitergemacht, immer weiter, und irgendwann war ihm nicht mehr klar gewesen, was er da eigentlich tat, wo er war, wer er war. Er hatte sie stöhnen gehört, nah und doch weit weg, durch eine dichte Wand hindurch. Das Stöhnen, es verfolgte ihn bis jetzt.

Als er an sich heruntergeblickt hatte, war alles rot gewesen, ein klares, leuchtendes Rot, völlig unwirklich, an dem er zu erblinden drohte. Woher kam dieses Rot, warum dieses Rot? Rot, Rot, Rot! Er hatte immer noch dieses Stöhnen im Ohr, dröhnend laut jetzt, und mit einemmal hatte er von Maria abgelassen, aber nur, um seinen Kopf zwischen ihren Beinen zu vergraben, denn er wollte dem Rot auf die Spur kommen, diesem gräßlichen, geheimnisvollen Rot. Er hatte geleckt und geschlürft, und er hatte alles, alles gierig in sich aufgesaugt.

Und dann dieser Schrei, den er niemals vergessen würde, nicht bis ans Ende aller Tage. Sie hatte seinen Namen geschrien, hatte an seinem Haar gezogen, hysterisch.»Nein, nein, nein«, hatte es ihm viel zu laut in den Ohren gedröhnt, und er hatte sich gewundert, war da irgendwas passiert gerade?

Er hatte Maria gesehen, wie sie über diesem Körper kauerte – seinem Körper –, sie hatte geschluchzt, während sie dieses bleiche Stück Fleisch eng umschlungen hielt. Ihm war klar, daß er betrunken war, schrecklich betrunken, aber ihm war nicht klar, daß er dermaßen voll war, um das zu beobachten. Dann war es schlagartig tiefschwarz in seinem Hirn geworden, so schwarz wie die Nacht heute, und eine traumlose Realität hatte ihn eingeholt.

Am nächsten Morgen war keiner mehr dagewesen. Er war aufgestanden wie gewöhnlich, hatte sich aus dem Bett gewälzt und noch trunken vor Schlaf angezogen, er wollte nur weg da, weg, rasch hatte er sich auf den Weg zur Tür gemacht. Das Laken hatte ihm blutig rot und grimmig böse entgegengeleuchtet.

Seine Gedanken hatten sich nicht ordnen lassen wollen an diesem Tag. Er war nach draußen und die vielen endlosen Treppen hinuntergehastet, und er hatte keinen Blick gehabt für all das, was ihn umgab. Nur raus auf die Straße und tief durchgeatmet und dann den endlosen Asphalt entlanggestolpert, ohne Sinn, ohne Ziel, nur schnell auf andere Gedanken kommen, überhaupt einen Gedanken fassen können.

Plötzlich war er von einem großen Pulk Menschen umgeben gewesen, er war in der Fußgängerzone der Stadt gelandet, inmitten von Geschäften, Tumult und jeder Menge sinnlosem Geschrei. Irgend etwas war anders als sonst gewesen. Leichtfüßig hatte er sich durch die Massen bewegt, sie mochten ihn anrempeln, doch er spürte es nicht. Ihm war, als hätte er sich durch sie hindurchbewegt. Sein Körper hatte ihm gehorcht wie stets, doch er war keinerlei Belastung für ihn gewesen.

Im Schaufenster einer großen Kaufhauskette hatte er sich gelangweilt die neueste Herrenmode angeschaut, als er mit einemmal eine Krawatte erspäht hatte, die ihm gefiel. Sie war um eine der gesichtslosen Puppen geschlungen gewesen, etwa in Höhe seines Halses, und er hatte seinen Körper ganz nahe an die Glasscheibe gepreßt, um zu sehen, wie ihm dieses Stück Stoff stehen würde. Aber er hatte nur die Krawatte gesehen, die Puppe, das Glas. Nichts von sich selbst – keine Kontur, kein Abbild, nicht einmal den Hauch eines Schattens.

Panik hatte ihn ergriffen, er war ins Kaufhaus gestürmt, hatte sich zu den Toiletten durchgeschlagen und dann lange und wie hypnotisiert in den Spiegel im Vorraum gestarrt. Nichts. Kein Abbild. Da war niemand. Er hatte aufgehört zu existieren. Oder auch nicht.

Ein Mann hatte mit einemmal neben ihm gestanden und sich sehr bedächtig die Hände gewaschen. Da hatte er versucht ihn anzurempeln, doch sein Ellbogen war ins Leere gerammt. Er hatte ihm ins Ohr gebrüllt, aber sein Schrei war ohne Reaktion verhallt. Und mit einemmal hatte ihn eine namenlose Wut gepackt, sie hatte seinen Körper – oder was davon übrig war – durchgeschüttelt. Schon hatten sich seine Finger mit eisernem Griff um den Hals des Mannes gelegt, seine Zähne hatten sich in dessen Hals geschlagen und dort festgebissen. Das Blut hatte nicht mehr aufhören wollen zu sprudeln. Der Blick des Mannes war voller Entsetzen gewesen. So hatte alles angefangen mit seiner neuen Realität.

Es war kalt geworden, obwohl der Platz in dem Hauseingang ihn recht gut vor dem eisigen Wind schützte. Bestimmt ist's schon weit nach Mitternacht, dachte er. Es war jetzt so dunkel geworden, daß er tatsächlich die eigene Hand nicht mehr erkennen konnte. Er mußte mit einemmal grinsen, weil er so unsinnige Gedanken hatte. Spielte es eine Rolle für ihn, welche Tageszeit, welches Datum, welche Jahreszeit in der Welt herrschte?

Als sein erstes Opfer blutüberströmt neben ihm in der Herrentoilette des Kaufhauses zusammengebrochen war, war er in Panik aus dem Raum geflüchtet. Er hatte sich durch die Massen der Käufer gedrängt, und im ersten Moment war ihm gar nicht aufgefallen, wie leicht ihm das fiel, wie behende sein Körper mit einemmal sich leiten ließ. Und es gab nicht den Hauch eines Widerstandes, ja, ihm war, als könnte er durch die Leiber der anderen hindurchgehen.

Erst als er sich vom ersten Schock erholt und wieder gefaßt hatte in den nächsten Tagen, als er seinen ersten unglaublichen Blutdurst an einer gewaltigen Anzahl von Opfern gestillt hatte und zu einer Art neuer Tagesordnung übergegangen war, fand er die Muße, sich mit den zweifelsohne vorhandenen Vorteilen seiner jetzigen Existenz zu beschäftigen. Es hatte ihm Spaß gemacht, unsichtbar für die anderen zu sein, sich als übermächtiger Einzelkämpfer durch die Welt zu schlagen, niemals müde zu werden und Schlaf nurmehr als Erinnerung zu kennen. Seit er ein Junge gewesen war, hatte er sich dieserart Überlegenheit gewünscht, er wollte anders sein als die anderen, geheimnisvoller, eine auserwählte Person.

Doch irgendwann hatten sich gehässige Zweifel in seine Seele getrieben. Anders-Sein? Geheimnis? Überlegenheit? Und von welcher Art Auserwähltheit konnte nur die Rede sein? Wenn sein neuer Zustand der eines Auserwählten war, dann hatte man ihn definitiv für eine Mission ohne Sinn und Ziel auserkoren.

Ihm war zu diesem Zeitpunkt nicht klar gewesen, wie seine Zukunft nun aussehen würde, welche Metamorphose er mitgemacht hatte und noch mitmachen würde. Ihm war nur klar gewesen, daß nichts mehr so sein würde wie zuvor. Denn wenn er ganz tief in sein Herz hineinlauschte, mußte er sich eingestehen, daß er die Antworten auf alle Fragen längst kannte. Es gab von jetzt ab keine Zweifel mehr, alle Rätsel waren gelöst, das Universum war der nackte, kahle Witz, wie er es sich früher einmal in seiner gehässigsten Ironie ausgemalt hatte. Zumindest war es das für ihn. Das, was er in seinen schlimmsten Träumen ausgeheckt hatte, war mit einemmal eingetreten.

Seither war er umhergetaumelt wie ein Zombie, von unterschiedlichsten Stimmungen getrieben, zwischen Paranoia, Haß und völliger Resignation. Alles lag auf der Hand, sein Schicksal war eine schnurgerade, monotone Straße, die ins Nichts führte, es gab keinen Anlaß für Hoffnung oder gar Freude. Was blieb, waren die Erinnerungen. Und die wurden im Laufe der Zeit – er hatte längst aufgehört, Tage oder Monate zu zählen – zu einem trüben Brei aus Verlorenheit.

Er bemerkte jetzt zu seinem Erstaunen, daß er immer noch auf dem Boden kauerte, in der windgeschützten Ecke des Hauseingangs, und daß die Nacht noch weit davon entfernt war, auch nur den Schimmer von Licht zu gewähren. Eine Nacht von so lückenloser Dunkelheit, dachte er, habe ich noch nie erlebt. Doch wenn ihn diese in seiner anderen Realität zutiefst erschreckt hätte, so spendete ihm das völlig undurchdringliche Schwarz jetzt eine merkwürdige Art von Trost. Zum erstenmal seit langem fühlte er sich ruhig und geborgen.

»Hab' ich dich«, zischelte es hinter ihm. Mit einem Ruck wandte er den Kopf um. Sein Herz raste. Nervös starrte er um sich. Doch er sah nichts. »Hier bin ich«, zischelte die Stimme wieder, und tatsächlich, nun erkannte er ein mattes Schimmern ungefähr in Augenhöhe, höchstens zwei oder drei Handbreit von seinem Gesicht entfernt. Aus dem diffusen Licht wuchsen langsam die ebenmäßigen Gesichtszüge einer Frau. Einer schönen Frau. Einer Frau, die er kannte. Maria.

»Wie lange ich nach dir gesucht habe«, flüsterte die Stimme, und er mußte sich anstrengen, um sie zu verstehen.

»Warum«, entfuhr es seiner trockenen Kehle.

»Es gab sonst«, antwortete die Stimme, »nichts zu tun für mich.«

Ein langes Schweigen stand zwischen ihnen. Zu Beginn war ihm seine Situation äußerst unwirklich vorgekommen, aber je länger er Marias Gesicht, das von einem Lichtkranz umgeben war, anstarrte, desto realer und natürlicher erschien sie ihm. Er kam sich vor wie in einem Traum, den er so oft geträumt hatte, daß er sich dort zu Hause fühlte. Außerdem genoß er es über alle Maßen, daß jemand zu ihm sprach – und er diesem Jemand antworten konnte.

»Was bist du«, wollte er wissen. »Ein Geist, ein Dämon, eine Illusion?«

»Ich bin eine verlorene Seele«, gab sie zur Antwort, »mehr weiß ich dazu nicht zu sagen.«

»Und …« stammelte er, »was … was willst du von mir?«

»Ich habe längst aufgehört, irgendwas zu wollen«, hauchte sie als Antwort zurück. »In meinem Zustand hat man keine Wünsche mehr – und auch keine Erwartungen.«

»Herrgott«, kreischte er plötzlich, »erzähl mir doch, was eigentlich mit dir passiert ist! Was ist denn hier los, verflucht noch mal?«

»Na ja«, fing die Stimme an, »als ich dich sterben sah, damals, da starb ich auch, in mir drin. Ich taumelte zwar noch durchs Leben, aber ich hatte keinerlei Bezug mehr zu mir selbst, mein Körper war nichts weiter als eine Last für mich. Ich hatte dich geliebt, weißt du, ohne Vorbehalt, und mit dem Tod hatte ich mich nie beschäftigt, ich wollte nichts als lieben und leben, alles andere war mir egal.

Aber als du so tot vor mir lagst, da war jegliche Hoffnung in mir für immer erloschen. Wie eine brennende Kerze, die man ausgeblasen hat. Nur ein paar Tage nach deinem Ableben geriet ich in völlige Raserei – ich nahm mir ein Brotmesser, schlitzte mir den Bauch auf und holte den Embryo hervor. Ich habe ihn in meinen Armen gewiegt, ganz sanft, bis ich das Bewußtsein verlor.«

»Und seitdem«, murmelte er, »seitdem …«

»Ja«, stöhnte sie, »seitdem. Aber seitdem bin ich auch auf der Suche nach dir. Jetzt habe ich dich gefunden, jetzt habe ich dir meine

136

Geschichte erzählt, jetzt ... weiß ich nicht mehr weiter. Ich habe ja keine Kontrolle über mich, ich weiß nie, was im nächsten Moment passieren wird.«

Er starrte lange in dieses Gesicht, das nervös vor ihm hin und her wogte, als wäre es ein vom Wind getriebener Ballon. Doch kein Hauch von Wind war mehr zu spüren, ganz plötzlich. Die Luft stand still.

»Gibt es denn«, preßte er mühsam hervor, »Erlösung für welche wie uns?«

»Ich weiß nicht«, sagte sie. »Ich weiß ja nicht mal, wie diese Erlösung aussehen könnte.«

»Ausgelöscht sein«, quälte er sich zwischen geschlossenen Lippen hervor, »ich möchte ein für allemal ausgelöscht sein.«

Und in diesem Moment wurde sein Körper von einer gewaltigen Macht geschüttelt, jedes seiner Glieder schlotterte, ehe sich in seiner Brust ein markerschütternder Schrei löste. Ihm war, als würde sich all das Leid, das sich von Anbeginn seiner Tage – aller Tage – in ihm gesammelt hatte, all diese verheerende Sinnlosigkeit, in diesem einzigen langen Schrei Ausdruck verschaffen. Ihm war, als könne er niemals mehr zu brüllen aufhören, weil es keinen Grund gab, je wieder zu schweigen. Doch mit einemmal wurde sein Schrei übertönt von einem gewaltigen Krachen am Firmament, und tatsächlich, der Himmel tat sich auf, sandte einen endlosen, gleißenden Blitz, dem grollender Donner folgte, ehe es zu regnen begann.

Er schaute nach oben, während er rasch naß wurde, er breitete die Arme weit aus, und dann spürte er, wie endlich, endlich die Tränen in ihm hochkamen, nach denen er sich so lange gesehnt hatte. Sie vermengten sich mit dem Regen, und als er sich über die Augen wischte, merkte er, daß kein Wasser auf seinen Wangen war, das hier war dicker und zähflüssiger, es war ... Blut!

Rasch stieg das Blut in den Straßen an, es reichte ihm bereits zu den Waden, während er sich hektisch nach allen Seiten umwandte und seine Füße sich ganz automatisch, doch äußerst mühsam nach vorne bewegten. Wo war sie, Maria, ihr Gesicht? Das Blut klebte bereits an seinem Hemd, es drang in alle Poren seiner Haut ein, völlig absurd, so etwas konnte es nicht geben, doch dann hörte er auf, darüber nachzudenken, er ließ es geschehen, ließ alles mit sich geschehen. Das einzige, was er noch wollte – ihr Gesicht sehen, für einen Moment nur, das letzte Mal. Nichts anderes zählte mehr für ihn.

Dann fing er an zu tanzen, ungelenk und in merkwürdig asymmetrischen Verrenkungen. Er tanzte so lange, bis das Blut ihm unter den Achseln schwamm. Von da an tanzte er nur noch in seinem Kopf, immer weiter, immer schneller, immer ausgelassener. Als das Blut sein Kinn erreicht hatte, hob er ruckartig den Kopf nach oben. »Maria«, brüllte er, doch er sah sie nicht. Er sah nur das Firmament, in leuchtenden Farben von nie gekanntem, unaussprechlichem Glanz. Er sah das Firmament, das die tiefe Nacht wie eine scharfe Klinge durchschnitt.

Er wußte nicht, ob diese Nacht sein Ende war, ob sie Erlösung für ihn brachte, das große Vergessen. Doch er fühlte sich merkwürdig leicht und beschwingt, und im nächsten Moment wurde er von schier unendlicher Verzweiflung gepackt. »Maria«, schrie er dem Himmel entgegen. Blut brodelte bereits an seinen Lippen.

Und im nächsten Moment, ehe er endgültig darin ertrank, tauchte ihr Gesicht vor ihm auf, so nah wie nie zuvor. Er streckte ihr die Lippen entgegen, sie ihm die seinen, und dann sah er noch das Licht, das ihn umgab, dieses gleißende, strahlende, wärmende und alles verzehrende Licht.

Maria, dachte er. Dann setzte in seinem Hirn ein Tango ein.

Gerhard Köpf

Fliegende Ameisen

Senk züchtig deinen Blick, sitz gerade und krümel nich'!
Hat ER mir alles beigebracht. Parkettfähig nennt ER das, mein Lämmchen. Hab immer alles gemacht, was ER verlangt hat. Gefügig und ohne Widerspruch hab ich Ihm stets jeden Wunsch erfüllt. Hab Ihn nie enttäuscht.

Seinetwegen hab ich sogar Fagott gelernt. Doppelrohrblatt, System Buffet, mit engerer Bohrung. Voll und dunkel in der Tiefe, anmutig in der Mittellage, näselnd in der Höhe. Wird an einer Schnur um den Hals getragen. Weil mein schöner Mund angeblich dann noch schöner sei. ER meint, meine Lippen seien dann *sinnlich*. Das ist so Sein *Stil*.

Was ich spiele, ist Ihm egal. Vivaldi, Bach, Danzi, Hauptsache, ER kann auf meine Lippen starren und zuschauen, wie sich beim Spielen meine Brust spannt.

Jetzt hock ich hier im Park und pauk für die Prüfung. Fliegen.

Ihm zuliebe hab ich Biologie studiert. Sein Fach. Meine Wahl war's nicht. Hätt mich lieber für Kunstgeschichte eingeschrieben. Oder für Cello. Aber Sein Spezialgebiet sind Ameisen. Ich gehorche gern.

Es ist heiß.

Hochsommer.

Hab mir ein schattiges Plätzchen gesucht.

Weiter weg liegt ein Pärchen. Sie haben die Decke ausgebreitet, lange geknutscht und sich dann gegenseitig langsam ausgezogen. Mußte immerzu rüberschielen.

Hab dann wieder in mein Buch gestarrt, bis mir die Buchstaben wegschwammen. Zu ihnen rüber. Vermutlich tun sie's jetzt.

Ich konzentrier mich auf meine Fliegen. ER erwartet von mir ein *Prädikatsexamen*. Werd Ihm auch diesen Wunsch erfüllen. Fliegen sehen alle aus wie Brad Pitt.

Natural mystic!

ER hat keine Ahnung von Brad, ER geht nie ins Kino. Wenn ich ab und zu einen Kerl mit nach Haus bringe, muß ich mir die Schnur um den Hals legen und was vorspielen. Sie starren mich dann beide an: meine Lippen, meine Brust. Danach wird der arme Junge von Ihm geprüft. Bisher ist noch jeder durchgefallen. Bin jetzt zweiundzwanzig und noch immer un...

Trau mich nicht, es zuzugeben. Hab's bisher keinem gesagt, keinem, aber wahrscheinlich sieht's mir jeder an. Vielleicht stimmt was nicht mit mir.

ER weiß genau, wie kurz mein Rock, wie eng mein Pullover und wie offen meine Bluse sein darf. ER bestimmt mein Make-up und wann ich nach Konzert oder Kino wieder zu Haus bin. Dann setzt ER sich zu mir ans Bett, streift, wie aus Versehen, meine Brust und fragt mich, ob einer was von mir wollte. Damit ich gut einschlafe, erzählt ER mir noch von Seinen Ameisen. Sie sind Seine zweite große Leidenschaft.

ER hat nämlich Seinen Doktor über Ameisen gemacht.

Fledermäuse hätten besser zu Ihm gepaßt.

140

Manchmal wach ich nachts auf und hab das Gefühl, in einem Ameisenhaufen zu liegen. Überall kribbelt's und juckt's.

Als hätt ich tausend Fledermäuse im Haar.

Sofort stell ich mich unter die Dusche und wasch mich. Ausgiebig. Körperpflege geht mir über alles. Wär gern so eine, von der die Männer nur das eine wollen, aber *My Heart belongs to Daddy.* ER kommt dann ins Bad, zieht den Duschvorhang zur Seite, reicht mir das Handtuch und rubbelt mich ab. Lämmchen! ER massiert mir den Rücken, alles verspannt, küßt mich auf die Stirn und deckt mich zu. Ist auch schon vorgekommen, daß ER mich bat, Ihm im Nachthemd noch was vorzuspielen.

Komm, Lämmchen, leg dir die Schnur um den Hals.

Es macht mich kirre, das Instrument nicht schräg nach unten zu halten, sondern auch mal zwischen meine Beine zu legen. Ich wär so gern Cellistin.

Über den Buchrand hinweg kann ich genau sehen, daß sie jetzt auf ihm wippt. Seine Zähne schlägt er in ihren Hals. Wahrscheinlich ist er in ihr. Seine Hände umfassen ihre zitternden Dinger. Sie wirft den Kopf zurück. Er streichelt ihre hellen Schenkel. Sie hat spitze Tittchen. Meine sind voller. *Fraulicher,* wie ER sagen würde. Gibt's eine, die mit ihren Möpsen zufrieden ist?

Weiß noch genau, wie ER mir, als ich ins Alter der Doktorspiele kam, meinen ersten BH gekauft hat. Was für ein Theater! ER mußte der Verkäuferin natürlich lang und breit erklären, daß meine Mutter bald nach meiner Geburt gestorben sei. Sie war in ein Auto gelaufen. Warum hat's nicht Ihn erwischt?

I did not cry when Daddy died.

Seither sorgt ER für mich.

Ameisen leben nach festen Regeln.

In staatenähnlichen Gebilden.

Wie Fledermäuse.

ER ging zwar damals nicht mit in die Kabine, weiß aber immer, wann ich meine Tage hab. Dann brauch ich nicht zu spielen. ER besorgt mir alles in der Apotheke. Das Ereignis, Lämmchen, heißt *Menarche.*

Hab mal angerufen.

Die Nummer stand auf dem Beipackzettel.

Eine Frauenstimme sagte: *Hallo, hier ist Marianne von der o.b.-Beratung. Ist dir eigentlich der Unterschied zwischen Tampons und Binden so richtig bewußt? Tampons werden im Inneren der Scheide getragen; sie nehmen die Regel dort auf, wo sie passiert. Das hat viele Vorteile. Wenn du Fragen hast, brauchst du nur an die o.b.-Beratung in Düsseldorf zu schreiben. Postfach 104041. Oder ruf nächsten Monat wieder an. Dann reden wir über ein neues Thema. Mach's gut. Tschüß.*

Das Band schaltete sich ab.

Zweiflügelige Kerbtiere: Fruchtfliegen, Fleischfliegen, Dungfliegen, Schmeißfliegen.

Fledermäuse. Quatsch. Fledermäuse gehören nicht hierher.

Widerlich, wie man so was auch noch studieren kann. Eier, Larven, Maden. Viel lieber ging ich jetzt ins Kino. Kühl wie eine Kirche, und kniete nieder im Namen des *Padre padrone*.

Es ist heiß.

Mittag.

Die Zeit steht.

Ich sitz wie Dornröschen hinter einer dichten Hecke, und keiner kann mich sehen. Die zwei da drüben sind viel zu sehr mit sich selbst beschäftigt.

Muß meine Beine eincremen. Ja, ich hab hübsche Beine. ER weiß genau, welchen *Sonnenschutzfaktor* ich brauche. Die Creme kühlt.

Verpiß dich, du blöde Ameise. Macht da an den Zehen rum. Sieht aus wie Brad Pitt.

Legenden der Leidenschaft.

Erst das Kino macht die Jungs zu Männern. Blöde Idee. Von wegen Moviestar. Klopft bloß markige Sprüche.

Wozu Tierversuche?

Es gibt doch Frauen!

Ich mach einfach die Augen zu und stell mir vor, ich sei Sharon

Stone. Alle Viecher sind ekelhaft. Besonders Fliegen und Ameisen. Und Fledermäuse.

Aber ich werd Ihm zuliebe ein tolles Examen machen.

ER soll stolz sein auf Lämmchen.

Schieb den Rock noch was höher. Meine Schenkel sollen auch was abbekommen. Männer mögen braune Beine. Außerdem fallen dann die blöden Härchen nicht so auf. Hätt sie gerne los, aber ER ist dagegen.

Ob er gut ist? Ob er es ihr aussaugt? Bestimmt braucht sie's. Sie sieht ziemlich dumm aus. Dumm kann gut. Sie reitet ihn. Was sie dabei reden? Alles nur Gestrample, Gegurre, Geschnaube, Gegrunze. Tiere. Er läßt seine Hände über ihren Körper wandern. Wie ein Blinder auf Entdeckungsreise. Und immer wieder bleibt er am Hals hängen.

Drosophila funebris.

Mit schwarzgelb gebändertem Hinterleib. Legt ihre Eier in gärende Früchte, findet sich oft an Wein- und Essigfässern. Am Spundloch.

Dort fängt's immer an.

Manchmal halt ich's einfach nicht mehr aus. Mach's mir dann selber. Zwei-, dreimal die Nacht. Ob ER was ahnt? Besonders vor Prüfungen. Im Uni-Klo. Ich les dabei die schweinischen Sprüche, schau mir die Schmierereien an.

Sharon steht auf so was.

Mein beringter Mittelfinger ist hart wie mein Mundstück, und ich genieß mein Spiel. Ja, ich genieß's, daß ER nichts davon weiß. Danach haß ich mich und wasch mir mindestens fünf Minuten lang meine Hände. Wenn ich ins Labor zurückgeh, sieht's mir jeder an. Hab dann schwarze Ringe um die Augen. Die Knie zittern.

Wahnsinnig, wie heiß es ist.

Flirrende, stehende Hitze.

Kein Lüftchen.

Nichts bewegt sich. Nur die beiden. Ganz langsam. Er beißt in ihren Hals und macht's ihr. An ihren Krallen leuchtet Nagellack.

Fleischfliegen, Fruchtfliegen, Schmeißfliegen.

143

Mir wird so tierisch heiß, daß ich die Bluse aufknöpfe. Sieht ja keiner. Kleb am ganzen Körper. Der Schweiß läuft mir den Hals runter. Schwitzen ist ekelhaft. Eigentlich könnt ich die Bluse ganz ausziehen.

Na, komm schon, Sharon, pell dich raus.

Sie geht jetzt in die Unterlage. Für einen Augenblick seh ich ihren kleinen weißen Hintern. Er läßt nicht los von ihrem Hals. Er hat sich festgebissen. Muß meine Brust eincremen. Die Haut ist hier besonders empfindlich. Weiß wie frisches Brot. Und die Arme. Ich riech in den Achselhöhlen. Das kommt von den Haaren. Richtig dicke Büschel.

ER nennt sie *Vogelnester.*

Ich wünschte, ich wär blond wie Sharon Stone. Dann wär ich bestimmt nicht so behaart. Wo ist mein Deo? Ich muß den Geruch töten. Die Creme kühlt meine Arme. Das tut gut. Die BH-Träger schneiden ein. Der BH sollte trägerlos sein. Sonst sieht man Streifen. Lächerlich! Wer bekäm sie schon zu sehen? Höchstens ER. Ich will das nicht. Will nahtlose Bräune. Also weg mit den Trägern. Den Rock noch ein wenig höher. Wenn einer da wär, könnt er meinen weißen Slip sehen. Ich mag das, wenn die Creme zwischen den Finger durchflutscht.

Drüben liegen sie jetzt flach. Es gibt fast nichts mehr zu sehen. Der BH wird mir zu eng. Vielleicht sollte ich mich auch mal langlegen. Bauch oder Rücken? Leg dich auf den Bauch. Kannst dann besser lesen. Kannst dir den BH aufhaken. Sharon! Wenn dich dein Prof so sähe.

Netter älterer Herr. Wie ER. Musikliebhaber. Geht gern ins Konzert. Immer allein. Vermutlich Junggeselle. Mit dem möcht ich mal: ins Kino. Er wird dich prüfen. Über Fliegen. Dabei wüßt ich mehr über Ameisen. Und alles über Fledermäuse.

Ameisen, Herr Professor, sind das Sinnbild des Fleißes. Arbeiter und Weibchen haben eine Spritzdrüse, einen Stachel, Herr Professor.

Dazu werd ich die Lippen lecken, die Beine übereinanderschlagen, schamhaft am Röckchen ziehen.

Die Arbeiter sind geschlechtslos gewordene Weibchen, Lämmchen.

Sie besorgen Nestbau, Ernährung und Brutpflege. Der Hochzeitsflug, bei dem Männchen und Weibchen die Flügel verlieren – jetzt werd ich mich vorbeugen – führt zur Befruchtung. Der Drüsensaft der Ameise ist ein Heilmittel.

Sharon wird dem netten Herrn Professor einen Blick in ihre Bluse gönnen. Sie wird einen kurzen Rock tragen. Nicht zu kurz, aber kurz genug für einen in seinem Alter. Und Sharons Beine werden herrlich braun sein. Und ihr Hals wird verlockend glänzen.

Jetzt krabbelt mir auch noch so ein Vieh über den Rücken. Es ist Brad Pitt, das Biest. Hau bloß ab. Meine Brüste liegen, huschhusch, im Körbchen. Sharon dreht sich auf den Rücken und legt den BH ab. Die Sonne wärmt ihren schönen weißen Busen. Kaum verwöhn ich die Brustwarzen mit der kühlen Creme, werden sie auch schon steif.

Wahrscheinlich hat er sich voll verausgabt.

Daß die Kerle so schnell schlappmachen.

Also: Fliegen! Fruchtfleischdungundschmeiß.

Und Fledermäuse.

Sie baut ihn wieder auf. Macht an ihm rum, stützt sich mit beiden Armen auf seinen Schenkeln ab. Sein Kopf wandert an ihrem Torso entlang, bis seine Zähne wieder an ihrem Hals sind. Vielleicht hat er abgebissene Fingernägel. Oder er riecht streng.

Ja, er ist tatsächlich wieder an ihrem Hals und saugt wie verrückt.

Fleischfliegen find ich besonders widerlich.

Er saugt sie. Na los, beiß rein. Beiß nur kräftig zu.

Ich muß mich ausruhen.

Sharon: Du mußt dich konzentrieren!

Was kriecht da über den Rücken? Ekelhaft. Damit auch meine Schenkel richtig braun werden, sollt ich den Rock ablegen. Runter damit, Lämmchen.

Verpiß dich, du blöde Ameise. Geht mir doch glatt an die Wade, spielt mit den Härchen, verschwindet in der Kniekehle. Unverschämtes Ding.

Stöhnt sie? Ist er wieder in ihr drin mit seinem Zauberzahn? Kann wohl nicht genug bekommen. Daß er schon wieder kann?

Fliegen! Fliegen sind viel wichtiger. Fruchtfliegen, Dungfliegen. Überall gehn sie ran. Deshalb eß ich nur Obst, das ich eigenhändig gewaschen hab. Sharon ist da sehr empfindlich, will keine Fliegeneier schlucken.

ER ist verrückt nach Ameisen. Kein Kino, kein TV, nur Ameisen. Sein Lämmchen sollte sich noch besser eincremen. *Sonnenschutzfaktor.* Blödes Wort. Könnt ER erfunden haben. Wie zum Beispiel *Drosophila melanogaster:* die Fruchtfliege.

Das Biest läßt nicht locker. Macht immer weiter. Trotz der Härchen. Tastet sich am Knie entlang. Und von oben rast eine andere Ameise auf Sharons linke Brust zu. Jagt ihr eine Gänsehaut den Rücken runter. Weg damit. Die Creme zieht sie an. Der Duft.

Die Hitze macht mich fertig.

Drüben öffnen sich ihre Beine. Sein Kopf verschwindet dazwischen. Ich will wissen, wie man sich dabei fühlt. Die Beine breit machen, das kann Sharon auch. Damit wurde sie weltberühmt. Mein Höschen sitzt verdammt eng. Das ekelhafte Ding macht sich jetzt über meine Oberschenkel her. Hau bloß ab. Muß doch lernen.

In Seinem Schlafzimmer hängt über dem Bett ein riesiges Foto: von mir. Mit Weichzeichner. Das mit dem leichten Sommerkleid. Ich sitz züchtig im Gras, die Beine bedeckt. Neben mir liegt mein Sommerhut. Der mit den langen Bändern. Sie flattern wie Fledermäuse. Sharon findet sich abscheulich. Lämmchen sieht entzückend aus.

ER kann's nicht ertragen, wenn ich mich mal mit 'nem Kerl treff. Stundenlang fragt ER mich aus, ob was gewesen sei. Hat er dich? ER sagt: *berührt.*

Das Höschen. Schneidet ein. Schau weg, Brad. Na los, dreh dich schon um. Langsam wie Sharon Stone zieh ich's aus und leg's zum BH. Es juckt an meinem Busch. Der blöde Gummizug. Bin scheußlich behaart. Wie 'ne Äffin. Sharon würd ihren Busch rasieren. Nur 'nen schmalen Streifen stehenlassen. Mein Tierchen zwischen den Beinen gibt keine Ruhe. Gut eincremen. Arbeitet sich an den Oberschenkeln ab. Kaum schnipp ich's weg, krabbelt's von einer anderen Seite wieder hoch. Irgendwas lockt es.

Wie ich den Sommer hasse.

Bin schon ganz naß.

Der Äthylester der Ameisensäure ist eine gewürzhaft riechende Flüssigkeit, Herr Professor. Die Ameisen- oder Formylsäure, H-COOH, ist eine sauer riechende und brennend schmeckende Flüssigkeit.

Schamhaft am Röckchen ziehen, sich hübsch vorbeugen, mit roten Fingernägeln über knisternde Strümpfe streichen.

Ihre Salze heißen Formiate. Vermutlich riecht Sharons Dreieck so. Deshalb will das Biest an mich ran. Erkundet den Hügel mit Wäldchen. Macht mich verrückt. Sharon kann ihre Hände nicht mehr stillhalten. Sitz gerade und krümel nicht. Ich schäm mich, daß ich so naß bin.

Ob das die Fledermäuse anzieht?

Oder die Ameisen?

Sie hockt rücklings auf ihm. Schwingt auf und ab. Seine Hände umfassen von hinten unruhig ihre Dinger.

Er saugt.

Fleischfliege, Fruchtfliege, Schmeißfliege.

Die Arbeiter sind geschlechtslos gewordene Weibchen, Herr Professor. Ich aber nicht. Schauen Sie nur ganz genau hin! Beine breit. Parkettfähig. Blase Fagott. Haben Sie das gewußt? Sehen Sie meine Lippen? Bin begabt. Bin wirklich gut. Ehrlich. Ich werd sie nicht enttäuschen. Ich gehorch gern. Sagen Sie mir doch, wie Sie es. Werd Sie verwöhnen. Sie können alles mit mir.

Komm, so komm endlich.

Lämmchen hält's nicht mehr aus.

Das Biest ist am Spundloch.

Weg da.

Ist ja ekelhaft.

Und stark.

Wie Reiten auf einer Kreissäge.

Nimm doch den Finger, das Mundstück.

Mach mich fertig.

Saug mich.

Los, saug mich.

Saug mich aus.
Nicht so hastig.
Sonst komm ich zu früh.
Jetzt.
Gleich.
Es kommt.
Bloß nicht hinschauen.
Sharons Kopf fliegt hin und her.
Haare wirr im Gesicht.
Milchweißer, blanker Hals.
Lippen, Zunge, Gier.
Saug mich.
Lutsch mich.
Trink mich!
Sauf mich aus.
Fester.
Fliege?
Ameise?
Brad?
Fliegende Ameisen.
Komm.
Gib's mir.
Saug mich.
Paß aber auf.
Hörst du!
Schutzfaktor.
Augen auf.
Dornröschen hinter der Hecke sitzt wieder gerade.
Krümelt nicht mehr.
Sicherer als im Film kann's gar nicht sein.
Das Kino hat mir alles beigebracht.
Im Film ist nichts unmöglich.
Lockt dich in die dunkle Höhle, an den gedeckten Tisch,
ins gemachte Bett.

Sharon Stone wartet schon.
Sie macht's für 'ne Kinokarte.
Echt.
Trotzdem kommt keiner an sie ran.
Nicht mal ER.

Friedhelm und Ulrike
Schneidewind

Prosit!

Hohes Gericht, ich wehre mich entschieden gegen den Vorwurf, ich hätte meine Vertrauensstellung mißbraucht. Es ist ein wesentlicher Unterschied zwischen Korruption und guter Vertreter-Kunden-Beziehung. Ich habe immer nur dafür gesorgt, daß meine Kunden bekamen, was sie brauchten.«

»Schließt Ihre Vorstellung von vertrauensvoller Beziehung auch ein, daß Sie bestimmten Etablissements gewisse Sorten verweigerten und ihnen damit jede Möglichkeit nahmen, im Guide Aubrey aufzusteigen?«

»Das ist Unsinn! Schließlich muß ich verkaufen. Ihre Institution lebt doch auch von den Abgaben! Und ich wußte, wer sich was leisten kann. Man ist doch nicht jahrhundertelang Vertreter, ohne seine Pappenheimer zu kennen.«

»Und wie ist das mit den nicht genehmigten Rabatten? Aber gut. Wir wollen uns selber ein Bild machen. Erinnern Sie sich an Ihren letzten Vertreterbesuch, bei Lajos in Budapest!«

Fünf stahlgraue Augenpaare fixierten den Angeklagten, saugten seine Seele auf und seine Erinnerung.

»Und wie wäre es damit?«

Ganz nah hielt der Alte die Flasche vor die kurzsichtigen Augen, drehte sie vorsichtig hin und her und wiegte den Kopf. Er entkorkte sie langsam und goß ein paar Tropfen in ein edles, handgeblasenes Kristallglas, eine dieser roten Kostbarkeiten. Ich kannte das Ritual inzwischen zu gut, um mich von seinem Schnüffeln und Glucksen irremachen zu lassen. Das köstliche Aroma durchzog den Raum.

Als ich die funkelnden Augen des alten Geizkragens sah, wußte ich, daß ich ihn am Haken hatte. In dieser düsteren Bar unter dem Gellertberg machte ich immer meine besten Geschäfte. Doch das beruhte auf Gegenseitigkeit. Nicht umsonst hatte »Bei Lajos« seit Jahrzehnten die unangefochtene Führung im Guide Aubrey, war die einzige Nachtbar ohne Programm mit fünf Blutstropfen.

»Royal Gard – königliche Garde – männlich – London 1993 – A$^+$«, murmelte der Alte vor sich hin, drehte die Flasche um und versuchte vergeblich, den kleingeschriebenen Text auf dem Rückseitenetikett zu entziffern. »Was steht da? Lies vor!« bellte er.

Ich verkniff mir ein Grinsen; es war doch immer dasselbe. »Die feine englische Art – ein ganz besonderes Vergnügen. Wohltemperiert zu genießen!« kam ich seinem Befehl nach.

»Hm … besser als die Bundeswehrauslese, die du letztes Jahr im Programm hattest. Davon nehme ich 4000 – das wird 'ne gute Hausmarke … Was ist denn das da in den hellen Flaschen? Das ist ja gar nicht rot!«

Ich reichte ihm eilig eine Flasche, zeigte auf den Rückseitentext und las laut vor: »Die besondere Spezialität für bluthochdruckgefährdete Vampire! Plasmaextrakt ausschließlich aus ›Royal Gard‹, A$^+$, Trinktemperatur: 8 bis 10 Grad … Das ist ganz neu«, fügte ich hinzu. »›White Night‹. Damit sprechen Sie eine ganz neue Zielgruppe an.«

Lajos musterte mich skeptisch. »Na, ich weiß nicht. Aber weil du's bist: 500 zum Testen. Probieren will ich es lieber nicht. Wenn das so weitergeht, bietet ihr demnächst nach Tierblut an.«

»Wie haben Sie das erraten? Das ist ebenfalls ganz neu: Makake light – die Spezialität für Exoten –, reiner Makake aus Privatzucht, vegetarische Fütterung.«

»Igitt!« Lajos schüttelte sich. »Auch 'ne neue Zielgruppe, was? Aber ihr habt recht – es gibt immer mehr von diesen neumodischen Typen mit ihren moralischen Skrupeln. Also auch 500. Aber jetzt hätte ich gern was Besseres, wo sich auch das Probieren lohnt.«

Ich reichte ihm zwei edel geformte Flaschen. Nach einem Blick auf die Etiketten leckte er sich die Lippen.

»Hier, mach die zuerst auf!« Er drückte mir das »Korsische Feuer« in die Hand.

Den ersten Schluck zog er genüßlich in die Länge, atmete dann tief ein und leerte das Glas auf einen Zug.

»Phantastisch! Was ist das?«

Ich las vor: »Auslese aus korsischen Jungfrauen, 1989 bis 1994, Blutgruppe gemischt.«

»Klar. So viele Jungfrauen gibt's auch dort nicht mehr. 500 Flaschen. Und was hast du mir da noch zu bieten?«

»Das ist was ganz Besonderes. Jungfrau spezial, monohämotisch, von einer sechzehnjährigen Jungfrau aus Paris, von 1994, ausschließliche Pressung bis zum Exitus, und dann noch Blutgruppe Null Rhesus negativ. Das ist fast unbezahlbar. Davon habe ich nur 50 Flaschen – und die zu zapfen hat fast zwei Jahre gedauert. Also ...«

»Also alle für mich, mein Junge!«

»Das darf ich nicht! Ich darf nicht alles ...«

»Ich weiß. Aber ihr seid inzwischen nicht mehr die einzige Blutbank. Solange ihr ein Monopol hattet, war das in Ordnung, doch nun drängen auch andere auf den Markt. Entweder ich kriege alles, oder die Transsylvanische Blutbank darf auf mich als Kunden verzichten.«

Ich gab nach.

Die fünf schwarzgekleideten Gestalten sahen sich unbehaglich an.

Eine grauhaarige Frau zuckte mit den Achseln. »Wir mußten uns schon immer anpassen. Dann müssen wir es diesmal halt auch. Ich habe euch schon lange gewarnt, daß die EU mit ihren komischen Marktzugangsregelungen auch an uns nicht spurlos vorbeigeht.«

Ihr Nachbar knurrte verärgert. »Ich würde gerne noch den nächsten Besuch sehen, ehe ich ihn freispreche.«

Der Angeklagte holte tief Luft, ließ den Atem erleichtert wieder entweichen – und erinnerte sich.

Die Pinte in Melk hatte ich noch nie gerne besucht. Zwar hatte sich die Situation seit dem Erfolg von »Der Name der Rose« etwas gebessert – es war jetzt nicht mehr tiefste Provinz, sondern nur noch Provinz –, aber die meisten Vampire verschlug es höchstens einmal hierher. Entsprechend schlecht war der Verkauf, und entsprechend schlecht war auch stets die Laune der jungen Wirtin.

»Ach, der Alte aus Transsylvanien!« begrüßte sie mich höhnisch. »Wollen Sie mir wieder ihr überteuertes Gesöff anbieten?«

Hier versuchte ich es von vornherein nur mit dem Billigsten; diesmal bot ich ihr »Matrosenglut – französische Marine – männlich – 1990 bis 1995, Blutgruppen gemischt, Rhesus positiv« an.

Sie schaute skeptisch. »Von der neuen Blutbank aus Berlin habe ich 300 Flaschen Bundeswehr-/BGS-Mischung bekommen – und die läuft prima.«

»Mit der Bundeswehr haben wir im letzten Jahr keine guten Erfahrungen gemacht.«

»Das war auch was anderes. Die Berliner bieten nicht eine x-beliebige Mixtur, die haben nur Frauen angezapft. Schmeckt ganz gut, und das Preis-Leistungs-Verhältnis stimmt. Da müßt ihr schon was Besonderes bieten.«

Die fünf Beobachter lehnten sich erschöpft zurück. Diese Feilscherei war ihnen ganz schön auf die Nerven gegangen – zu zehn Flaschen Matrosenglut je ein Makake light und White Night umsonst – das war kein gutes Geschäft gewesen. Mit neuem Respekt musterten sie den Angeklagten.

»Der oberste Rat der Vampire« gibt bekannt, daß ab 1997 sämtliche Beschränkungen bezüglich des Vertriebs und Verkaufs von Blut aufgehoben sind. Da das Monopol der Transsylvanischen Blutbank nicht mehr besteht, ist es nur gerecht, ihr alle Freiheiten zu gewähren, die andere Banken genießen.

Um den Unterhalt des Rates auch in Zukunft zu gewährleisten, wird ab sofort von allen Blutbanken eine zehnprozentige Abgabe auf den Umsatz erhoben.

Damit erklärt der Oberste Rat offiziell die Marktwirtschaft im Reich der Vampire für eingeführt.«

Elisabeth Remmers

Marie und der Prater-Vampir

Marie wäre fast verblutet bei der Geburt. Zwei Bündel werden hereingebracht und ihr in die Arme gelegt, zwei schlafende Säuglinge, der eine hell, der andere dunkel – so unterschiedlich, wie zwei Neugeborene nur sein können. Der Knabe verzieht ein wenig den Mund, was aussieht wie ein Lächeln und Marie sofort mit Wärme erfüllt. Das Mädchen hingegen, noch viel winziger als der Bruder, gibt kein Zeichen. Weiß das Gesichtchen wie das Deckchen, das es umhüllt, sieht das Kind aus wie tot.

Marie ist noch keine Zwanzig bei der Geburt ihrer Zwillinge. Sie hat noch nicht viel erlebt außer dem Kampf ums tägliche Dasein. Die Kindheit bei der Tante war karg, geprägt durch eiserne Sparsamkeit und frühe Selbständigkeit. Mit Vierzehn hat sie die Schule verlassen und zuerst der Tante geholfen, die als Näherin und Büglerin in verschiedenen Stadthaushalten beschäftigt war. Als die Tante nicht mehr so gut auf den Beinen war und sich auf Heimarbeit beschränken mußte, ist Marie von ihr weggezogen und hat die Stellung in der Knopffabrik Havlicek angenommen.

Die größte Lustbarkeit bis zu ihrem sechzehnten Lebensjahr, an die sie sich erinnern kann, war der sonntägliche Ausflug in den Wurstelprater, begleitet von der meist widerstrebenden, weil von ihren Krampfadern geplagten Tante. Und dabei wiederum die nur einmal pro Nachmittag gewährte Fahrt auf dem Ringelspiel, später dann der Flug mit dem Kettenkarussell, das Herabsausen aus großer Höhe vom Turm der Rutschbahn – letzteres ein Nervenkitzel, den sie sich nur genehmigte, wenn die Tante schon im Wirtshaus an der Hauptallee eingekehrt war und dort bei einem Glas Bier ihre geschwollenen Beine ausruhte.

Ihre Liebe zum Prater ist Marie geblieben. Auch als sie schon in der Stadt wohnte und die Tante nur noch an Sonntagen besuchte, hat es sie immer wieder dort hingezogen. Die Überschlagschaukel hat eine große Faszination auf sie ausgeübt, obwohl diese wegen ihrer Gefährlichkeit nur für Männer zugelassen war, oder die neueröffnete elektrische Grottenbahn mit dem aufgerissenen Höllenmaul als Einfahrt für die Waggons und im Inneren dann, als Hauptattraktion, dem »Erdbeben von Messina«, einem Spektakel von überwältigendem Realismus. Oder die Wandermenagerie mit den exotischsten Tieren wie Elefanten, Giraffen, Schlangen und Krokodilen. Und dann natürlich die verschiedenen Varietés mit ihren marktschreierischen Anpreisungen: die dickste Frau der Welt, der Hungerkünstler, die Riesin Rositta, der Rumpfmensch Kobelkoff, die am Kopf zusammengewachsenen Siamesischen Zwillinge, der Schlangenmensch, der singende Hund …

Lange Zeit hat sie nicht den Mut gefunden, diese dunklen Höhlen hinter den stets sorgfältig zugezogenen Vorhängen zu betreten, hat nur sehnsüchtig den lockenden Worten des »Aufreißers« gelauscht, der, auf dem kleinen Podium vor dem Zelt stehend, die »phantastischsten Einblicke in die Welt des Kuriosen und Abstrusen« versprach.

In dieser Welt hat sie Carlo kennengelernt. Irgendwann hatte sie sich ein Herz gefaßt, den Kreuzer, den sie schon lange in der Hand hielt, für ein Billett eingetauscht und war ins »Magische Kabinett« hineingegangen. Beim erstenmal sah sie einen Mann mit schwarzer Maske, der eine blonde Jungfrau zersägte. Die Frau, zart und schön, war in einen schwarzen Kasten gestiegen, den der Mann mit der Maske nach langer und, wie es schien, äußerst schwieriger Vorbereitung in der Mitte auseinandersägte. Marie unterdrückte gerade noch einen kleinen Schrei, der Maskierte demonstrierte mit dem Werkzeug die tatsächlich stattgefundene Trennung der beiden Kastenteile, dann wurde der Behälter wieder zusammengerückt, und die Jungfrau kletterte heraus: unversehrt, zart und schön …

Von da an war Marie dem Zauber des Varietés verfallen. Ringelspiel, Schiffschaukel und Rutschbahn interessierten sie nicht mehr, von jetzt an sparte sie ihre Kreuzer nur noch, um sich am nächsten Sonntag wieder dieser Verzauberung hingeben zu können, immer wieder und mit steigender Erwartung, immer drängenderer Vorfreude. Und sie wurde fast nie enttäuscht. Bis zu dem Erlebnis, das den Höhepunkt darstellte von allem, was sie bisher gesehen hatte: dem Auftritt der Vampire.

Marie weiß nicht viel über Vampire, für sie sind es mehr oder weniger Fledermäuse, Tiere, klein wie Ratten, aber mit Flügeln, die im Dunkeln leben und zusammengefaltet von der Decke hängen. Um so überraschter ist sie, daß es sich in diesem Fall um Menschen handelt oder doch zumindest um menschenähnliche Wesen. Mit zusammengepreßten Händen sitzt sie da und erfährt folgendes: Die Gestalten, drei an der Zahl, erheben sich aus Särgen, die Schläge eines Tambourins begleiten dumpf und bedrohlich jede ihrer Bewegungen. Sie dehnen und recken sich, lassen ihre blutunterlaufenen Augen über die Zuschauerreihen wandern, die Gesichter weiß, mit spitzigen Zähnen, ihr Anblick schrecklicher als der sämtlicher Teufel und Ungeheuer, die Marie aus der Grottenbahn kennt. Dazu eine Stimme aus dem Hintergrund, die verheißt: Die Sensation aus Transsylvanien, Vater, Mutter und Sohn! Zum ersten Mal hier im Prater, zum ersten Mal in Europa! Die Blutsauger aus dem Kaukasus! Lehnen Sie sich zurück, und entspannen Sie sich, denn es passiert Ungeheuerliches! Wenn Sie schwache Nerven haben, verlassen Sie bitte den Zuschauerraum, noch ist Gelegenheit dazu, wir übernehmen keine Garantie für eventuelle gesundheitliche Schäden …

Marie verkrampft sich noch mehr bei dem Versuch, sich zu entspannen, eine leichte Übelkeit, ein Taumel, wie in letzter Sekunde vor dem Abstoß aus schwindelnder Höhe vom Turm der Rutschbahn, steigt in ihr auf, und dann passiert wirklich etwas, das ihr Blut stocken läßt: Auf den Aufruf des Sprechers hin, eine schöne und mutige Jungfrau möge sich ein Herz fassen, erhebt sich ein junges Mädchen aus dem Zuschauerraum, steigt auf die Bühne, wirft ängstliche Blicke um sich, und während der Mann Mut und Tollkühnheit des Mediums preist und der Tambourinwirbel immer wilder wird, macht sich der jugendliche männliche Vampir an sein Werk: Den weitschwingenden schwarzen Umhang um sein Opfer gelegt, saugt er an ihrem Hals, lange und inbrünstig, wie es Marie erscheint, bis die junge Frau schließlich zusammensinkt und von einem herbeieilenden Helfer auf einen bereitstehenden Diwan gebettet wird, an ihrem entblößten Hals zwei blutigrote Wunden.

Marie kann es sich später nicht erklären, warum ihr der Anblick dieses leblosen Körpers, dieses weißen Halses mit den Bißspuren ein tiefes Gefühl der Befriedigung verursachte, während es sie irritierte, zusehen zu müssen, wie man das Mädchen mit Hilfe einer Infusion wieder aus seiner Ohnmacht erweckte. Vielleicht weil dadurch, daß man die Tat ungeschehen machte, in ihren Augen die Leistung des jungen Vampirs geschmälert wurde, der nicht anders konnte, als durch die Zurschaustellung seines natürlichen Saugtriebes seinen Lebensunterhalt zu bestreiten? Denn trotz aller Unklarheiten über das Wesen der Vampire erscheint es Marie mit ihrem Realitätssinn einleuchtend, daß Blut nicht ihr einziges Lebenselexier sein kann. Als menschenähnlichen Wesen billigt sie ihnen ohne weiteres auch menschliche Bedürfnisse zu, wie etwa neue Kleidung oder ein Dach über dem Kopf.

Den Kreuzer, den sie nun für jede Vorstellung ausgibt, betrachtet sie also durchaus auch als Beitrag zur Existenz der Vampire. Sechs Wochen sollen sie im Prater auftreten, und mit jedem Auftritt, dem Marie beiwohnt, wächst ein Wunsch in ihr, der ihr selbst kühn, ja tollkühn erscheint: Einmal nur möchte sie anstelle des jungen Mädchens das Opfer sein, das Absinken in die Ohnmacht erleben und das Wiederauftauchen nach der Infusion. Eine Jungfrau, eine mutige und schöne Jungfrau gesucht, die unserem jungen Vampir ihr Blut opfert! heißt die Aufforderung an das Publikum, aber bisher hat sich immer nur dasselbe Mädchen gemeldet, eine blasse, flachbrüstige Person in ärmlicher Dienstmädelkleidung, mit dunklen, strähnigen Haaren. Je öfter Marie ihren Auftritt verfolgt, um so übertriebener erscheint ihr die zur Schau gestellte Ängstlichkeit des Mädchens. Da dieses nun doch längst den Ablauf des Geschehens kennen und wissen müßte, daß es in spätestens einer halben Stunde wieder pumperlmunter von der Bühne steigen würde, erscheint sein Benehmen reichlich dumm.

Leicht fällt es Marie nicht, ihren Wunsch in die Tat umzusetzen. Nicht Angst, daß ihr etwas passieren könnte, läßt sie so lange davor zurückschrecken, sondern Angst vor dem Hervortretenmüssen aus der Anonymität, der Äußerung ihres Begehrens. Jedesmal, wenn es soweit ist, versagen ihre Nerven. Mehr als ein zaghaftes Rucken auf ihrem Sessel, eine stumme Mundbewegung kommen nicht zustande. Doch irgendwann bei der fünften oder sechsten Gelegenheit – das Herz schlägt ihr bis in den Hals – muß sie sich doch bemerkbar gemacht haben, denn alle wissen plötzlich, daß sie sich gemeldet hat. Sie merkt es an den Blicken, die auf sie gerichtet sind, an dem Raunen, das durch den Zuschauerraum geht – nun gibt es kein Zurück, kein: Pardon, es war nur ein Versehen!, sie spürt den Sog einer Kraft, die sie selber in Bewegung gesetzt hat und die sie nun auf die Bühne zieht. Täuscht sie sich oder klingt die Stimme des Sprechers eine Spur beschwörender als sonst, als er ihr rät, von ihrem Vorhaben abzulassen: Denken Sie an Ihre armen, alten Eltern, junge Frau, denken Sie an Ihren Liebsten, denn es gibt keine Garantie, daß Sie dieses Abenteuer überleben …

Beinahe hätte Marie sich geschlagen gegeben, hätte wider besseres Wissen den letalen Ausgang des Experiments als Grund dafür hergenommen, vor ihrem Vorhaben zurückzuschrecken und von der Bühne zu rennen – aber da sieht sie die Augen des jungen Vampirs gespannt, fast ungläubig auf sich gerichtet und spürt deutlich, daß er ihr nicht nach dem Leben trachtet. Ihr Blut soll er bekommen, sie hat genug davon. Verliert sie nicht sonst auch jeden Monat so viel davon, ohne daß es ihr schadet?

Der schwarze Mantel wird über sie geworfen, sie stößt an einen jungen, kräftigen Körper, der seltsamerweise nach Schweiß riecht, ein Geruch, den sie nicht erwartet hat, wie sie auch die Hände des Vampirs für weniger zupackend gehalten hätte. Ganz warm umschlingt er sie mit seinen Armen und flüstert an ihrem Hals: Ich heiße Carlo, und wie heißt du? Marie, flüstert sie zurück. Von da an läßt sie sich führen wie eine willenlose Puppe, schlingt sich um seinen Leib, läßt sich wiegen und schaukeln, küssen und aussaugen, bis sie auf seinen Befehl hin schließlich zusammensinkt. Viel länger hätte sie sich auch nicht mehr auf den Beinen halten können, so schwindlig ist ihr, und als sie auf dem Diwan liegt, fällt sie auch tatsächlich für eine Sekunde in eine Art Ohnmacht, nicht ohne sich vorher mit großer Genauigkeit die merkwürdige Form einer Narbe am rechten Handgelenk des Vampirs einzuprägen.

Nach der Infusion, die sie als ein kurzes Stechen in ihrem Arm empfindet, kommt sie rasch wieder zu sich, taumelt, nachdem sie sich ihren Rock glattgestrichen hat, von der Bühne. Vom Rest der Vorstellung weiß sie nachher nichts mehr.

Nachher: Es ist ein schwüler Juniabend, und sie sitzt in einem Gasthaus unter verblühten Kastanienbäumen und trinkt ein Bier. Wie sie hierhergekommen ist, weiß sie ebensowenig, wie daß sie soeben die Liebe kennengelernt hat. Und daß sie Carlo hier treffen wird.

Für gewöhnlich geht sie nie allein in ein Gasthaus, trinkt lieber ihr Kracherl an einer der Buden und ißt einen Zuckerapfel, aber diesmal muß es ein Bier sein, und sie muß es im Sitzen trinken. Ihr Mund ist wie ausgedörrt. Als sich ein junger Mann neben sie setzt, weiß sie noch nicht, daß es Carlo ist und rückt ein wenig ab von ihm. Wie oft hat sie sich gewünscht, daß ein netter junger Mann sich neben sie setzen und sie ansprechen würde, heute aber stört es sie. Marie ist noch immer benommen von dem, was sie erlebt hat, und nicht in der Laune, höflich Konversation zu machen.

Sind Sie alleine da? fragt der junge Mann mit einem fremden Akzent.

So schön und jung und ohne Begleitung? Ja, und so soll's auch bleiben! sagt Marie giftig. Noch glaubt sie, ihr Schicksal in der Hand zu haben, will sie ausgerechnet heute niemanden kennenlernen. Doch sie wird ihren Widerstand bald aufgeben und Carlo aus der Hand fressen. Er hat alle Voraussetzungen dazu, sie verrückt zu machen nach ihm, und er spielt seine Trümpfe gekonnt aus: seine Jugend, einen gewissen südländischen Charme, dunkle Augen, glänzende Zähne, schwarze Schmalzlocken. Dazu seine halb verwegene, halb schüchterne Annäherungstaktik. Am späten Abend, das ferne Grollen des ersten Frühsommergewitters, die ersten Windstöße als bedrohlichen Anlaß nehmend, verbergen sie sich im Unterschlupf eines leeren Musikpavillons und lieben sich dort im Stehen. Marie, der diese Form der Liebe eher abstoßend und vor allem sehr unbequem vorkommt, fügt sich stillschweigend den Gegebenheiten, denn sie merkt, daß Carlo nicht länger warten will und kann.

Zu diesem Zeitpunkt hat sie sich bereits unsterblich in ihn verliebt, weiß aber noch nicht, daß sie sich in einen Vampir verliebt hat. Und Carlo hat sich ein wenig in die kleine kraushaarige Wienerin verliebt, wenn auch vergleichsweise harmlos, weiß aber seinerseits nicht, wie er ihr das Geständnis verkaufen soll, daß er sie seit ihrem Auftritt im Varieté verfolgt hat, angetan von ihrer naiven Unerschrockenheit, ihrem Willen, etwas Außergewöhnliches zu erleben.

Aber irgendwann hat Marie es doch gewußt, daß Carlo der Vampir ist, der ihr auf der Bühne das Blut ausgesaugt hat – letzter Beweis: die Narbe auf dem rechten Handgelenk! Sie ist nicht einmal besonders erschrocken über die Tatsache, so sehr haben sein warmer Körper, sein ungestümes Drängen sie von der Menschlichkeit seiner Existenz überzeugt.

Geh, sagt sie nur, des nehm' i dir net ab, du und ein Vampir? Du schaust doch ganz normal aus. Wo sind denn deine Vampirzähne? Da holt er eine kleine Schachtel aus der Hosentasche und hält sie ihr hin. In Watte gebettet liegen da die beiden Eckzähne, zwei künstlich gefertigte Hülsen, verbunden mit einer Silberplatte. Nun ist Marie endgültig überzeugt und kann nur noch über ihre Naivität lachen. Na klar, so wird's wohl mit allen »Illusionen« sein, an die sie geglaubt hat. Alles hat einen realen Hintergrund, ist leicht erklärbar. Und sie wird von Carlo noch viel mehr erfahren über eine Welt, die vom mehr oder weniger perfekten Vortäuschen schauerlicher Effekte existiert.

Ins Varieté geht sie nicht mehr, seit sie den Trick durchschaut hat. Carlo ist jetzt nur mehr als Mann für sie interessant, nicht mehr als Vampir. Um so größer der Schock, als sie erkennen muß, daß er sie verlassen hat.

Nichts als ein Zettel auf dem Nachtkästchen bleibt ihr, als sie eines Morgens aufwacht, und die Schachtel mit den Vampirzähnen. Ich werde ein neues Leben anfangen, aber ich weiß noch nicht, wie und wo, schreibt Carlo. Als Vampir werde ich sicher nicht mehr auftreten, deshalb behalte du das Gebiß als Erinnerung. Wenn es mir wieder gutgeht, werde ich mich melden bei dir, dolce Maria.

Ihre Kinder, die bei der Tante Sophie aufwachsen, sieht Marie in den ersten Jahren nur an den Sonntagen und wundert sich jedesmal, wenn sie zu Besuch kommt, wie verschieden sie sind. Während Carlo ein unkomplizierter, gesunder und intelligenter Bub ist, kräftig gebaut, mit Maries widerspenstigem blonden Kraushaar als Erbe, bleibt Rosa das Problemkind, das sie von Anfang an war. Zart und kränklich, eine schlechte Esserin, verschlossen und still. Äußerlich hat sie viel von ihrem Vater, seine schwarzen Haare, die dunklen Augen mit den langen Wimpern, aber ihr Blick ist anders, geht in sich hinein, sucht keine Annäherung an ihre Umgebung. Marie nimmt sie auf den Arm, wenn sie am Sonntag kommt, versucht sie zu streicheln, mit ihr zu reden. Rosa läßt alles mit sich geschehen, aber ohne sichtbare Reaktion. Sie lernt spät sprechen, viel später als der Bruder, und als sie es kann, benutzt sie ihre Sprache nur selten. Sie hat nie Hunger, nie Durst, freut sich über kein Spielzeug, lacht so gut wie nie, weint aber auch kaum. Marie ist ratlos, macht sich Sorgen, vor allem auch, weil sie sich eingestehen muß, Rosa nicht zu lieben. Das Kind ist ihr unheimlich. Vergeblich sucht sie aus Ähnlichkeiten mit ihrem Vater liebenswerte Züge an ihr zu entdecken, bewundert ihre zarte, helle Haut, den Schwung ihrer dunklen Augenbrauen, ihre feinen Gliedmaßen. Aber der kleine Körper, den sie an sich drückt, bleibt reglos, das Gesichtchen unnahbar.

Das einzige, woran Rosa hängt, ist ihr Zwillingsbruder Carlo. Wie ein Hündchen folgt sie ihm, sucht sie seine Nähe, kuschelt sich nachts im Bett an ihn. Marie erlebt es so: Wenn Carlo am Sonntag auf sie zustürmt, sich an ihren Rock hängt, sie mit seinen kindlichen Fragen bestürmt und sich über die mitgebrachten kleinen Geschenke freut, mit denen sie die Kinder dank der Großzügigkeit von Havlicek junior verwöhnen kann, lebt Rosa nur kurz auf mit der Freude ihres Bruders. Wenn der kleine Carlo jauchzend auf dem mitgebrachten Steckenpferd durch die Küche reitet, erscheint auch auf Rosas Gesichtchen der Anflug eines Lächelns. Der Reifen hingegen, den ihr Marie mitgebracht hat, liegt unbeachtet in der Ecke.

Als die Zwillinge sechs Jahre alt sind, ändert sich ihr Leben. Marie ist in der Lage, sie zu sich zu nehmen, und sie ist sich im klaren, welch großzügiges Geschenk des Schicksals dies für sie alle bedeutet. Schon seit ein paar Jahren ist sie Havilcek juniors Geliebte. Es hat nicht viel gebraucht, um sie davon zu überzeugen, daß sie keine andere Wahl hatte. Der Sohn des Knopffabrikanten hat sie immer gut behandelt, durch seine Großzügigkeit überhaupt erst die Grundlage dafür geschaffen, daß sie sich und die Kinder am Leben erhalten konnte. Irgendwann war ihr klar, was er von ihr wollte und warum er manchmal ihren Arm so zärtlich berührte und sie dabei so nachdenklich ansah. Er war alles andere als ein schöner Mann und um mehr als zwanzig Jahre älter als Marie. Er hatte bereits eine Stirnglatze, war dicklich, und wenn er die Treppe zu Maries Zimmer im dritten Stock erklommen hatte, schnaufte er stark. Aber Marie war trotzdem dankbar, daß er sie und nicht eine der anderen Arbeiterinnen aus der Fabrik zu seiner Geliebten erkoren hatte. Er war ein zärtlicher, wenn auch nicht besonders potenter Liebhaber. Er wurde schnell müde, aber das störte Marie nicht, denn sie lag gerne noch eine Weile neben ihm und hörte ihn schnarchen, während ihre Gedanken woanders waren, anfangs häufig noch bei Carlo. Ihr war klar, daß ihr hübsches Äußeres, ihre Jugend das Gegengewicht zu seiner Großzügigkeit waren, aber der Handel erschien ihr nie unmoralisch. Man muß Marie zugestehen, daß sie nicht berechnend war. Sie war zufrieden mit der Rolle, die sie spielte und den Annehmlichkeiten, die sie mit sich brachte, an mehr hat sie nicht gedacht.

Rosas körperliche Entwicklung macht Marie ratlos. Ihre Milchzähnchen, gleichmäßig wie eine Perlenkette, wachsen nach dem Ausfallen nur zögernd nach. Der Platz für die Eckzähne bleibt frei, eine Lücke entsteht, und während sich Carlos Gebiß altersmäßig korrekt entwickelt, wachsen Rosas zweite Zähne nur langsam. Ihr unvollkommenes Gebiß hindert sie aber nicht daran, seltsame Vorlieben zu entwickeln. Sie liebt rohes Fleisch, und Marie, die nun eine Köchin hat, entdeckt eines Tages, als sie in der Küche nach dem Rechten sieht, daß Rosa, die schlechte Esserin, recht vergnüglich an einem Stück Rindsleber nagt, das für das Mittagessen vorgesehen war. Marie entreißt Rosa das blutige Stück und jagt sie aus der Küche. Beim anschließenden Mittagessen, zu dem es gebackene Leber mit Bratkartoffeln und Salat gibt, läßt Rosa ihren Teller stehen, wie fast immer. Keinen Hunger, sagt sie und schaut mit ihren dunklen Augen ins Leere.

Zur Eröffnung des Riesenrads im Prater machen sie einen Familienausflug. Die Zwillinge sind inzwischen zehn; Carlo, unternehmungslustig und neugierig, kann sich gar nichts Schöneres vorstellen als die Fahrt auf dem Riesenrad; er lacht und freut sich, als der Vater die Billetts an der Kasse kauft. Rosa hingegen wird blasser und blasser, als sie mit der Gondel in die Höhe steigen. Es ist früher Abend, ein milder Maienabend, und die Gasbeleuchtung in den Straßen unter ihnen wird gerade eingeschaltet. Auf dem Höhepunkt angelangt, hält die Gondel, schaukelt leicht. Sie können auf Wien hinuntersehen: Es ist so schön, daß Marie den Atem anhält. Sie greift nach der Hand ihres Mannes, die ihr entgegenkommt, lehnt sich an ihn. Doch da ... das Wimmern von Rosa, die in der Ecke der Gondel kauert und aus Nase und Ohren blutet – ein jammervoller Anblick, der jegliche Romantik zerstört.

An diesem Abend erkennt Marie, daß ihre Tochter Rosa nicht in allem spätentwickelt ist. Das Kind blutet nicht nur aus Nase und Ohren, sondern buchstäblich aus allen Körperöffnungen. Es hat im Alter von zehn Jahren seine Periode bekommen. Die Blutung ist so heftig, daß selbst Marie nicht ein und aus weiß. Sie wickelt Rosa alle paar Stunden wie ein Baby, bereitet ihr eine Wärmflasche um die andere und flößt ihr warmen Tee ein. Zum erstenmal, scheint ihr, ist Rosa zufrieden. Weiß wie ein Leintuch liegt sie in ihrem Bett und lächelt schwach. Völlig unvorbereitet auf dieses Ereignis, ohne ihren Zustand zu kennen, macht sie den Eindruck, ihre Pflegebedürftigkeit zu genießen. Marie erkennt ihre Aufgabe zwar, die Tochter aufzuklären, kann sich aber angesichts des halb besinnungslosen Kindes nicht dazu entschließen. Das wirst du jetzt jeden Monat haben, sagt sie nur. Ein schwacher Triumph schwingt in Rosas Stimmchen mit, als sie fragt: Bin ich unheilbar krank, Mama?

Da ist noch die Schachtel mit den Vampirzähnen, die hat Marie ihrem Mann nie gezeigt. Sie liegt in ihrem Nachtkästchen, gut verborgen, aber eines Nachmittags holt sie sie hervor. Sie fühlt sich unbeobachtet, hält das Gebiß in Händen, Erinnerungen stürmen auf sie ein. Ihre Jugend, die Abende im Prater, ihre Leichtgläubigkeit, die kurze Hoffnung, aus ihrer Liebe zu Carlo eine Zukunft schaffen zu können. Er hat sich nie wieder gemeldet, und nun ist sie froh darüber. Seltsam berührt hält sie das Erinnerungsstück in Händen. Zwei spitze Hülsen, verbunden mit einer Metallspange. Was auch immer Carlo weggetrieben hat, als Vampir wollte er sicher nicht mehr auftreten.

Da steht plötzlich Rosa im Schlafzimmer, zwölf Jahre ist sie nun alt, die früh eingetretene Pubertät hat sie verändert, sie ist lang aufgeschossen, das Kinn spitz, Hände und Füße unverhältnismäßig groß. Marie erschrickt. Was willst du? fragt sie. Du hast uns nie gesagt, wer unser Vater war, antwortet Rosa. Mehr sagt sie nicht. Mein Gott, Rosa, ihr seid erst zwölf, wann hätte ich euch's denn sagen sollen?

Und das da? fragt Rosa und greift behend nach der Zahnspange, ohne daß Marie es verhindern kann. Ist das von ihm? Ein merkwürdig verkniffener Ausdruck erscheint in ihrem Gesicht, als sie sich die Spange anpaßt und eine Fratze schneidet. Marie schreit auf: Laß das! Gib sofort wieder her, oder ich … Ihre Stimme zittert. Oder was? Rosa grinst spöttisch. Marie weiß sich nicht zu helfen. Sie ist zu Tode erschrocken. Das da ist nicht ihr Kind, das ist überhaupt kein Kind mehr, sondern ein Spuk aus der Vergangenheit, ein Alptraum, eine Heimsuchung dafür, daß sie sich in ihrem Wohlstand etabliert und geglaubt hat, das Gewesene abstreifen zu können.

Eines Tages bringt Carlo Besuch mit nach Hause, seinen Schulfreund Elias, den Marie schon kennt, und dessen Schwester Antonia. Das Mädchen, ein Jahr älter als die Knaben, ist so auffallend hübsch, daß Marie sie nur immer wieder anschauen kann. Eine zierliche Blondine mit großen blauen Augen und einer Figur, die in ihrer Halbfertigkeit doch schon ahnen läßt, daß hier eine Schönheit heranwächst. Dazu ein perfektes Benehmen, höflich und gleichzeitig selbstbewußt. Marie weiß, das kommt nicht von ungefähr: Eine angesehene Familie steht dahinter, der Vater Advokat, die Mutter eine außergewöhnlich schöne Frau mit vielseitiger Bildung. Marie fühlt sich fast ein wenig beklommen, die beiden Kinder in ihrem Haushalt willkommen zu heißen. Doch zunächst verläuft alles recht unkompliziert.

Nachdem Marie die Kinder mit Kuchen und Kakao bewirtet hat, spielen sie ein paar Brettspiele. Rosa verliert laufend, aber niemand nimmt es ernst, lachend tröstet man Rosa, die wie üblich kaum an der Unterhaltung teilnimmt. Bis schließlich die Buben den Wunsch äußern, nun »richtig« zu spielen, das Spiel der Erwachsenen, Schach! Marie räumt ihnen das Schachspiel heraus, wobei sie annimmt, daß sie es nur unvollkommen beherrschen. Doch sie ist nur von Carlos Fähigkeiten ausgegangen und muß mit großem Erstaunen erkennen, daß Elias ein gutes Stück weiter ist. Konzentriert, ohne verbissen zu sein, setzt er Zug um Zug, Carlo mit seinem vorausschauenden Spiel ohne Chancen lassend. Wie selbstverständlich verbündet sich Antonia mit dem schwächeren Carlo, lenkt ihn mit knappen Hinweisen, macht erkennbar, daß sie das Spiel besser beherrscht, als man es einem Mädchen ihres Alters zutrauen würde. Zuletzt, als das Spiel erwartungsgemäß mit einem Sieg für Elias endet, umarmt sie Carlo herzlich und bietet ihm an, ihn ganz persönlich weiter zu unterrichten. Kommst halt das nächste Mal mit zu uns, ich zeig' dir schon die Tricks, du wirst sehen, es geht ganz leicht. Umarmt ihn und drückt ihn an sich, vollkommen unbefangen, und lächelt ihn mit ihrem Engelsgesicht an. In diesem Moment springt Rosa, die sich bisher ganz still verhalten hat, vom Tisch auf und stürmt aus dem Zimmer. Marie sieht noch ihr verzerrtes Gesicht und erschrickt: Das ist ein Ausdruck, der mehr als kindliche Eifersüchtelei spiegelt. Etwas Verstörtes, ja, Irrsinniges liegt darin. Marie spürt, daß sie ihrer Tochter jetzt nachlaufen müßte, aber sie kann es nicht. Nur zu gut kennt sie diesen Zustand bei Rosa, weiß, daß sie nichts ausrichten kann, daß Zuwendung, egal welcher Art, in dieser Situation nur schroff abgelehnt würde.

Marie kann kaum schlafen in dieser Nacht, und wenn sie kurz einnickt, hat sie Alpträume, an die sie sich nachher nicht erinnert. Nur ein starker Druck auf der Brust bleibt, sie möchte aufstehen und am offenen Fenster tief durchatmen, aber bevor sie es schafft, ist sie wieder eingenickt und fällt in eine neue Bewußtlosigkeit. Endlich, im ersten Morgengrauen, kommt sie auf die Füße. An den letzten Traum kann sie sich erinnern und auch daran, daß sie mit einem leisen Schrei aufgewacht ist. Daß er leise gewesen sein muß, vermutet sie, denn sie hat ihren Mann nicht geweckt, sondern nur kurz in seinem Schnarchen unterbrochen. Sie hat von der Geburt der Zwillinge geträumt oder, besser gesagt, nur von der Geburt Rosas, die man damals aus ihrem Bauch herausgeschnitten hat ohne ihr Wissen, so daß sie lange nicht glauben konnte, zwei Kinder geboren zu haben. Jetzt im Traum plötzlich das Nacherleben des Geburtsvorganges in schauerlicher Symbolik: die Bauchdecke weit geöffnet, die weichen Bauchlappen wie ein schmutziger Fetzen zu beiden Seiten hängend, und darin blutverschmiert das Kind. Es hat die Augen geschlossen, sieht aus wie tot, aber aus seinem kleinen Mund ragen zwei spitzige Zähnchen.

Taumelnd tastet sich Marie zum Kinderzimmer. Es ist fünf Uhr früh auf der großen Pendeluhr im Gang, gleich wird sie zu schlagen beginnen. Marie verharrt sekundenlang vor dem Kinderzimmer, wartet auf den ersten Schlag, als könnte dieser vertraute Klang ihr Grauen mildern. Das erste, was sie sieht, als sie die Tür öffnet, ist Rosa, die am Fensterbrett hockt. Sie hat ein Nachthemd an mit Rüschen an den Ärmeln und am Saum und hebt jetzt, da Marie eintritt, langsam den Kopf. Ihr

Gesicht ist noch kleiner und weißer als sonst, und von ihrem Mund laufen zwei feine Blutfäden zum Kinn. Mama, sagt sie mit dünner Stimme, jetzt hab' ich's geschafft, jetzt weiß ich, wer ich bin! Und sie lächelt Marie entgegen, zwei blendendweiße spitze Eckzähne zeigend, da, wo bisher zwei Lücken waren.

Marie versucht gegen ihr Grauen anzukämpfen, indem sie irgend etwas an Rosa sucht, das ihr wohlvertraut ist: das kleine Muttermal an der Backe, als Zeichen der Realität. Aber das Muttermal ist verschwunden. Dann folgt sie unwillkürlich Rosas Blick, der sanft und verträumt zu Carlos Bett gleitet. Carlo liegt auf dem Rücken und scheint ebenfalls zu lächeln. Sein Gesicht ist ganz weiß. Er hat den Kopf ein wenig zur Seite geneigt, und an seinem Hals sind deutlich zwei Bißstellen zu erkennen.

Rosa gleitet vom Fensterbrett und setzt sich auf Carlos Bett, betrachtet den leblosen Bruder zärtlich. Jetzt ist es zu spät, sie zu den Klosterschwestern zu bringen, denkt Marie, bevor sie aus dem Zimmer läuft, um Havlicek junior zu wecken.

Jürgen Alberts

J. B. Cool sucht geilen Zahn

Es war die Zeit, von der später Frühhistoriker sagen werden, mein
Gott, hätte man diese Jahre nicht überspringen können. Nichts passierte, alles unverschuldet, nur unser Konto diesmal ein wenig in
Schwarz gekleidet, denn mit dem Coup zur Rettung der Hansestadt war
uns eine Pension in den Schoß gefallen, mit der andere Selbständige
eine Pleitewerft gründen würden. Mein Theo, Assistent und Chefkoch
zugleich, gefiel sich in der Kreation einiger Gerichte, die man gut und
gerne am dritten Schöpfungstag zu sich genommen hätte. Ich war auf
der Suche nach Harry Jones, alias Elisha Cook jr., der gleich nach Been-
digung unseres Jobs das Weite gesucht hatte. Wo lag das noch gleich?

Der Mann, der kurz nach Mitternacht unser Büro betrat, in einen
Umhang gehüllt, der Liechtenstein total verdunkelt hätte, hielt die
Hand vors Gesicht. Oh, ein Zorro des Zen? Ein mutiger Schweiger in
Selbstverleugnung, wo doch die Zeiten so lausig laut waren? Oder gar

171

einer vom Gemeindienst? Ich sollte bald erfahren, was dieser Mann von mir wollte, mußte jedoch vorher einen telefonischen Angriff auf meine Jungfräulichkeit abwehren: Madonna brauchte kitzlige Abendunterhaltung und hatte mich erkoren. Nun gibt es Angebote, auf die ich gerne eingehe, und andere, die ich nicht ablehne, aber was Madonna von mir verlangte, war nichts weniger als eine ausgemachte Ferkelei, so daß ich schon beim Zuhören hinter den Ohrläppchen rot zu werden drohte. Deswegen legte ich schnell auf.

»Ihre Art, Klienten zu düpieren, amüsiert mich«, kam es hinter vorgehaltener Hand hervor.

»Und Ihre Art, die Worte sorgsam zu wählen, delektiert mich ebenfalls«, gab ich zurück.

»Stören Sie sich nicht an meinem Gewand«, hüstelte es wieder, »das ist alles Tarnung.«

»Und ich dachte schon, Sie laufen seit Ihrer Kommunion so rum.« Warum dieser Mensch nach Mitternacht erschien, zur Zeit der intimsten Stunden eines Detektives, der endlich mal eine Wasserpfeife mit kolumbianischen Gold für sich alleine rauchen will, ließ er unerwähnt. Ich mühte mich nicht sonderlich, eine Frage in dieser Hinrichtung zu stellen.

Wenigstens schnarchte Theo in seiner frisch gestrichenen Kochkombüse. Die Verwendung von biologisch vollgedüngten, atmungsaktiven Farben hatte dazu geführt, daß Theo seine Speisen schärfer würzen mußte. Was tut man nicht alles, um wenigstens die 100 zu erreichen oder ein paar Jahre im Rollstuhl mehr.

Ein Detektiv muß warten können. Ich bot dem Mann etwas von meinem Haschisch an, aber er lehnte dankend ab. Seine Droge sei von anderer Natur. Und auch flüssiger.

»Macht Ihnen denn der Beruf noch Spaß?« fragte der Zorro, dem die Hand vorm Mund festgewachsen schien.

Ich schaute auf die Uhr. »Noch drei Minuten, dann schlafe ich ein.«

Jetzt hatte ich ihn. Dem Ultimatum entging keiner. Nicht mal die Schwangeren, die neun Monate im voraus wissen, daß das süße Leben bald zu Ende sein wird.

»Ich bin gekommen ...« Seine Stimme senkte er so tief ab, daß ich Käpten Nemos Hilfe brauchen würde, um überhaupt noch etwas zu verstehen.

Zenker stand in der Tür. Er rieb sich drei bis vier Sandmänner aus den Augen. »Könnt ihr nicht ein bißchen leiser kiffen? Diese Gegickele geht mir wirklich auf die Nüsse. Wenn ich nicht mindestens meine 16 Stunden Schlaf kriege« – schon wieder hatte er heimlich die dormitore Stundenzahl erhöht –, »bin ich zu keinem Omelett fähig.«

»Morgen ist Freitag«, ermahnte ich meinen Detektivgehilfen.

»Und da soll es Fischomelett geben, ganz auf die japanische.«

Fischomelett à la japanoise ist so etwa das Roheste, was die menschliche Gemeinschaft ertragen kann. Ungekochter Fisch in dünnen Scheibchen, nicht gebratene Eier mit unverührtem Mehl, allerlei ungedünstete Kräuter, ein reines Roh. Dafür aber mit einem kräftigen Schuß achtzigprozentigem Schnaps, mit dem die Japaner sich die Schwimmhäute entfernen, die ihnen nach jedem Erdbeben neu wachsen. O Hiroshito, wann gehen wir baden?

Theo nahm einen Rausch aus der Wasserpfeife, Marke »Zug Gigant«, und trollte sich auf sein Feldbett. Auch so eine Neuanschaffung, seitdem wir aus Kostengründen das leichte Leben in Hotelzimmern aufgeben mußten. Dieses Feldbett hatte zumindest einen Vorteil: Es war zu schmal, um darauf zu vögeln.

In diesem Augenblick ließ der Mann seine Hand sinken, und ich verlor die Balance.

Ihm fehlte der Schneidezahn, drei oben links, wie wir Dentisten zu sagen pflegen, die Lücke war so groß, daß die Zugspitze zum Dübeln nicht gereicht hätte.

»Graf Dracula«, stellte der Mann sich mit fester Stimme vor, Lon Cheney, Bela Lugosi oder Christopher Lee hätten das nicht besser machen können. Nur daß dieser eben kein teurer Gesichtsvermieter aus Hollywald war. »Mir ist ein peinliches Malheur widerfahren.«

»Ich sehe.«

»Was?«

»Was ich sehe.«

»Also.«

»Was ich sehe, versetzt mich in Schrecken.«

»Keine Sorge, ich beiße nicht mehr.«

»Brauchen Sie ein Gebiß?«

»Unter keinen Umständen.«

Nun hatten wir den schnellsten Teil des Dialogs schon beendet und wußten immer noch nicht, wo der Ausgang des Gesundheitsamtes war. Man sollte eben Franz Kafka als Architekten nicht mehr beschäftigen.

»Theo«, rief ich in die Kombüse, »mach dem Herrn mal einen Lemongrasstee, er braucht eine volle Spülung.«

»Ich bin beschäftigt«, erwiderte mein Assistent.

»Und womit, wenn dein gnädiger Boß das fragen darf?«

»Ich schlafe.«

Schlaf ist die Mutter allen Unsinns, sagt der Tscheche, und der Slowake behauptet, wer schläft, ißt nicht. Auch gut gegeben, für ein unterernährtes Volk. Aber am besten gefiel mir immer, was George Bernard Shaw gesagt hat: Einen Rausch ausschlafen gehört zu den schönsten aller Todsünden. Recht hat er, der kluge Albe.

»Und worin besteht nun das Malheur, wenn ich bitten darf?« Mir geriet dieses Kundengespräch immer wieder aus den Fugen, was ich der ausgezeichneten Ware auf der durchlöcherten Alufolie zurechnete, aber irgendwann wollte ich auch mal wissen, ob ich überhaupt gebraucht wurde. Gerade diese Art der Liebesbezeugung macht ja den Unterschied zwischen Mensch und Hund aus.

»Ich habe mich vergangen.«

»So.« Mein Blick hätte auch eine Siamkatze vom Fensterbrett geschubst. »Und dann trauen Sie sich noch hierher?«

»Die Sache ließ sich so gut an.«

»Was schnell in die Gänge kommt, endet meist im Trubel«, zitierte ich den einzigen Kirmeskünstler der Welt, der bei Stillstand seiner Maschine immer begann, sich um sich selbst zu drehen.

»Aber sie war so willig.«

»Wer denn bloß?« Es gibt Klienten, die halten die Wahrheit so lange versteckt, bis man glaubt, Waterloo sei gefallen.

»Ihr Name tut nichts zur Sache.«

»Aber ihr Beruf, ihr Titel, ihre Steuernummer, und nun ein bißchen plötzlich!«

Sofort ging die Hand wieder vors Gesicht, und die fatale Lücke war verdeckt. Kritik konnte er wohl gar nicht ab. »Ich bin ein einzahniger Vampir«, begann mein Klient kleinlaut.

Als hätte ich das nicht längst gesehen.

»So what?« fragte ich. Manchmal muß man die Sprache wechseln, um Klarheit zu erzielen.

»Well, you better forget the whole thing.« Ein polyglotter Vampir, immerhin.

»We have not yet started.«

»Lassen Sie die Sache fallen.«

»Ich schicke Ihnen dann morgen die Rechnung, inklusive Mehrwert kann Sie das rund einen Tausender kosten, Verwirrungszuschlag noch nicht eingerechnet. Sie stehlen meine Zeit, und das ist ungefähr so schlimm, als würden Sie meine alten Socken auftragen.«

Graf Dracula zog einen Samtbeutel reinsten Engelsstaubes aus dem Umhang. »Reicht das als Vorschuß?«

Ich tippte mit der Spitze des kleinsten meiner rechten Finger in das weiße Pulver, rieb mir etwas zwischen die Kiemen. Die Wirkung setzte sofort ein. Damit hätten Dentisten ihre schmerzgeplagten Patienten nicht nur vollnarkotisieren, sondern auch überglücklich machen können. Aber diese Schurken setzen immer noch Äther und ähnlich Ekliges ein, um den geschundenen Dickbacken die verbleibende Schmerzzeit zu verlängern.

»Reicht«, erwiderte ich ausgesprochen freundlich, »reicht vollkommen.« Das Packerl war gut und gerne seine zehntausend Märker wert. Wenn es denn überhaupt in Umlauf gebracht wurde.

Und dann folgte die Geschichte, die mir die Tränen in die Augen trieb und wieder zurück.

Graf Dracula hatte bei einem Wettkampf vor dreihundert Jahren seinen rechten Schneidezahn verloren. Es war ein transsylvanisches Wettbeißen gewesen. Die Disziplinen: Bronze, Silber, Gold. Er konnte sich nicht mehr erinnern, bei welchem Edelmetall der Zahn seine Zeit aufgegeben hatte, aber er wußte noch, daß er einen ehrenwerten vierten Platz erreicht hatte. Gut, ein Zahn weniger, dafür eine tolle dentale Arbeit, so daß niemandem auffiel, daß der vampirige Zahn seine ureigentliche Funktion verloren hatte: Zum Einsatz am Damenhals kam es nicht mehr. Graf Dracula hinterließ nur noch ein Wundloch. Selten, aber ehrlich. Auf jeden Fall in der Literatur seit Stoker noch nicht aufgetaucht. Und auch Handke hat das Thema bisher nicht entdeckt.

»Wissen Sie, ein Zahn mehr oder weniger mag für den gewöhnlichen Sterblichen keine Rolle spielen, aber für mich schon ...«

Nun greinte er auf. Plötzlich liefen ihm rote Tränen übers Gesicht. Ich suchte nach einem recycelbaren Taschentuch.

Dann fiel mir auf, daß er ja gar nicht diesen Zahn gemeint hatte, sondern die Lücke auf der anderen Seite.

»Eben.«

»Was eben?«

»Eben deswegen bin ich gekommen.«

»Aber Sie haben sich im Türschild geirrt. Hier wird gespitzelt, nicht gezahnt.«

»Sie sollen diesen Zahn zurückholen.« Nun wies er wieder auf die linke Lücke. »Vielleicht gelingt eine Wiedereinpflanzung. Diese Technik war damals noch nicht bekannt.«

Ich weiß aus der medizinischen Fachliteratur, daß man fast jedes Glied wieder anpflanzen kann, auch dieses eine, wie schon mehrfach durch die Presse ging, wenn es, wie im Fall Bobbitt, zum Äußersten kam und das Geschlechtsteil in hohem Bogen auf einen Parkplatz flog.

»Und wo steckt der Zahn?«

Gute Frage, was? Ich spürte, ich war ganz dicht an meinem Auftrag.

»Im Hals das Innensenators.«

»Nö«, gab ich von mir, »das ist aber wirklich ein peinliches Malheur.«

Graf Dracula hatte sich in die senatorische Saunarunde einschleichen wollen, unter dem Vorwand, dem blutarmen Bremen, das vom Sparen ganz ermattet war, wieder neue Nahrung zuzuführen. Dazu sollte jeder Hansestädter zum wöchentlichen Spenden verpflichtet werden. Dracula, alias Dr. Seltsam, wie er sich den gierigen Senatoren vorstellte, wollte die Blutaktion leiten. Kein schlechter Job für einen literaturbekannten Trinker dieses Gebräus. Aber ich hatte Mitleid mit dem Addicten. So geht es ja Millionen und Abermillionen. Wenn der Rausch ruft, dann kommt der Berg, soll Luis mal gesagt haben, bevor er eine Flasche Enzian in einem Zug verputzte. Spitze, der Alte.

Der Innensenator hatte sich aber für diesen Abend in Frauenkleider geworfen. Das tat er gelegentlich, wenn seine Frau mit ihrer Freundin an der Oper in Hannoversch-Münden zum Duett ausholte. Graf Dracula, der nicht nur an Einzahnigkeit litt, sondern auch an Sehschwäche, hatte der vermeintlichen Schönheit aufgelauert und sich dann verbissen. Wie immer war das Opfer ohnmächtig geworden, aber diesmal blieb der Zahn stecken.

»Und was soll ich dabei?«

Ich spielte den Naiven, denn ich wußte längst, diesem Mann konnte kaum geholfen werden. Sobald der Innensenator was in Händen hält, läßt er es nicht mehr los. Und schon gar nicht an der Halskrause, wo Kaninchen so gerne gekrault werden.

»Wenn ich den Zahn nicht in 48 Stunden in meinem Besitze weiß, kann ich nie wieder dem Rausch verfallen, und das wäre doch ein wenig schade, selbst wenn ich damit rechne, daß ich die Hälfte des Lebens schon hinter mir habe ...«

Vier- bis fünfhundert Jahre sind ja nichts im Angesicht des kosmischen Schwindels, aber er hing halt an den paar Jährchen.

»Haben Sie denn keine Angst vor Aids?« fragte ich, um auch mal die Sache im Sinne der Volksgesundheit weiter zu treiben. Die teuren Werbekampagnen der Bundesregierung für Kondome sind auch an mir nicht spurlos vorbeigegangen.

Graf Dracula schwang sich aus dem Fenster, ohne meine Frage beantwortet zu haben.

Kurz vor Sonnenaufgang, kein Wunder.

Ich hätte noch viele Hinweise benötigt: Knoblauch oder Kruzifix, Wasser oder Spiegel, Pflock oder Pfählen.

Er würde wiederkommen. Das stand fest.

Ich tat es Theo gleich. Manchmal kommen Einfälle, die der Herr den Seinen gibt, im Traum.

An den Innensenator heranzukommen, war einfach. Ein Anruf genügte. An seinen Hals zu fassen, war schwer. Vier Bodyguards, seitdem er jeden Tag mindestens vier Ausländer abschieben ließ.

Einen Zahn aus seinem wulstigen Hals zu ziehen, war unmöglich. Aber deswegen hatte Graf Dracula ja den Spitzenspitzel der Hansestadt beauftragt.

Das Telefon klingelte.

»J. B. Cool, wen darf ich für Sie beschatten?«

Es war der Innensenator. Ob ich mal, ganz unverbindlich, so geheim, also nichts Offizielles, da wäre so eine private Sache, ganz ohne Rechnung.

Ich erwiderte, daß ich sehr beschäftigt, wenn auch nicht unabkömmlich, so doch mindestens abkömmlich sei. »Also, wieviel Uhr?« faßte ich mein Stottern zusammen.

»Ist ein Uhr zu spät?«

Der Mann schien es wirklich eilig zu haben. Die Zeiger der Bahnhofsuhr wiesen ein schlechtes Ergebnis in der Rubrik Frühaufstehen auf: Kurz nach halb eins. Warum Theo so lange schlief, konnte ich mir wirklich nicht erklären.

»Ich komme«, gähnte ich vor mich hin.

Zenker braute mir eins von den Getränken, die man auf der sonnigen Seite der Straße *oyster shots* nennt. Das Rezept: zwei frische, bitte frische, Austern, Kresse, rote Chilipaste, Lemonensaft, süß-saures Soja. Und peng.

Ich stand wie Bismarck vor dem Rathaus. Nur nicht so grün.

Der Pförtner ließ mich durch, obwohl sein mißtrauischer Blick schlimmer schielte als Offenbach.

»Das ist wirklich sehr generös«, heuchelte der Innensenator, dem ich lieber vors Schienbein getreten hätte. Aber ich ließ ihn schmeicheln und verweigerte die demonstrativ hingehaltene Hand.

»Keine Umrede. Was wollen Sie von mir?«

Ich sah in seinen Augen die Gummiknüppel tanzen, die Handschellen schillern, der Mann gehörte zum Schlag der Eisenharts, wie damals der Zörgiebel beim Blutmai in Berlin, anno 1929, der den Schießbefehl zur Tagesparole gegen Arbeiter machte.

»Ich habe mich verliebt.«

»Ach.« Mehr bekam ich wirklich nicht heraus. Obwohl es nach Phrase klingt. Abgenutzt wie das Zillertal.

Nun soll man Liebende nicht stören, besonders dann nicht, wenn sie noch nüchtern sind.

»Ich habe mich verliebt, Sie werden es nicht glauben, und ich bitte Sie, das unter allen Umständen für sich zu behalten ...«

»Aber den Elektroschocks widerstehe ich nicht«, unterbrach ich ihn feige. Lieber gleich zugeben, daß so ein Geheimnis bei mir schlecht aufgehoben ist.

»Wo leben wir denn?« fragte er barsch, in dem Ton, in dem Schubert gelegentlich für Militärstiefel komponiert hatte.

»Ja, wo leben wir denn?« paraphrasierte ich den Verliebten.

»Also, bitte. Das hier ist ein Rechtsstaat, und Folter ...«

»Amnesty weiß da anderes!« entgegnete ich sofort und demokratisch.

»Wollen Sie eine blödsinnige Diskussion über Recht und Unwesen vom Zaun brechen oder mir ein wenig behilflich sein?«

Nun hatte er die Frage gestellt, die Grundschüler nicht zu beantworten wüßten und ich auch nicht. Einem so widerlichen Kerl ... Plötzlich sah ich den Zahn. Ein kleiner weißer Stips, der aus einem leicht geröteten Wundkrater herausragte. Graf Draculas letztes Eßbesteck.

»Wie sieht sie denn aus?« lenkte ich ein. Der Versuch, näher an den Innensenator heranzukommen, scheiterte. Sofort knurrte einer seiner Mastinos aus der Ecke.

Der Verliebte sprach ganz leise: »Es ist ein Er!«

»Wer? ER?« Ich zeigte mit dem ausgestreckten Zeigefinger nach oben. Ein Verhältnis mit dem Schöpfer, das wünschten sich nicht nur die Schönstatt-Schwestern. Da mußte sich der Innensenator ganz hinten anstellen, noch nach den armen Maria-Hilf-Nonnen aus Brasilien.

»Nein, ein ganz bezaubernder Kerl, der mich so köstlich behandelt hat wie nie eine ...« Der Innensenator unterbrach sich und schickte die vier Mastinos aus dem Raum. Dann schwärmte er von einer lauen Nacht mit jenem köstlichen Kerl, daß ich spürte, selbst die Erinnerung an dieses Abenteuer machte ihn wieder liebestoll.

Wenn ich nur an den Zahn herankommen würde. Ich dachte an die üblichen Methoden: Handkantenschlag, Treffer auf den Solar-Plexus, Kopfnuß. Aber es kam zu keinem Fronteinsatz.

»Alles, was ich noch weiß, ist: Er trug einen seidenen Umhang.«

»Wie alt ungefähr?«

»Schwer zu schätzen.«

»Haarfarbe?«

»Blaumeliert auf schwarzem Grund.«

»Eine Perücke?«

»Nein, ganz bestimmt nicht.«

So, nun hatte ich zwei Auftraggeber, die ich nur zusammenbringen mußte, und schon konnte ich in den Süden reisen, mit Taschen voll Koks und Koffern voll Staatsknete.

»War der seidene Umhang schwarz?«

»Nein, er schillerte in den Landesfarben von Belgien.«

Pech, das wär' wirklich zu simpel gewesen. Aber wie waren noch gleich die Landesfarben von Belgien? Verdammt, warum war Theo nicht an meiner Seite!

Der Innensenator versprach mir Daumenschrauben, wenn ich nur den kleinsten Versuch machte, seine frisch gewonnene Liebschaft zu verraten.

Daumenschrauben mag ich nicht. Nicht mal gekocht.

Als ich wieder in meinem Büro war, wo sich frühes Ikea mit barockem Hertie zu einem einzigartigen Mobiliar vereint, fiel mir ein, wie ich dem Innensenator den Zahn hätte entlocken können, aber nun war es zu spät.

»Theo«, rief ich in die Kochkombüse, »wir müssen einen gewissen Herrn finden, in den sich der Innensenator verknallt hat. Das machst du!«

»Immer ich«, war seine Standardmotze. Er verließ das Büro und kehrte zehn Tage nicht wieder.

So kann es einem gehen, der glaubt, großzügig mit seinen Angestellten zu verfahren.

Ich hätte natürlich auch eine Vermißtenanzeige aufgeben können, aber die Daumenschrauben standen mir im Weg. Wo Daumenschrauben sind, sind auch andere Werkzeuge, so weit kannte ich den Innensenator schon.

Kurz nach Mitternacht erschien Graf Dracula. Ohne anzuklopfen. Was ich eigentlich nicht besonders mag.

»Ich hab' den Zahn gesehen«, sagte ich ehrlich.

»Und wo ist er? Die Zeit drängt ein wenig. Ich habe schon den Dentisten in Wartestellung.«

»Und das bei diesen langen Wartezeiten. Tolle Leistung«, applaudierte ich.

»Ich brauche kein Lob, sondern den Zahn, Mr. Cool!«

»Morgen, Erlaucht«, sagte ich, »morgen können Sie zur Transplantation schreiten.«

Husch, dann war er wieder entfleucht. Eine ziemlich vage Erscheinung, dieser Graf. Flüchtiger als Alkohol. Immer auf der Suche nach rotem Vergnügen. Konnte er sich denn nicht mit abgefülltem Blutplasma zufriedengeben? Das machten doch andere Masturbanten auch. Auf die Frage nach Aids hatte ich immer noch keine Antwort bekommen.

Ich mußte zur Komödie schreiten. So schwer mir das beim Innensenator fiel.

Der Umhang in den belgischen Landesfarben war schnell besorgt. So ein Theaterfundus ist unerschöpflich, die hielten sogar einen Umhang in den Farben der läppischen Republiken vorrätig.

Ein Telefonat mit verliebter Stimme war schon schwieriger. Zumal ich nicht wußte, auf welcher Seite der Straße der Liebhaber sang. Mehr männlich oder mehr weiblich.

Es klappte. Treffpunkt: Liebespavillon Bürgerpark. Ich konnte mein Glück nicht fassen.

Die Liebe ist eine Himmelsmacht, haben die barocken Poeten geschwärmt und dennoch soviel Vanitas gesoffen, daß sie alle hinterrücks in die Grube fielen.

Es gab nur noch zwei Probleme zu lösen. Wie kam ich wieder weg, wenn ich den Zahn hatte? Und wer lieh mir eine Pinzette für diese kleine, aber doch sehr spezielle Operation? Solche Fragen stellen sich Beamte nie.

Brachte der Innensenator seine Mastinos mit, nützte mir der Zahn auch nicht viel. Die schlugen mir alle Zähne ein, das würde teurer als der Samtbeutel voller Engelsstaub. Ich brauchte einen Helfer.

Elisha Cook jr., wo bist du? Es gibt Hilferufe, die verstummen, bevor sie ausgerufen werden.

Von Theo keine Spur. Kommissar Stiesel konnte ich nicht einschalten. Der Zufall wollte mit hoher Politik nichts mehr zu tun haben, seitdem ihn unser letztes Abenteuer sehr tief hatte stürzen lassen.

Ich brauchte ein veritables Ablenkungsmanöver. Größenordnung: Parkhotel in die Luft sprengen oder zweihundert Platzpatronen.

Endlich kam mir ein Einfall. Mein Pressefreund besaß eine alte Kamera, mit knallendem Blitz. Die Magnesiumnummer. Das zischte so, daß jeder irritiert war. Und ein Foto von einem Rendezvous konnte der Innensenator nun wirklich nicht gebrauchen. Zumal noch mit einem Typen in den belgischen Landesfarben.

Edgar war sofort bereit. Wie immer zu allen Schandtaten. Aber er wollte das Foto dann auch gewinnbringend einsetzen.

»Von mir aus«, sagte ich, »aber ich bin nur von hinten zu sehen, damit das klar ist. Sonst schmeißt mich die Detektivkammer aus der Innung.«

Ich verriet Edgar nicht, daß ich die Mahnschreiben der Innung stets ungeöffnet auf einen Haufen legte, der schon höher als der Wasserkopf war.

Alles war arrangiert. Ich warf mich in Schale, legte Moulin Rouge auf und parfümierte mich mit dem wilden Che und dem gelben Patrick. Das würde den stärksten Liebhaber unter Opium setzen.

An der Bürgerschaft klaute ich das Fahrrad des Sportsenators, das eine defekte Bremse und eine Zweigangschaltung aufwies, einmal vor und einmal zurück. Seitdem ich den Rückwärtsgang für das Fahrrad erfunden hatte, wollte jeder so ein Ding besitzen. Es hätte ein Millionengeschäft werden können, aber leider stahl jemand meine Idee. Kein Respekt mehr vor geistigem Eigentum. Wieso auch, meint Bertolt!

Der Innensenator stand schon mit einem Sträußchen allerliebster Primelchen und No-me-olvides in dem sechseckigen Pavillon. Den Mund zum Kuß geschmollt.

Ich ließ ihn ein paar Minuten zappeln, instruierte Edgar, von welcher Seite er den Fotoangriff starten sollte, und marschierte mit festem Schritt ins Abenteuer.

»Ach, Klaus, daß es so schnell ein Wiedersehen geben soll.« Er streckte mir den Strauß, die Hände und die Zunge entgegen.

Was tut man nicht alles im Dienst. Für Geld. Oder Engelsstaub.

Er schleckte mich. »Du riechst ja besser als der letzte Frühling«, hauchte er. Dann fiel er mir zu Füßen und begann, meine Schnürsenkel zu lösen. Nun bin ich nicht besonders zimperlich, was Liebesbezeugungen jedweder Couleur angeht, aber diese hier ...

Ich holte vorsichtig die Pinzette heraus. Setzte sie an. Edgar trat in Akion.

In diesem Augenblick erschien, in full daylight, Graf Dracula.

Der Innensenator im Zweifel. Sofort erkannte er, daß er sich getäuscht hatte. In mir. In ihm. In allem. Und wahrscheinlich in sich selbst am allermeisten.

Sein Blick geriet aus den Fugen. Zwei Männer in zwei Umhängen, zwei Geliebte, zweimal ...

Ich zog den Zahn.

Edgar blitzte. Es krachte so fürchterlich, daß man denken mußte, der umstehende Wald sei zusammengekracht.

Graf Dracula entwand mir den Zahn und setzte ihn sofort in die Lücke. Methode: Selbstheilungskräfte, wahrscheinlich bei den gestiegenen Gesundheitskosten die einzig wahre Lösung. »Der Zahn gehört mir«, sagte er.

Ich sah das Leuchten in den Augen des Innensenators. Also war es doch dieser Blutwüstling aus Transsylvanien gewesen, der dem Politiker eine rauschende Nacht besorgt hatte. Doppelte Wendung, toll, was?

Und dann gingen die beiden, Hand in Hand, über die frisch gemähte Wiese, die eigentlich betreten verboten war, weil wild wachsende Gräser, streunende Biohunde und städtische Gärtner ... Aber ist Verliebten nicht alles gestattet, sogar das Singen unter Wasser?

Edgar war beleidigt. Der Fotograf war nicht auf seine Unkosten gekommen. Mit dem Foto konnte bestimmt niemand etwas anfangen, zuviel Handgemenge auf der Platte. Der Innensenator würde mal wieder ungeschoren davonkommen.

Das fand ich besonders schade.

Auch wir beide verließen den Schauplatz und fragten uns: Warum sehen nur so viele Frauen an uns vorbei? Haben wir denn wirklich nichts mehr zu bieten und müssen uns in die Altersschwulität flüchten?

Ja, wenn das Leben den Sinn hinterfragt, kann manchem diesseits der Zonengrenze schon ganz schön schwindlig werden.

Peter Dempf

Der
Meister des Bambino Vispo

Aufmerksam betrachtete die junge Frau den Kassettenrecorder von allen Seiten. Er besaß ein Laufwerk, das nicht automatisch abschaltete, sondern nur den Riemen vom Transportrad nahm. Daher quietschte er mit einer Monotonie, die schmerzte. Sie stellte ihn vor sich ab, drückte unsicher auf Stop. Augenblicklich war es still im Raum. Zögerlich untersuchte sie die Funktionstasten, ließ das Kassettenfach aufschnappen, entnahm das Band, legte es wieder zurück, ließ einige Worte vorlaufen, spulte schließlich zurück, bis das Laufgeräusch abgelöst wurde durch das Singen des Antriebs, machte sich so langsam vertraut mit dem Gerät. Zögerlich untersuchte sie es, als wäre ihr das Gerät fremd und verkörpere eine andere Zeit, dann aber drückte sie, wenige Versuche später, zielsicher auf die Start-Taste. Zuerst knackte und rauschte es, dann sprach eine tiefe, männliche Stimme:

»Heute ist der 12. Januar 1996. Es ist jetzt genau, einen Moment, 16 Uhr 17. Ich sitze in meinem Arbeitsraum, vor mir der Kassettenrecorder, den ich mitgebracht habe. Diese Nacht bleibe ich im Atelier. Ich hab's mir geschworen, denn langsam zweifle ich an meinem Verstand. Das Band wird die meiste Zeit mitlaufen. Bis es dunkel wird, das geschieht hier im Restaurationssaal erst gegen halb zehn. Ich werde es zwischendurch zurückspulen, wenn sich nichts ereignet. Für diejenigen, die meine Stimme nicht erkennen, Name und Beruf: Carfi, Franco Carfi, Restaurator. Ich bin achtundvierzig Jahre alt, seit gut zwanzig Jahren hier tätig in den Werkstätten der Alten Pinakothek und habe jetzt, da umgebaut wird, den *Meister des Bambino Vispo* auf meiner Staffelei stehen.«

Auf dem Band krachte es, weil es an der Stelle vermutlich gestoppt worden war. Übergangslos sprach der Restaurator weiter:

»16 Uhr 30. Ja, warum nehme ich das hier alles auf? Ich will ... ich meine, alles hat so begonnen ... das muß ich zuerst erzählen. Also, das Bild kam am letzten Montag, dem 8. Januar. Es ist eine Altartafel, entstanden um 1415. Die Bildanlage ist eindeutig: ein Jüngstes Gericht, gemalt wohl im Auftrag König Ferdinands von Spanien. Nun, der Umbau der Pinakothek hat mir das Bild zugeführt. Während die zu ist, werden einige Bilder eben überarbeitet. Der Meister des Bambino Vispo – so nennt man den Maler, weil man nicht weiß, wie er wirklich geheißen hat. Ich weiß es auch nicht, aber das ist im Moment unwichtig ... also, das Bild braucht einen neuen Firnisauftrag, der alte blättert bereits ab, in den Rissen sitzt der Staub von fünfhundert Jahren. Und da steht es nun auf der Staffelei. Und ich soll das Bild heller machen. Eine Mordsarbeit, aber irgendwie interessant. Der Figuren wegen, meine ich. Auf dem Bild ist so richtig was los.«

Das Band stoppte durch die flinke Bewegung der beinahe weißen Frauenhand, die auf den Halteknopf drückte. Die Frau erhob sich vom Tisch, auf dem der Apparat stand.

»Franco, gefällt dir das Bild wirklich?« sprach sie den Restaurator an, der über eine Linse gebeugt vor dem Tafelgemälde hockte, tief herabgebogen auf der Suche nach Firnisrissen und -ablösungen. Mit ihrem Körper kokettierend, schlenderte sie zu ihm hinüber, baute sich auf vor dem Bild, das so groß war wie sie selbst, störte seinen Blick, der durch sie hindurchzugehen schien. Mit einer Handbewegung wischte er den Schatten, den sie warf, von der Linse. Die oberen Teile wurden verhüllt von einem schwarzen Tuch, das Beschädigungen und Einstauben verhindern sollte. Sie aber wußte, daß darunter Christus thronte mit den Erzengeln, die den Jüngsten Tag herbeiposaunten; daneben die zwölf Apostel, sechs zu jeder Seite des Herrn, der mit offenen Armen Erlösung bot. Nur der untere Teil, vor dem Carfi saß, war freigelegt und zeigte das irdische Glück derer, die auferstehen durften aus ihren Sarkophagen nach einem Äonen dauernden Schlaf und entsetzt feststellen mußten, daß die Teufel durch die Reihen der Erwachenden fuhren, um dort ihre Seelenjagden fortzusetzen, endlich ihren Tribut einforderten, und die Menschen wieder zweifeln ließen, ob ihrer Erlösung in den Himmel oder ihrer Verbannung in die Glut der Hölle. Eingeteilt wurde das irdische Feld in gute und schlechte Früchte, in ein Links, das die Seligen bevölkerten auf ihrem Weg in die Gefilde des Himmlischen, und in ein Rechts, das dunkel seinen Schlund der ewigen Nacht für sie öffnete.

Selbst ein Kardinal entging der Menschenjagd nicht und wurde von einem der schwarzen Flügelgesellen hinabgezerrt ins Reich ewiger Finsternis, obwohl er seiner Gruft noch nicht recht entstiegen war.

Sanft strich die weiße Hand der Frau über Carfis Finger, die leicht zitterten bei der Berührung. Ganz Konzentration auf das Gemälde, das rechte Auge übernatürlich vergrößert durch die Linse, die er für seine Feinarbeit benötigte, schien er sie kaum zu bemerken.

Sie wandte sich von ihm ab, trat wieder auf den Recorder zu und schaltete ein.

»Begonnen habe ich unten, bei der Auferstehung. Das schien mir am interessantesten. Detailreich war der Künstler. Sogar die schwarzen Punkte für die Warzen hat er den Frauen auf die Brüste gemalt. Gerade so groß, daß man sie mit der Linse einigermaßen erkennen kann. Zuerst habe ich mit einem statisch aufgeladenen Pinsel grobe Staubteilchen entfernt. Dabei ist mir eine Figur aufgefallen, die, na ja, die einfach ungewöhnlich war. Eine Frau mitten im Bild, die gerade einem Sarkophag entsteigt. Ziemlich feine Arbeit, so gekonnt, daß sogar ihr Körper unter der Linse eine Plastizität entwickelt hat, als wäre er echt: sanfte Brustwölbungen und einen Geschlechtsspalt. Natürlich ohne Schamhaar. War damals nicht üblich. Hab' sie mir lange betrachtet. Na ja, bin schließlich ein Mann. Wirklich schönes Mädchen, wären nicht die Ketten gewesen – ja, und die Ketten selbst waren so ungewöhnlich auch nicht. Ehebrecherinnen oder Kindsmörderinnen hat man immer mal so dargestellt. Hab' ich schon gesehen. Nein, merkwürdig war, daß die Handschellen auf die oberste Firnisschicht aufgetragen waren. Nachträglich. Das war schon komisch. Nachträglich aufgemalte Fesseln? Das war das erste Mal!«

Das Band lief weiter ohne Ton. Man hörte, wie Carfi sich vom Stuhl erhob und durch den Raum ging. Vorsichtig, als würde er etwas suchen.

Die Frau gluckste vor sich hin.

»Was hast du denn da entdeckt, Franco?« fragte sie den Restaurator.

Der winkte schwach mit einer Hand ab, schlug mit ihr durch die Luft, so ziellos und fahrig, als würde er unpassende Gedanken verscheuchen. Von der Kassette kam ein dumpfes Geräusch, als wäre jemand von einem Tisch auf den Boden gesprungen, barfuß und leichtfüßig. Darauf folgt eine rauschende Stille, ein Husten, Carfi kam zurück, schlurfte mit seinen Sandalen, die er in der Arbeit trug. Ein Krachen – abgeschaltet.

Übergangslos begann der Restaurator wieder:

»18 Uhr 30. Nichts passiert in der Zwischenzeit. Erst wenn es dunkel, glaube ich, wird es interessant. Ich bin gespannt, habe ein wenig Angst davor, weil ich nicht weiß, was genau – ich meine, was tatsächlich hier los ist. Die letzten Stunden habe ich einfach rausgelöscht, weil wirklich tote Hose war, rein gar nichts, außer dem dumpfen Geräusch – aber das kann auch aus dem Atelier nebenan kommen, die bearbeiten da eine Statue. Also sicher bin ich mir da nicht.

Aber zurück zum Bild. Angefangen hab' ich, weil es mich interessiert hat – na ja, und weil es einfach schön war – mit dem Mädchen in der Mitte. Ach ja, beinahe hätte ich's vergessen. Alle Figuren bei diesem Meister sehen gen Himmel, alle erwarten die Ankunft des Herrn – nur mein Mädchen nicht. Sah aus dem Bild raus, betrachtete einfach den Betrachter. Das gibt's sonst nur in der Porträtmalerei. Schon interessant. Sah mich an, das Luder, mit ihren schwarzen Augentupfen, daß mir ganz anders geworden ist.«

Langsam schlenderte die junge Frau durchs Atelier, drehte sich, als tanze sie, streckte die Arme vom Körper, holte Schwung und zog sie mit einer einzigen raschen Bewegung wieder an den Körper, so daß ihr eine schnelle Pirouette gelang.

Auf ihrem Weg umkreiste sie das Altarbild mit dem Restaurator, der in Zeitlupe Firnisschichten abhob und den Farbgrund reinigte, sie aber nicht beachtete. Nur der Lautsprecher des Recorders rauschte in die Höhe und Helligkeit des Raumes hinein. Sie hatte lauter gedreht. Carfis Stimme schrie in das Zimmer:

»Abkratzen mußte ich die Firnisschichten vom Holz. Das war schwierig, weil an manchen Stellen die Farbpigmente nicht mehr hielten. Da bröselte alles, zerfiel fast zu Staub. Sogar die Ketten gingen ab, waren einfach weg, als ich den obersten Firnisauftrag abhob. Weg. Kein Krümelchen mehr vorhanden. Da hab' ich mir Sorgen gemacht. Man ist ja gründlich. Wußte nicht mehr so genau, wie sie zusammengesetzt waren, die Ketten. Ging zum Bildertisch hinüber. Da liegen nämlich die Detailaufnahmen der Tafel in einem Ordner. Nachschauen wollt' ich. Zum Schluß muß ja alles wieder original und echt sein.

Ich also hin zu dem Ordner und nachgesehen – und da bin ich dann schon stutzig geworden. Zuerst hab' ich geglaubt – na ja, man hat so manche Tage, an denen man müde ins Atelier stolpert. So einer war eben zuvor – und da dachte ich, ich seh' nicht recht. Das Mädchen war nicht dabei. Der Fotograf hatte das gesamte Bild aufgenommen, Figur für Figur, alle Szenen und Ausschnitte einzeln und im Zusammenhang, aber wenn ich's sage: nichts – nur der Sarkophag. Niemand drinnen, und schon gar niemand mit Ketten an den Handgelenken.«

Wieder gluckste die junge Frau, trat zum Tisch und regelte die Lautstärke herab.

»Muß ja nicht jeder gleich mithören, Franco. Schadet vielleicht.«

Dann trat sie hinter den Restaurator, strich ihm durchs Haar, faßte ihn unters Kinn und gab ihm einen Kuß auf die Wange. Carfi fühlte sich sichtlich gestört, zuckte unwillig mit dem Kopf, wollte sich ihrem Griff entwinden.

»Es gibt anderes als die Arbeit, Franco!« flüsterte sie ihm ins Ohr – und der Restaurator ergab sich ihren Liebkosungen.

Plötzlich unterbrach die Frau. Als wolle sie ihn locken, als wolle sie ihr Spiel mit ihm treiben, wandte sie sich von ihm ab, blies ihm dabei ins Ohr, daß er zusammenzuckte, und lachte ein helles, mit einem leichten Kratzen untermischtes Lachen.

»Zuerst wollte ich es nicht glauben«, flüsterte die Recorderstimme, bis die Frau sie lauter drehte, »und suchte jede Seite im Ordner dreimal, viermal durch. Es blieb, wie es war: Der Sarkophag war da, eine Frau auf dem Foto aber nicht zu finden. Vielleicht hab' ich mich ja geirrt, dachte ich, Franco, das kommt von solchen Nächten. Du bist nicht mehr jung.

Also, ich hin zum Bild – und da trifft mich fast der Schlag. Die Frau war da, sehr da sogar, aber sie krümmte sich nicht mehr. Als wäre sie aufgestanden, nachdem die Ketten weg waren, stand sie aufrecht. Die Arme über der Scham gekreuzt. Mir war klar, daß das nicht ging. Niemand steht auf in einem Bild, der zuvor Ketten getragen hat und gebückt war. Niemand. Aber sie stand, sah mich an, daß es mir ganz kalt den Rücken hinablief. So hatte mich noch keine angesehen wie die – und mit Frauen hab' ich zu tun gehabt. Ehrlich, ich hab' geglaubt, daß ich noch – na ja, tags zuvor war's ein bißchen feucht geworden mit

Anne und mir, war 'n netter Abend gewesen, etwas Wein und ein, zwei Schnäpschen zur Verdauung, auch drei – und die Anne auch, und alles war so gewesen, daß man gern einen getrunken hat, kann ja vorkommen – aber in der Früh' bin ich dann schon aus dem Bett. Die Anne hat noch geratzt. Von wegen Pünktlichkeit lass' ich mir nichts nachsagen.

Und da hat das Bild so gekracht. So ganz merkwürdig, wie ich es angesehen habe. Und ich hab', glaube ich, irgendwelche Stimmen gehört, eine Stimme zumindest.«

Was man nicht hörte auf dem Band, war die erstickende Trockenheit klimatisierter Räume. Auch die ehemals weißen, jetzt aber von grauen Schlieren überzogenen Wände, an denen sich im unteren Drittel mannshohe Regale, Papierschränke und Rollokästen entlangzogen, gaben keinen Laut.

Die Frau fuhr mit ihren langen, zartgliedrigen Fingern über die schrundigen Furniere, wischte den Staub an den Wänden ab, wo sie freigelassen waren, kratzte mit den Fingernägeln über die Lederrücken der Bücher, als wolle sie die Gegenstände in Geräusche verwandeln. Dabei hielt sie die Augen geschlossen. Durch das Fehlen ihrer schwarzen Augen schien das Gesicht nur blasser als zuvor, beinahe durchscheinend – und unter der hellen Haut hoben sich dunkel die Wangenknochen ab. Nur in den Winkeln der Augenhöhlen hielt sich etwas Rot, ein feiner, ziselierter Strich, kaum wahrnehmbar. »Das alles fehlt«, sagte sie laut ins Zimmer hinein, als wären die Gedanken ausgesprochen worden, als würden sie durchs Atelier schwingen und dort Wurzeln schlagen, wo der Gehörsinn nicht verkümmert war. »Man hört so wenig, Franco!«

Auf dem Band krachte es, als wäre etwas von einer Erhöhung herabgefallen.

»Es beginnt zu arbeiten. Das Bild arbeitet. Es ist zu trocken hier. Dabei habe ich den Luftbefeuchter hochgefahren. Als wehre sich das Gemälde, als stöhne es unter einem Druck, den ich nicht näher bestimmen kann. Das geht schon einige Tage so. Angst habe ich anfangs gehabt, daß die Holztafel reißt. Nicht auszudenken! Deshalb das Tonbandgerät, dieses Krachen aufzunehmen: als lebte etwas im Holz. Aber weiter:

Am nächsten Tag – ich schwöre es – hatte sie mir bereits den Rücken zugedreht und war mit einem Bein aus dem Grab draußen. Wirklich, ich übertreibe nicht. Über die linke Schulter hat sie sich nach mir umgeblickt. Auf die Arbeit konzentrieren war vorbei. Hab' mir einen Apparat geliehen, von Richard nebenan, einen Sofortentwickler ohne Blitz. Um Momentaufnahmen zu machen, haben wir den. Abgedrückt und sich entwickeln lassen. Das dauerte fünf Minuten, höchstens. Kam ganz langsam, das Bild. War nicht schön – aber ich war wie vor den Kopf gestoßen. Hab' ich auf das Gemälde gesehen, stand sie da mit ihrem Hinternspalt, dem hochgestreckten Bein, ihrem Blick – und auf dem Abzug der Sofortbildkamera nichts, nur der Sarkophag. Leer, gähnend leer.

Angst hab' ich bekommen, eine Gänsehaut. Weiß wie Schnee.«

Die Stimme brach ab, eine Stille folgte, die nur vom Rauschen der weiterlaufenden Aufnahme und vom Ziehen berstenden Holzes ausgefüllt wurde.

Die Frau stand hinter Franco, hinter seiner rechten Schulter, zeigte ihm ihren Unterarm, der durchscheinend war wie eine Milchglasscheibe. Auf dessen Innenseite, dort, wo die Haut seidig wurde, verliefen blaugrüne Adern.

»So weiß, Franco?« Sie nahm mit der anderen seine Hand und führte sie langsam über den Arm. »Fühlt sie sich kalt an, die Haut? Ja? Eiskalt?«

Franco schauderte. Zuckte zurück.

»Sieh her«, meinte die Frau und ließ einen Fingernagel über den Handrücken des Restaurators kratzen. Eine blutunterlaufene Spur bildete sich im Hellen der Haut. »Leben ist das. Blut ist Leben, Franco. Sieh es dir an, genau an!«

»Im Laufe der Woche hat sie sich auf den Bildrand zubewegt. Spazierte einfach über das Bild, als wäre es das Natürlichste. Und dabei wimmerte die Holztafel zum Erbarmen. Nicht einen Augenblick ließ sie mich aus den Augen – wenn man das so sagen darf. Beobachtete mich. Und ich weiß nicht, warum. Ich dachte, ich werd' verrückt, phantasiere nackte Frauen zusammen. Aber das war nicht so. Pepe hat es mir bestätigt. Pepe arbeitet nebenan. Restauriert eine Plastik, ist Gipser – na ja, sagen wir halt so –, ich meine, er arbeitet mit Gips. Kam rüber und wollte ein Rätschchen halten. War mir recht so. Hab' ihn dann einfach gefragt: Siehst du die Frau da? Klar, hat er gesagt, den Busen, den übersieht keiner. Tolle Arbeit. Hat mir auf die Schulter geklopft, gegrient und is' wieder zurück.

Da hab' ich mich dazu entschlossen – ich meine, da hab' ich den Recorder mitgenommen. Das Krachen wollt' ich aufnehmen, daß das mal jemand hört. Dem Bild ist nämlich nichts passiert dabei, nichts, kein Riß, kein Abblättern.

Und dann glaub' ich noch was, so eine Entdeckung. Jeden Tag mußte ich sie ja suchen. Genauer, jeden Morgen, denn bewegt, so richtig fortbewegt, hat sich das Mädchen nur nachts. Ja. Das war eindeutig. Tagsüber kam sie nicht vorwärts, oder nur ganz wenig, aber über Nacht ganze Zentimeter.«

Die Frau schaltete ab. »Was du nur immer erzählst, Franco. Niemand wird dir glauben. Kein Bild, keine Spuren, keine Figur. Es fehlt nicht einmal etwas, weil nie eine Frau, wie du sie beschreibst, auf der Tafel gewesen ist. Hirngespinste, Franco, Phantastereien. Glaub mir.«

Langsam strichen ihre rohseidenen Finger durch sein Haar. Dann griff sie in den Schopf und zog seinen Kopf zurück. Carfi wirkte abwesend.

»Stör' ich dich etwa? Nicht doch. Kleine Abwechslung, Franco.« Sie fuhr mit der anderen seine Brust entlang. Hinauf und hinab, ohne seine Haare loszulassen. Dann biß sie ihm ins Ohrläppchen, sanft, daß eine leichte Röte zurückblieb, als schämte sich das Ohr der Liebkosung.

Sie ließ los. Carfi beugte sich wieder über das Bild. Sie eilte zum Recorder, schaltete ein, begann durch den Raum zu laufen, die Linke zu einer Krallenhand verkrampft, die Möbel zerkratzend, daß fünf weiße Spuren über die Lackschichten der Schränke und Regale liefen. Mitten hinein in die Monologfetzen aus dem Apparat kratzten ihre Nägel.

»… war sie weg … mußte sie aus dem Bild …«

Vor dem Fenster dunkelte der Tag ein.

»… nicht gefunden …«

Dreimal umrundete sie die Staffelei, dreimal fünf weiße Streifen auf den Möbeln, als schaffe sie einen Kreis – »… ungutes Gefühl, als würde ich beobachtet …« –, in dessen Mitte das Bild stand. Plötzlich verharrte sie vor dem Fenster. Die Sonne sank hinter die Häuserzeile gegenüber – »… als wäre um mich her eine weitere Welt …« –, langsam zogen sich Schatten über die Straße und krochen die Fassaden hinauf.

»… fühle das Atmen eines …«

»Wie geht es dir, Franco?« fragte sie, während sie sich umdrehte und das schwächer werdende Licht ihren Körper umspielte. Der Restaurator sah auf, und seine Pupillen weiteten sich beim Blick zur Fensterfront. Sein Mund öffnete sich, als wolle er schreien, aber seiner Kehle entsprang nichts, kein Laut, kein Röcheln, buchstäblich nichts.

»… habe ich aufgegeben, sie zu suchen, obwohl ich weiß, daß sie noch im Raum ist. Ich fühle es. Ganz in meiner Nähe, als wäre sie ständig um mich. ›Bedrohlich‹ wäre ein Wort dafür. Panisch versuche ich mir klarzumachen, was genau passiert, aber ich bin hilflos, weiß nicht mehr, was und wie ich es anstellen soll. Einzig, daß es ein Fehler war, ihr die Ketten abzunehmen, davon bin ich überzeugt. Sie wäre sonst noch da, wo sie hingehört, obwohl ich nicht verstehe, wie sie dorthin gekommen ist und warum sie nicht dort bleibt. Aber wer weiß schon um alle Geheimnisse der Welt.

Ich fühle sie an meinem Nacken, an meiner Brust. Sie setzt sich auf meinen Schoß, ohne daß ich sie sehen könnte – ich weiß nur, daß es so ist, mein Kopf weiß es, mein Gefühl sagt es mir …«

Sie saß da und wartete die Dämmerung ab, die Beine an den Körper gezogen und mit den Armen umfaßt, das Kinn auf die Knie gelegt.

So saß sie, starrte Carfi in den Rücken, daß der sich umdrehte und nach ihren Augen suchte. Das Band quietschte, während es lief und aufnahm, quietschte mit einer Regelmäßigkeit und Ausdauer, daß es sich in sein Gehör fraß, ihn unruhig machte wie die Frau in seinem Rücken.

»Jetzt habe ich erstmals einen Schatten gesehen, gegen das Fenster hin den Körper einer Frau. Sie war unbekleidet. Aber der Eindruck war zu flüchtig, zu rasch wieder meinem Blick entzogen, so daß ich mir unsicher bin.«

Eine Pause entstand, in ihr sein Atmen, ein Rascheln, das Geräusch, als würden Fingernägel über Lack kratzen, das Quietschen des Recorders, der diesen Ton gleichzeitig aufnahm.

»Sie ist da, ich weiß es. Sie ist um mich, überall. Was will sie von mir? Sie starrt mich an, starrt auf mich, als wolle sie mich durchbohren, mich studieren wie ein Gemälde. Was ist sie? Wie kam sie aufs Bild, wie aus dem Bild heraus? Welches Geheimnis umgibt sie, das ich nicht kenne – und warum hat sie mich ausgesucht?«

Wieder ein längeres Schweigen. Schritte, die zur Tür gingen, am Griff rüttelten, zurückkehrten.

»Eben wollte ich hinaus auf den Gang. Alles abgeriegelt. Ich komme nicht weiter als bis zur Tür, kann den Griff gerade mit den Fingerspitzen berühren. Sie ist verschlossen. Habe ich sie abgeschlossen? Ich kann mich nicht erinnern, glaube es aber nicht. Die Dämmerung fällt durch die Fenster wie tagsüber das Sonnenlicht. Jetzt kann ich sie sehen. Sie sitzt hinter mir. Wie schön sie ist, so weiß, so zart – und gänzlich nackt. Aufreizend sitzt sie da, mit um die Beine geschlungenen Armen. Wie sie starrt.«

Ein Aufstehen und Tapsen war auf dem Band zu vernehmen, ein helles Lachen.

»Wie eine Spirale umrundet sie mich, langsam, ohne den Blick von mir zu lassen. Es wird schwärzer, und sie verschmilzt mit der Nacht, als könne sie ihre Körperform nicht halten, als wäre sie durchsichtig. Ich, ich, ich sitze inmitten der Spirale, wie der Schmetterling, auf den sich die Spinne zubewegt, die es nicht eilig hat, weil sie weiß, daß das Tierchen nicht mehr aus dem Gewebe entkommen kann.«

Leiser wurde die Stimme, undeutlicher, nur ein Atmen füllte jetzt das Band, ein unregelmäßiges Atmen, das aussetzte, wieder begann, aussetzte, lange aussetzte, um desto heftiger einzusetzen. Etwas polterte auf den Boden, splitterte, dann fuhr ein Wind hinein ins Mikrofon, als würde das Tuch vom Tafelbild gerissen und darübergelegt.

»Nacht, es ist Nacht«, flüsterte Francos Stimme plötzlich dicht an der Aufnahme. »Sie ist es!«

Mit einer langsamen Bewegung nahm die Frau die Kassette aus dem Recorder, zog den Stecker aus der Dose und stellte das Gerät in die hintere Ecke des Ateliers, genau gegenüber der Tür. Dort hatte Franco Carfi seinen Mantel hängen.

»Das sind doch Hirngespinste!« sagte sie in die Dunkelheit hinein und zog sich den Mantel über.

Ein halber Mond schickte sein Licht ins Zimmer, das Bild ragte in die Leere zwischen Boden und Decke. Schatten bedeckte den Bildteil, auf dem Christus als Erlöser die Rechte hob, um die Welt zu segnen. Das Tuch war herabgerutscht, lag faltenreich daneben auf dem Boden.

»Gehen wir, Franco?« flüsterte die Frau. Sie nahm die Kassette in die Hand, zog das Band heraus, zerwühlte und durchtrennte es mit den Zähnen. Dann legte sie die Plastikhülle auf den Boden.

Aus dem Dunkel der Zimmermitte kam Franco auf sie zu und zertrat die leere Hülse mit seinem Stiefel.

»Ist dir kalt?« fragte er sie, tonlos die Stimme, mit einem unterschwelligen Kratzen darin.

Nur den Kopf schüttelte sie, faßte ihn unter, und beide verließen den Raum. Sie gehüllt in seinen langen Mantel und barfuß. Zurück blieben der *Meister des Bambino Vispo* und ein leerer Sarkophag.

Rainer Anton
Niedermeier

Postmodernes Vampirfragment

Alles wartet auf den sensationsbiß
am nächsten tag erscheinen die gazetten von blutstürzen
durchtränkt
mit dicker roter zunge drin verharrn
blut fließt von der linken brusttasche
und verhöckert das schweigen welches nervosität reizt
jetzt hitzestau und juckreiz
jetzt schüttelfrost und innenbandreizung
blut fließt von der rechten brusttasche in schlingen abwärts
und versaut das blankpolierte parkett
ärsche so breit wie filmleinwände
feuerfluß aus dem vampirphallus
        na komm schon
        na komm schon

197

beiß zu
sadomasoch beiß zu
leck mir die eingeweide
treib mich zum wahnsinn
mensch manscht mensch
gefleischpflanzert von hauern durchtrennt
menschenmanschen maschinenmanschen menschen-
menschen
postmoderne nackenbeißer in gummianzügen in serviler haltung
zum apport bereit
der staatsvampir is watching you!
gesellschaft saugt
gesellschaft leckt
scheiße fressen
scheiße lecken
ohne pardon
weiter mit dem blutsuff
hysterielachen aus den aufgeschlitzten physiognomien
wahnschädel zerschmettern an wahnschädel
fickhallen und fleischhallen stürzen ineinander
kadavergeruch und schimmelkrieg
nervenzucken von folterstößen
freilaufende froschschenkel schrecken hochparfümierte zwei-
beinerin
blutsensen an den stadttoren der metropole
zum rapport in achterreihen vom zahnstein befreite nachwuchs-
sauger
für einen augenblick frieden
indem man eine knoblauchzehe öffnet

Herbert Rosendorfer

Der Bettler vor dem Café Hippodrom

M an war im Polizeipräsidium bemüht, die rätselhaften Vorgänge zu vertuschen, nachdem sie mit den gängigen Mitteln moderner Kriminalistik nicht aufzuklären waren. Es hatte ziemlich alltäglich und wenig aufregend damit begonnen, daß in einer außerordentlich stürmischen Dezembernacht – es war, aber wer achtet schon darauf, später freilich erklärte es manches, die Nacht der Wintersonnenwende – die Oberschwester des Rotkreuzkrankenhauses wegen eines verdächtigen Mannes die Polizei anrief. Die Funkstreife rückte zwar unverzüglich, aber schrecklich fluchend aus, denn die Nacht war höllisch. Es hatte die Tage zuvor geschneit. Jetzt mahlte ein beißender Sturm den Schnee immer wieder um und um zu gelbem Eispulver, das waagrecht und schneidend wie Pfeile durch die Straßen fegte und das Licht der ächzenden Bogenlampen verdunkelte. Das Pflaster war mit dünnem, schmutzigem Eis bedeckt, über das die unteren Ausläufer des tobenden

Elements kringelartige Schlieren von Schneepulver trieben. Kaum jemand war unterwegs in diesem Mahlstrom von tosender Kälte. Es war eine Nacht, in der man mit wohligem Schauer die gerüttelten Fenster noch besser schließt, die Vorhänge dicht zuzieht und flüstert: »Gott erbarme sich der unschuldigen Vögel da draußen und derer, die heute kein Dach über dem Kopf haben!«

Die wackere Funkstreife aber, wie gesagt, rückte aus. Im Rotkreuzkrankenhaus wurden die Beamten von der Oberschwester zu einem alten Mann geführt, der – bewacht von zwei Pflegern – auf einer Bank in der Teeküche saß. Der alte Mann, der nicht Patient des Krankenhauses, dort auch noch nie gesehen worden war und auf alle Fragen schwieg, war dabei angetroffen worden, wie er in einem dunklen Gang im ersten Stock (wo keine Krankenzimmer lagen) das Schloß einer Tür aufbrechen wollte. Der auffallend bleiche alte Mann, der auch auf die Fragen der Polizisten immer nur den Kopf schüttelte, ließ sich ohne Widerstand festnehmen. Die Funkstreifenbeamten brachten den Delinquenten in ihren Wagen. Zunächst hielt sich der Mann ganz ruhig und saß zusammengekrümmt auf dem Rücksitz. Plötzlich aber, mitten im Fahren – der Fahrer des Wagens meisterte eben unter Aufbietung aller Fahrkünste das spiegelnde Glatteis einer völlig verwehten Brücke –, begann der Festgenommene zu schreien, bäumte sich auf und schlug um sich, allerdings – gaben die Beamten später zu Protokoll – hatte man nicht den Eindruck, er wolle sich gegen die Festnahme zur Wehr setzen; es schien eher ein Tobsuchtsanfall zu sein oder, wie einer der Polizisten sagte: als habe ihn ein Unsichtbarer abstechen wollen. Der Fahrer hielt den Wagen an. Man wollte dem Festgenommenen Handschellen anlegen, da gab er zum erstenmal ein Wort von sich: »Weiterfahren, weiterfahren«, ächzte er; kaum brachte er die Wörter heraus. Als man die Brücke passiert hatte, war der Anfall vorbei.

Die Funkstreife lieferte den Mann im Polizeipräsidium bei der Kriminalbereitschaft ab. Dort war er wieder ganz ruhig. Vernommen konnte er nicht werden, denn er sagte immer noch nichts, auch schien er völlig erschöpft. Irgendein Ausweispapier wurde bei ihm nicht gefunden. Der diensthabende Kriminalbeamte entschied, daß die Festnahme aufrechterhalten bleibe, erstellte die Vorführnote vorerst ohne Personalien und bestimmte, daß der Mann am nächsten Tag dem Staatsanwalt vorzuführen sei. Dann wurde der Festgenommene in eine Zelle des Polizeiarrestes gelegt.

Der Sturm nahm im Laufe der Nacht noch zu, dann brach seine Kraft; wie ein Spuk verflog mit den letzten Stößen des Windes in den frühen Morgenstunden das Toben der Elemente. Ein kalter, aber strahlender Wintertag brach an. Gegen halb elf Uhr schloß ein Kriminalbeamter die Arrestzelle des Unbekannten auf. Die klare Wintersonne warf ihr Licht durch das eng vergitterte Fenster und füllte die ganze kleine Zelle. Der Festgenommene war nicht mehr da.

Alles geriet in helle Aufregung – man stand vor einem Rätsel. Keine Spuren eines Ausbruches waren zu finden. Das Fenster, das Gitter, das Türschloß waren unversehrt. Nur in einer Zellenecke, in derjenigen, wohin die Sonnenstrahlen zuletzt gedrungen sein mußten, fand man einen übelriechenden, schwarz-fettigen Belag auf dem Boden. Das Landeskriminalamt stellte später bei der Analyse dieses Belages fest, daß es sich um Rückstände verbrannter, besser gesagt: verschmorter Textilien handelte. Einige versengte Knöpfe fand man in dem Belag, eine Gürtelschließe und 8,40 DM in Münzen sowie einen unversehrten Siegelring mit einem Wappen und den Initialen »C. D.«. Weiteres war nicht aufzuklären. Man versuchte, von dem rätselhaften Vorkommnis möglichst wenig Aufhebens zu machen. Dadurch, daß man einerseits im Rotkreuzkrankenhaus kein Interesse an der Klärung des bagatellen und ohne Schaden verlaufenen Einbruchsversuchs hatte, anderseits keine Vermißtenanzeige oder ähnliches bezüglich des Unbekannten auftauchte, konnte man die Sache unschwer stillschweigend ad acta legen. Ich erfuhr die Sache von einem Kollegen, der am fraglichen Tag diensthabender Staatsanwalt im Polizeipräsidium gewesen war.

Wenig später fiel mir auf, daß eine Erscheinung im gewohnten täglichen oder vielmehr nächtlichen Bild der Stadt fehlte. Ich hielt mich damals fast jeden Abend im Café Hippodrom auf. In einem Winkel der Passage, in der unter anderem dieses Café war, bezog jeden Abend, sobald es dunkel geworden war – also im Sommer später, im Winter früher – ein alter Mann Posten, von dem man nicht recht wußte, ob er ein Bettler war oder nicht. Er stellte kein tatsächliches oder scheinbares Gebrechen zur Schau, er sprach niemanden an, ja schaute nicht einmal jemanden an, denn er stand immer mit tief gesenktem Kopf da, an die Wand zwischen zwei Schaufenstern gelehnt. Er trug stets einen grauen, sauberen Anzug, der zwar ziemlich altmodisch, aber weder geflickt noch zerrissen war. In einer Hand hielt er seinen bräunlichen Hut, eher wie zufällig mit der Öffnung nach oben, auch nicht auf Bettlerart nach vorn gestreckt, sondern ein wenig seitwärts, als habe er ihn eben abgenommen. Warf ihm jemand – und jeder, der geneigt war, etwas zu geben, zögerte zunächst, ob er überhaupt einen Bettler vor sich habe; ich selber, der ich sonst mit der Begründung, daß man in der heutigen Zeit übertriebener Emsigkeit jede Arbeitsscheu unterstützen muß, selbst unverschämten Bettlern spende, wagte lange nicht, ihm etwas zu geben –, warf ihm also jemand eine Münze in den Hut, so nickte er nur mit dem Kopf, fast mechanisch wie ein Opferstock-Jesulein, und steckte das Geldstück (anstatt es als Anreiz oder Hinweis im Hut liegenzulassen) schnell in die Tasche. Der Bettler war ein alter Mann, allerdings kein sehr alter Mann. Er war ziemlich groß, hatte einen großen, kahlen Schädel. Auffallend war seine außergewöhnlich bleiche, fast pergamenten-durchsichtige Gesichtsfarbe.

Der merkwürdige Bettler beschäftigte meine Phantasie. Wäre ich sicher gewesen, daß er geredet oder gar erzählt hätte und nicht – vorausgesetzt, er hätte überhaupt eine Einladung angenommen – nur stumm und peinlich dankbar dagesessen, ich hätte ihn gern einmal auf einen Abend mit ins Café Hippodrom genommen. Er beschäftigte aber nicht nur *meine* Phantasie. Der Wirt vom Hippodrom und einige andere Stammgäste versuchten detektivisch in die Lebensgewohnheiten des Bettlers einzudringen. Fest stand zunächst, daß er jede Nacht, und zwar bis spät in die Nacht hinein, an seinem Platz stand, selbst wenn längst kein Mensch mehr durch die Passage ging. Untertags aber war er nie zu sehen. Man versuchte ihm zu folgen, wenn er in den ersten Morgenstunden – aber stets bevor es hell wurde – seinen Standplatz verließ. Er verschwand aber jedesmal unerwartet und mit verblüffender Wendigkeit in einer kleinen Gasse, um eine plötzlich auftauchende Ecke, in einem Park oder in einem Hausdurchgang, einmal in einem Pissoir, wo seine Verfolger erst nach langem Suchen den versteckten zweiten Ausgang fanden.

Am Faschingsdienstag gab der Wirt des Hippodroms einen kleinen »Kehraus« für seine Stammgäste. Das Fest war ziemlich ausgelassen. Es wurden mehr oder weniger geistreiche Toasts auf alle Anwesenden, auf alle erdenklichen Bekannten und, nachdem die Zahl der dafür in Frage kommenden Personen erschöpft war, auf Unbekannte ausgebracht. Da schlug ich vor, den Bettler draußen hochleben zu lassen. Man beschloß, dies in seiner Gegenwart zu tun. Einige eilten hinaus. Er stand, was niemand bezweifelt hatte, auch heute an seinem Platz. Er folgte willig der Einladung ins Lokal, ließ gern den Toast auf sich ausbringen, lehnte aber ab, irgend etwas zu trinken oder zu essen, denn, so sagte er in einem gebrochenen, stark ungarisch gefärbten Deutsch – das ich im folgenden der Deutlichkeit zuliebe weglasse –, er könne nicht mehr essen und trinken.

Im Trubel des Festes erlosch bald das Interesse der Gäste an dem alten Mann. Er saß ziemlich verloren in einer Ecke und wagte offensichtlich nicht, sich zu entfernen. Auch hielt er es für seine Pflicht, mit jedem, der in seine Nähe kam, Konversation zu machen.

»Er behauptet«, sagte mir ein Mädchen, mit dem ich tanzte, »er sei vierhundert Jahre alt. Als ich ihm das Kompliment machte, ich hätte ihn höchstens für dreihundertsechzig gehalten, küßte er mir die Hand; er hat dabei fast geweint.«

Nun setzte ich mich wie beiläufig neben den Alten hin. Tatsächlich, kaum saß ich, wandte er sich zu mir:

»Junger Mann, raten Sie, wieviel mal älter ich bin als Sie.«

»Sie sind vierhundert Jahre alt«, sagte ich.

»Woher wollen Sie das wissen?«

»Ich hätte nicht geglaubt, Sie hier zu finden«, sagte ich. »Es war übrigens nicht schwer zu erfahren, wie alt Sie sind, Graf. Sie haben zum Beispiel jener Dame dort, mit der ich eben getanzt habe, Ihr Alter verraten.«

»Wie haben Sie mich eben angeredet?« Er sprach langsam und schwer und war durch meine Rede entsetzt und erschreckt, gleichzeitig aber wie gebannt.

»Wenn Sie der sind, den ich meine, sind Sie ein Graf«, sagte ich. »Außerdem tragen Sie einen Siegelring mit einer Grafenkrone.«

Da verbarg er seine Hand mit dem Ring.

»Ich bin nichts«, sagte er, »ich bin ein Bettler. Reden Sie mich ja nicht mehr so an.«

»Ich muß Sie warnen«, flüsterte ich ihm zu. »In wenigen Minuten ist es Mitternacht.«

»Ja, und? Ich fürchte die Mitternacht nicht.«

»Um Mitternacht am Faschingsdienstag serviert der Wirt im Hippodrom immer eine Gratissuppe für seine Gäste.«

»Ich esse keine Suppe«, sagte er. »Ich esse überhaupt nichts.«

»Es handelt sich um eine Knoblauchsuppe ...«

Da weiteten sich seine Augen in fast panischer Angst; er wollte auf und davon. Ich hielt ihn zurück.

»Nein«, sagte ich. »Verzeihen Sie, ich wollte nur, daß Sie sich verraten; was Sie ja eben getan haben. Es gibt keine Knoblauchsuppe, es gibt Weißwürste, die bestehen nur aus Wasser und Petersil. Sie sind ...?« sagte ich.

»Ja«, sagte er, »ich bin es.«

»Aber wie kommen Sie hierher in unsere Stadt, in unsere Zeit, können Sie denn überhaupt noch ... wie soll ich sagen ...«

»Sie haben recht, wenn Sie das Wort ›leben‹ vermeiden. Wer nicht sterben kann, kann auch nicht leben.«

»Es muß hier sehr schwer sein für Sie, und heutzutage«, sagte ich.

Da begann er zu erzählen. Wenn ein Osteuropäer zu erzählen beginnt, so ist das, als ob sich Steinmassen bewegten. Langsam, langsam beginnt es zu rollen, weit, weit greift es aus, kreist und greift um sich, immer weiter rollt es und bewegt sich, dreht sich in sich, bis es alles, alles erfaßt und das Weltrund, ja den Himmel in die alles umspannende, alles überschäumende Erzählung, unaufhaltsam gigantisch mahlende Erzählungs- und Lügenfindlinge auftürmend, in das allgewaltige Geschehen der erzählten Geschichte einbezieht.

Der Graf begann mit einer tränenvollen, erinnerungsschluchzenden Schilderung seiner Heimat, des Landes jenseits der Wälder, Transsilvaniens, das wir »Siebenbürgen«, die Ungarn aber »Erdély« nennen. Er beschrieb die uralten Wälder, die finsteren Schluchten, den rauschenden Maros; das schöne Hátszeger Tal, das Bruzenland und die weite fruchtbare Siebenbürger Heide mit ihren Hirten.

»Seinerzeit«, sagte er, »es ist noch nicht viel mehr als hundert Jahre her, hat es in Siebenbürgen Hunderte meines Schlags gegeben. Eine Zeitlang galt es förmlich als schick, so zu sein wie ich, namentlich unter dem Adel. Bei der Auflösung des ehrwürdigen Landtags des Großfürstentums Transsilvanien im unglückseligen Jahr 1867 waren nicht weniger als achtzehn Abgeordnete Vampire. 1867 wurde dann das ganze Land, sehr zum Leidwesen der dort lebenden Rumänen und Sachsen, in das Königreich Ungarn integriert. Aber auch viele Magyaren waren dagegen. Nun, die Zeiten lassen sich nicht aufhalten. Wie oft habe ich das erleben müssen. Fünfundsiebzig Abgeordnete des Reichstages in Budapest stellte Siebenbürgen. Davon waren immer noch acht oder zehn Vampire. Der Obergespan des neuen Hermannstädter Komitats war noch bis 1919 einer von uns. Dann mußte Ungarn im Frieden von Trianon das Land an die Rumänen abtreten. Die Folgen waren fürchterlich. Ich zog mich in mein Schloß zurück und kümmerte mich nicht mehr um die Politik. Dann kam der zweite Krieg. Es kam die Eiserne Garde, dann kamen die Pfeilkreuzler. Ich weiß nicht, wer schlimmer mit den Unsrigen umging. Und dann die Deutschen – verzeihen Sie, ich will nichts sagen. Immerhin kam Siebenbürgen wieder zu Ungarn, 1941, bis dann 1944 die Russen kamen ... und die Kommunisten. Seitdem die wilden walachischen Bauernhorden des Hora Anno 84 (1784 meine ich natürlich) zweihundertvierundsechzig Schlösser verbrannten und Tausende von Adeligen erschlugen, habe ich so etwas nicht mehr erlebt.

Es gab Vampire, die versuchten, mit den neuen Herren zu paktieren. Sie wiesen darauf hin, daß sie niemals Bauern- oder gar Arbeiterblut gesogen haben, sondern nur solches von Standesgenossen oder Kapitalisten. Es half nichts. Bei hellem Tageslicht stürmte der Pöbel unsere Schlösser, mit Kränzen von Knoblauch behängt, Kreuze vor sich hertragend – stellen Sie sich vor! Kommunisten, die Kreuze vor sich hertragen! –, sprengte die Grüfte auf, riß die armen Vampire aus den Särgen, schleppte sie ins Sonnenlicht auf die Höfe und Terrassen, wo sie in Höllenqualen versengten und verbrannten. Zu ihren gellenden Schreien tobten die Agitprop-Kommissäre, jauchzten und tanzten. Wir wurden gejagt wie die Karnickel. Ich glaube nicht, daß ihrer zehn entkamen. Ich selber hatte Glück. Ich konnte fliehen. Von weitem noch sah ich den Feuerschein meines brennenden Schlosses über den Wäldern. So kam ich hierher.«

»Aber wie haben Sie das gemacht? Sie können doch kein fließendes Wasser überqueren?«

»Wenn Sie das wissen, dann können Sie sich vorstellen, wie schwierig meine Flucht war. Kam ich an einen Fluß, mußte ich um ihn herum, bis zur Quelle, um jeden Nebenfluß herum, um jeden Bach. Dabei schleppte ich immer eine Matratze mit mir, die ich mit siebenbürgischer Erde gefüllt hatte. Sie wissen: nur auf solcher Erde kann ich schlafen. Aber das Schlimmste erwartete mich hier in der sogenannten freien Welt. Zwar halfen zunächst die Amerikaner, auch die ungarischen Emigrantenorganisationen, aber in einer Welt der Computer, der Girokonten und Supermärkte ist kein Platz mehr für Vampire. Manchmal denke ich, ich kehre einfach zurück, mögen sie dort auch mich noch erschlagen, der ich wahrscheinlich der letzte bin … Aber ich bin zu schwach, um diese umständliche, beschwerliche Reise nochmals zu machen.«

»Ich habe aber doch gehört, Ihresgleichen habe die Kraft von zwölf starken Männern?«

»Ja«, lachte er müde, »wenn wir uns richtig ernähren können. Aber kann ich das? Sagen Sie mir, wie? Die Zähne sind mir sogar ausgefallen. Ich habe mir eine Vampir-Zahnprothese machen lassen.« – Er seufzte. – »Ich mußte dem Zahnarzt sagen, es handle sich um einen Faschingsscherz. Wenn man alt wird, braucht man Pflege, schonende Kost – in unserem Sinne –, ich mußte die Jahre über froh sein, wenn ich die Kraft hatte, einen alten Knacker im Männer-Übernachtungsheim ein wenig auszusaugen. Und jetzt ... ich bettle mir ein paar Pfennige zusammen, um mir hie und da eine Blutwurst zu kaufen.« – Ich eilte in die Küche, um eine Blutwurst zu holen. Als ich zurückkam, war er weg.

Er stand am nächsten Abend zwar wieder an seinem gewohnten Platz, gab aber, als ich zu ihm trat und ihn anredete, kein Zeichen des Erkennens von sich. Ich redete ihn leise mit seinem Namen an; er schwieg. So sah ich ihn das Frühjahr, den Sommer hindurch, im Herbst und im Winter dort stehen und in seiner mehr als verhaltenen Art betteln. Ich gab ihm jedesmal, wenn ich ins Hippodrom kam, eine Kleinigkeit, und er nickte mit dem Kopf, nicht mehr und nicht weniger als bei irgendeinem anderen.

Nach Weihnachten aber fiel mir eines Abends auf, daß er verschwunden war. Zur gleichen Zeit erfuhr ich von dem mysteriösen Vorfall im Polizeipräsidium. Eins, stellte ich fest, war noch nicht ermittelt in dem Zusammenhang. Ich ließ die Kriminalpolizei im Rotkreuzkrankenhaus nachfragen, was den unbekannten Täter bewogen haben konnte, zu versuchen, in das bewußte Zimmer einzudringen. Das sei auch unerklärlich, lautete die Antwort, denn in dem Zimmer sei nichts aufbewahrt, was einen Dieb anlocken könne. Es sei der Raum gewesen, in dem die Blutkonserven des Krankenhauses aufbewahrt werden.

Robert Gernhardt

Ein Tag

Wenn meine Frau und ich morgens satt und etwas schwerfällig nach Hause kommen, gilt unser erster Gang den Kinderzimmern. Paul ist meistens noch nicht da. »Das ist ein Bursche«, sage ich, »der kann es mit jedem aufnehmen. So eine Ausdauer.« In meiner Stimme schwingt väterlicher Stolz, und meine Frau nickt.

Leise öffne ich dann die Tür von Vivians Zimmer. Sie hängt festgekrallt an ihrem Schlafbalken. Die Vorhänge sind zugezogen, und im dämmrigen Licht des Morgens erkennt man, wie schön ihr Haar ist, das schwer und glänzend fast bis auf den Boden fällt. Sie hört das Geräusch und öffnet die Augen. Sie hört jedes Geräusch.

»Bist du schon lange hier, Vivian«, frage ich.

Sie lächelt und fährt mit ihrer Zunge die Zähne entlang. Die sind weiß und spitz, es gibt keine schöneren weit und breit. »Noch nicht sehr lange, Papa.«

»Hast du etwas mitgebracht?« Ich stelle diese Frage nur zum Schein, denn Vivian bringt immer etwas mit. Aber sie freut sich, wenn sie wie gewöhnlich antworten kann: »Es steht in der Küche.«

Um ehrlich zu sein, Paul ist nicht so pflichtbewußt. Er bringt selten etwas mit. Darüber habe ich mit meiner Frau schon oft gesprochen. Sie verteidigt ihn immer. »Er ist noch jung«, sagt sie, »er denkt nur an sich. So sind junge Menschen nun einmal.« Insgeheim gebe ich meiner Frau recht, ich war früher auch nicht anders. Aber nach außen muß ich natürlich hart sein.

Vor Tonis Tür zögern wir beide und schauen uns an. Toni ist unser Sorgenkind, aber jedesmal hoffen wir, daß über Nacht ein Wunder geschehen ist.

»Ich habe Toni gestern abend ein Kaninchen gebracht«, sage ich zu meiner Frau. »Vielleicht hat sie Hunger bekommen.«

Ich öffne die Tür, und wir schauen hinein. Meinem Herzen gibt es immer einen Stich, wenn ich Toni schlafen sehe. Sie hat ihre Beine angezogen und liegt zusammengekauert in der Ecke. Aber heute ist es noch schlimmer als sonst. Mit dem linken Arm umschlingt sie das Kaninchen, das uns aus großen Augen anblickt und wegzuhoppeln versucht. Davon wacht Toni auf und schaut uns etwas ängstlich ins Gesicht.

»Toni«, sage ich streng, »wie schläfst du denn schon wieder? Was meinst du, warum deine Eltern dir den schönen Balken da angebracht haben?«

»Ich habe versucht, so zu schlafen, wie ihr gesagt habt«, entgegnet Toni mit trauriger Stimme. »Ich kann es nicht. Meine Nägel sind zu schwach. Ich falle immer herunter.«

Nun mischt sich meine Frau ein: »Die Nacht ist überhaupt nicht zum Schlafen da. Was hast du seit gestern abend gemacht? Vivian konnte in deinem Alter schon draußen herumfliegen. Warum weinst du?«

»Weil ich Hunger habe«, sagt Toni kläglich.

Hier werde ich wütend. »Warum habe ich dir wohl gestern abend das Kaninchen mitgebracht? Weißt du, was du mit dem Kaninchen machen sollst?«

»Ich weiß, aber ich trau' mich nicht.«

»Was willst du also?«

»Am liebsten Milch.«

Daran ist meine Frau schuld. Weiß der Himmel, wie sie damals auf die Idee kam, Toni Milch zu geben, als sie kein Blut trinken wollte.

»Oh«, sage ich, »wie konntest du nur.«

Meine Frau weiß genau, was ich meine und zieht mich ängstlich aus dem Zimmer. »Wir können uns doch nicht in Gegenwart des Kindes streiten. Davon wird die Sache auch nicht besser.« Sie hat recht, und ich gebe mich geschlagen.

»Ich gehe jetzt schlafen, Liebling«, sagt sie lächelnd.

»Ich schaue nach Großvater«, entgegne ich. »Bis gleich.«

Jeden Morgen spielt sie diese Komödie. Denn ich weiß natürlich genau, daß sie jetzt noch schnell auf die Straße fliegt und von den Milchwagen, die klirrend die Stadt durchfahren, etwas Milch für Toni stibitzt. Gegen Mutterliebe ist kein Kraut gewachsen.

Ich sehe währenddessen in die Küche. Vivian war wieder fleißig, drei Flaschen hat sie mitgebracht. Eine nehme ich für Großvater mit.

»Komm rauf, Junge«, sagt er, als ich sein Zimmer betrete. Er öffnet die Flasche und schnuppert an ihr.

»Kuhblut«, sagt er glücklich. »Es ist noch warm.« Großvater kommt vom Lande, von Menschen hat er nie viel gehalten, aber Tiere mag er.

»Es gibt nichts Besseres als warmes Kuhblut«, pflegt er immer zu sagen. Er sagt es auch diesmal und hält mir die Flasche hin. »Willst du einen Schluck?«

»Nein danke, ich bin satt.«

»Um so besser.«

»Hast du irgendeinen Kummer?« fragt er mich dann teilnahmsvoll.

»Nun ja, das Übliche.«

»Toni?«

»Ja.«

»Mach dir nichts draus, Junge, so etwas kommt vor. Kinder schlagen manchmal aus der Art. Schlimmstenfalls wird sie ein Mensch.«

So reden wir etwas, bis ich ins Nebenzimmer gehe und mich müde neben meine Frau hänge. Ich schließe die Augen und höre noch, wie Paul geräuschvoll nach Hause kommt. Er ist ein rücksichtsloser Junge, aber man kann ihm nicht böse sein. Toni wird jetzt wohl mit dem Kaninchen spielen. So ist das im Leben, wo viel Licht ist, ist auch Schatten. Aber alles in allem habe ich wohl Grund, zufrieden zu sein. Unter solchen Gedanken schlafe ich ein und wache nicht eher auf, als bis wir uns abends wieder versammeln, die Zähne nachfeilen, Erfahrungen austauschen und Scherzworte wechseln. Dann schwingen wir uns in die Luft, und unsere Wege trennen sich. Paul fliegt nach Osten, Vivian nach Westen, meine Frau nach Norden und ich in die wohlhabenden Vorstädte des Südens, wo sich die feisten Herren und ihre Ehefrauen gerade ins Bett begeben.

Autoren & Geschichten

Jürgen Alberts

Die Geschichte: »J. B. Cool sucht geilen Zahn«. Privatdetektiv J. B. Cool wird beauftragt, einen verlorenen Vampirzahn wieder aufzutreiben. Seine Nachforschungen bringen einige Merkwürdigkeiten ans Mondlicht. Mit J. B. Cool und dessen Assistenten Theo hat Alberts ein Detektiv-Duo geschaffen, das zu den allerschrägsten Vögeln der modernen Kriminalistik zählt und hoffentlich noch viele Fortsetzungsfälle aufklären muß.

Der Autor: Jürgen Alberts hat in Tübingen und Bremen studiert und über die »Bild-Zeitung« promoviert. Zusammen mit seiner Frau Marita lebt er in Bremen. Bekannt sind nicht nur seine Bremen-Krimis (»Tod eines Sesselfurzers«, »Mediensiff«). Alberts historische Romane »Landru«, »Keplers Traum«, »Fátima« und »Der Anarchist von Chicago« wurden von Kritikern und Lesern gleichermaßen gelobt. Sein SF-Roman »Die Gehirnstation« erregte genauso Aufsehen wie sein Verfassungsschutz-Thriller »Zielperson unbekannt«. Mit seiner Frau zusammen schrieb er drei Romane mit touristischen Schauplätzen. Preise: Villa-Massimo-Stipendium 1971 (für die beiden ersten Veröffentlichungen »Nokasch«, »Aufstand des Eingemachten«); Syndikats-Preis für den besten deutschsprachigen Kriminalroman 1988 (»Landru – Geschichte des Pariser Frauenmörders«); CIVIS-Preis des WDR und der Freudenbergstiftung 1990 (für das Hörspiel »Eingemauert«); Walter-Serner-Preis des SFB, lobende Erwähnung, 1992 (für die Kurzgeschichte »Wut im Bauch«); 1994, Deutscher Krimi-Preis für den Roman »Tod eines Sesselfurzers«; 1995, Deutscher Literatur-Fond, Stipendium für den Roman »Hitler in Hollywood«.

Erste Vampir-Begegnung: Jürgen Alberts besuchte mit einem Freund aus Bayern den sommerlichen Bremer Kaisermarkt. Die Sonne ging bereits langsam unter, und die Fischer räumten schon ihre Kisten mit den übriggebliebenen Heringen beiseite. Da kam ein etwas finster dreinblickender Fischer mit einem schwarzen Umhang daher und baute seinen burgartigen Stand auf. Seine Ware bestand hauptsächlich aus dunklen Rochen. Alberts wollte seinem bayerischen Gast etwas Besonderes kochen und entschied sich für den Rochen. Er stellte in der Küche die Gewürze zurecht und ließ das Öl in der Bratpfanne heiß werden. Gerade als Alberts mit seinem großen Tranchiermesser den Rochen zerlegen wollte, um einige Stücke davon in der Bratpfanne unterzubringen, zuckte der Rochen immer heftiger und flatterte schließlich zum offenen Küchenfenster hinaus. Der bayerische Gast mußte an diesem Abend mit Dosenfisch und Pellkartoffeln zufrieden sein.

FALKO BLASK

Die Geschichte: »Vampire im Netz«. Das virtuelle Computerspiel »The Vampire's Net« wird für Jonathan zur gefährlichen Leidenschaft. Mit dem Joystick steuert er sich in das Reich der Finsternis zwischen Chips und Bites.

Der Autor: Falko Blask arbeitete als Radiomoderator und Kolumnist, war Autor für das Trendmagazin »Wiener« und den »Playboy« und ist heute unter anderem Online-Publizist. Bisher ist er hauptsächlich als Sachbuchautor (»Ich will Spaß!«, »Baudrillard zur Einführung«, »Konsequent Karriere Machen«, »Techno – Eine Generation in Ekstase«) in Erscheinung getreten.

Erste Vampir-Begegnung: Falko Blask war bei einem Urlaub auf Ibiza in der Disco »Bloody Heart«. Als DJ Marisa Holy seinen Lieblingssong auflegte, bot ihm ein Ecstasy-Dealer mit langen Eckzähnen eine Pille mit dem wunderhübschen Namen »Red-Full« an. Blask steckte sich den Glücksbringer in die Tasche und tanzte los. Er konnte aus den Augenwinkeln beobachten, daß sein Freund Wolfgang gleich eine »Red-Full« einwarf und sich sofort in die Bedienung verbiß. Als Blask seine Pille schlucken wollte, mußte er feststellen, daß sie durch ein winziges Löchlein in der Hosentasche verlorengegangen war.

HARALD BRAEM

Die Geschichte: »Die Toten kommen«. Als Bauarbeiter in einem Baggerloch drei vermeintliche Leichen freilegen, feiern die Vampire Auferstehung …

Der Autor: Harald Braem ist Designer, Professor für Kommunikation und Design an der FH Wiesbaden und lebt in Lollschied. Zu den bekanntesten Büchern des Ethnologie-Spezialisten zählen »Der Löwe von Uruk«, »Die Geheimnisse der Pyramide«, »Hem-On der Ägypter«, »Der Herr des Feuers«, »Tanausu«, »Der Vulkanteufel«, »Der Schamane«. Das Lesepublikum von Braem wächst und wächst und wächst …

Erste Vampir-Begegnung: Es war in Grönland, da durfte Harald Braem bei der Frau des Eskimo-Häuptlings in einem Eisbärfellschlafsack übernachten. Braem bemerkte, daß die stark nach Tran riechende Häuptlingsfrau sich mit ihren Zähnen um Mitternacht an seinem Hals zu schaffen machte. Allerdings hatte Braem seinen dicken Nilpferdlederschal, den er in Afrika von einem Massai-Medizinmann geschenkt bekommen hatte, wegen der großen Kälte auch im Schlafsack um. Die Zähne der vampirischen Häuptlingsfrau blieben in dem Nilpferdlederschal stecken, und er konnte in dem Iglu unbehelligt weiterschlafen.

PETER DEMPF

Die Geschichte: »Der Meister des Bambino Vispo«. Restaurator Franco Carfi erlebt eine böse Überraschung bei seiner Arbeit an einem merkwürdigen Bild. Das höchst sonderbare Geschehen in Carfis Werkstatt wird von einem Kassettenrecorder akustisch festgehalten.

Der Autor: Peter Dempf ist Literaturpreisträger, Hörfunkautor und arbeitet derzeit an einem historischen Roman.

Erste Vampir-Begegnung: Peter Dempf lud seine Frau – lange vor der Hochzeit – zu einem Rendezvous in ein Spezialitätenrestaurant ein. Dempf sah auf der Karte das Menü des Tages und flüchtete ohne eine Bestellung aus dem Lokal, das sich »Vladimirs Treff« nannte. Auf der Karte war folgendes Menü beschrieben: Vorspeise: Suppe aus Blutegeln, Zwischengang: Blutwurst aus Wölfen, Salat: Tomaten mit Herzen von Vogelspinnen, Nachspeise: Rote Spaghetti-Grütze aus gemischten Adern von Giraffen.

MICHAEL FUCHS-GAMBÖCK

Die Geschichte: »Der Kuß vor dem Tango«. Ein Vampir leidet an der Droge Blut. Er sucht nach dem Sinn seines Lebens. Er begegnet Maria. Die Sinnsuche endet als Liebestragödie ungeahnten Ausmaßes.

Der Autor: Michael Fuchs-Gamböck ist nicht nur Buchautor, sondern gehört zur Popjournalisten-Elite in Deutschland. Seine Interviews mit Mick Jagger, Iggy Pop, Alice Cooper, Prince oder David Bowie sind schonungslose Frage- und Antwortspiele. Fuchs-Gamböck wird von den Medien liebevoll »Der Wahnsinnige mit der verrückten Brille« genannt. Er lebt in München.

Erste Vampir-Begegnung: Nach seinem Interview mit Michael Jackson durfte Michael Fuchs-Gamböck Jacksons berühmten Freizeitpark besuchen. Völlig frei durchstreifte Michaels Lieblingsaffe »Bitemee« das dschungelartige Gelände. Durch einen Zufall konnte Fuchs-Gamböck beobachten, daß »Bitemee« auf der Schulter von Michael saß und an seinem Hals nuckelte. Jetzt war Fuchs-Gamböck klar, warum Jackson seit Jahren immer blasser wurde, und er kletterte schnell über die Parkmauer.

215

ROBERT GERNHARDT

Die Geschichte: »Ein Tag«. In einer ganz normalen Vampirfamilie gibt es ganz normale Vampirfamilien-Probleme. Der Vampirvater versucht eine peinliche Familienschande zu regeln und kommt dabei in Interessenkonflikt mit der Mutterliebe seiner Frau.

Der Autor: Robert Gernhardt studierte in Berlin und Stuttgart an den Akademien für Bildende Künste. Mit Henscheid gehört Robert Gernhardt zur sogenannten »Neuen Frankfurter Schule«. In seinen Werken mischen sich Satire, Parodie, Phantasie und Nonsens. Er ist Verfasser von Romanen, Drehbüchern, Gedichten und arbeitet für den Hörfunk. Er betreute die legendäre WimS- (Welt im Spiegel) Seite in dem Kult-Magazin »Pardon«. Gernhardt ist Mitbegründer der Satire-Zeitschrift »Titanic«. 1983 erhielt er den Jugendbuchpreis. Zu seinen bekanntesten Büchern zählen »Besternte Ernte«, »Glück Glanz Ruhm«, »Ich Ich Ich«, »Ein gutes Schwein bleibt nie allein«, »Wörtersee«, »Die Toscana-Therapie«, »Hier spricht der Dichter«, »Lug und Trug«, »Mit dir sind wir vier«, »Ostergedichte«, »Über Alles«, »Weiche Ziele«. Gernhardt erhielt den Berliner Kritikerpreis und ist Preisträger des Kulinarischen Literaturpreises Schwäbisch Gmünd.

Erste Vampir-Begegnung: Robert Gernhardt saß im Biergarten und beschwerte sich beim Wirt, weil die sieben mächtigen Kastanien einen furchtbar dunklen Schatten warfen und ihn selbst bei hochsommerlichen Temperaturen richtig fröstelte. Der Wirt fackelte nicht lange, holte eine Säge und sägte die Kastanie neben Gernhardts Tisch einfach um. Als der beanstandete Kastanienbaum fiel, flatterte aus ihm ein undefinierbares, fledermausartiges Wesen hervor, das sich unter Angstschreien in Windeseile in dem Dachkamin des Gasthauses verkroch.

GISBERT HAEFS

Die Geschichte: »Der Vampir und das Infranet«. Die oberen Namenlosen haben das Spiel in Gang gebracht. Verwandlung ist Qual. Irgend etwas war falsch.

Der Autor: Viele kennen Gisbert Haefs durch seine originellen Matzbach-Krimis und durch seine vielgerühmten Kipling-Übersetzungen. Gisbert Haefs hat mit seinem packenden »Hannibal«-Roman bewiesen, daß er zu den deutschsprachigen Erzählern der Sonderklasse zählt. Diesen Eindruck baute Haefs mit seinem »Alexander« hemmungslos aus.

Erste Vampir-Begegnung: Gisbert Haefs besuchte im Theater die Oper »Raben fliegen hoch«. Zu seiner Überraschung lud ihn die weltberühmte Sängerin Patricia Polaskino nach der Aufführung in ihre Garderobe ein. Mit offenen Armen empfing ihn der Opernstar. Am Schminktisch der Sängerin sah Haefs aus den Augenwinkeln ein furchterregendes Gebiß mit mindestens fünf Zentimeter langen Fangzähnen liegen. Mit einem Sprung rettete sich Haefs vor dem singenden Vampir in den Kleiderschrank, hielt ihn von innen zu und wartete dort, bis die Sonne aufging.

E. W. Heine

Die Geschichte: »Liebe deinen Vampir wie dich selbst«. Sie hat einen Busen wie Marilyn Monroe und eine Taille wie Cindy Crawford und verfügt über eine 200jährige Erfahrung im Liebesspiel.

Der Autor: E. W. Heine ist ein Meister der Kurzgeschichte. Sein Kurzgeschichtenband »Kille Kille« ist heute längst Kultbuch. Mit seinem aktuellen Bestseller »Das Halsband der Taube«, einem überaus phantastischen Historien-Thriller, hat sich E. W. Heine als beeindruckender Erzähler ganz vorne etabliert.

Erste Vampir-Begegnung: E. W. Heine hatte im Gymnasium eine Mathematiklehrerin, die ihn einmal nach Hause einlud, um ihm einige Algebra-Aufgaben zu erklären, die bei der nächsten Prüfung drankamen. Als sich die Mathe-Lehrerin, die ein Vampir war, über ihn beugte und ihn beißen wollte, hatte der junge Heine viel Glück. Er malte gerade ein großes Plus-Zeichen, das durch seine Aufregung mit einem überlangen Senkrechtstrich zu einem Kreuz wurde. Die Lehrerin schrie auf, stürmte aus ihrer Wohnung und ward nie mehr gesehen.

Tanja Kinkel

Die Geschichte: »Unsterblichkeit«. Das Vampirmädchen Madeline will für die kommende Ewigkeit einen gleichartigen Begleiter haben, der ihr nicht wegstirbt wie alle geliebten Menschen vorher. Sie ist zur Zeit der Beat-Euphorie in Liverpool und trifft dort die Beatles. Manager Epstein stirbt unter mysteriösen Umständen. Zwischen John Lennon und Madeline entsteht eine faszinierende Liebesgeschichte.

Die Autorin: Tanja Kinkel ist momentan die deutsche Erfolgsautorin schlechthin. Seit ihrem Historien-Roman »Die Puppenspieler«, der sich wochenlang in den Bestsellerlisten tummelte, zählt sie zu den meistgelesenen jungen deutschen Autorinnen. Weitere grandiose Romane von Tanja Kinkel sind »Mondlaub« und »Die Schatten von La Rochelle«.

Erste Vampir-Begegnung: Tanja Kinkel war bei einer Baggersee-Party, und als sie bei Vollmond in das Wasser stieg, um eine romantische Schwimmrunde zu drehen, kamen auf sie zwei glühende Augen dicht über den Wellen zu. Riesige Tentakel erhoben sich über dem See, und ein gräßlicher Laut drang der Vampirkrake aus dem Maul. Jedoch das schnelle Schlauchboot des Bayerischen Roten Kreuzes, Abteilung Wasserwacht, kam angeschossen und zerfetzte die Vampirkrake mit dem Außenbordmotor.

GERHARD KÖPF

Die Geschichte: »Fliegende Ameisen«. Im Kino ist es dunkel. Erotische Hollywood-Träume. Werden die Fledermäuse von Sharon Stones Körpersäften angezogen?

Der Autor: Gerhard Köpf ist Professor für Gegenwartsliteratur in Duisburg. »Innenfern« war sein erster Roman. Weitere Romane sind »Eulensehen«, »Piranesis Traum«, »Papas Koffer«, »Der Weg nach Eden« und »Nurmi oder die Reise zu den Forellen«. Sein Buch »Die Strecke« wurde erfolgreich als »Wallers letzter Gang« verfilmt. Köpf schrieb zahlreiche Dramen, Hör- und Fernsehspiele. Er erhielt den Preis der Klagenfurter Jury, den Preis des Stadtschreibers von Bergen-Enkheim und den Wilhelm-Raabe-Preis. Mit seinem »Taschenbuch der Drachen« hat sich Gerhard Köpf tief in das Reich der Fabel und Mystik begeben.

Erste Vampir-Begegnung: Mit seinem ersten Romanmanuskript besuchte Gerhard Köpf in London-Soho einen Verlag, der in einem finsteren Hinterhof in der finsteren Drakemanestreet lag. Der Verlagschef, ein Vampir, setzte Köpf zur feierlichen Begrüßung Fledermausblut als Rotwein vor. Gerade als der angehende Autor das Glas zum Trinken hob, stürmte James Bond zur Tür herein und tötete mit einem Blasrohr und einem Holzpfeil den spitzzahnigen Verlagschef mit einem Schuß mitten ins Herz.

RAINER ANTON NIEDERMEIER

Die Geschichte: »Postmodernes Vampirfragment«. Staatsvampire, Blutsensen und Schimmelkrieg. Ein Wort-Inferno, das den Blutdruck gewaltig hebt.

Der Autor: Rainer Anton Niedermeier wurde »Deutscher Meister« bei einem legendären Autoren-Slam in München. Er geht als Lyrik-Dämon auf Tour und behauptet: »Gegen mich ist Graf Vlad ein Waisenknabe.« Seine Lesungen führt R. A. N. nur bei Vollmond auf.

Erste Vampir-Begegnung: Rainer Anton Niedermeier wollte sich in einem verfallenen Kaufhaus in der Altstadt von Bombay eine extravagante Krawatte kaufen. In der dunklen Umkleidekabine probierte er eine aus und kam irgendwie mit dem Knoten nicht klar. Er rief eine Verkäuferin zur Hilfe. Diese gehörte der Blutkaste an und wollte ihn beim Knotenbinden durch einen Biß in den Hals zu einem Kastenangehörigen machen. Niedermeier gelang es irgendwie, die Verkäuferin mit der langen Krawatte an den Kleiderhaken zu hängen, und entkam.

ELISABETH REMMERS

Die Geschichte: »Marie und der Prater-Vampir«. Die junge Marie verliebt sich in Carlo, der in einem Prater-Varieté als Vampir auftritt. Marie, die in einer Knopffabrik arbeitet, wird Mutter von Zwillingen. Während sich der Junge normal entwickelt, gibt das Verhalten des Mädchens Rosa der Mutter Anlaß zu schlimmen Befürchtungen.

Die Autorin: Elisabeth Remmers aus Wien hat bereits Preise als Kurzgeschichtenschreiberin bekommen. Ihr erster Roman »Die verhinderte Amokläuferin« ist unlängst erschienen. Elisabeth Remmers' nächstes Buch spielt ebenfalls im Prater-Milieu.

Erste Vampir-Begegnung: Elisabeth Remmers ging in die Bibliothek und wollte sich ein Buch über die Geschichte des Praters ausleihen. Plötzlich erlosch das Licht, und aus den Regalen fielen die Bücher. Ein Riesenchaos brach aus. Sie spürte einen modrigen Hauch in ihrem Nacken. Etwas Spitzes drückte sich in ihre Haut. Gott sei Dank fiel der dicke Brockhaus mit der Aufschrift Stok-Vlad dem Vampir auf den Kopf, so daß er ohnmächtig zusammensank und Elisabeth Remmers durch das Fenster entkommen konnte. Sogleich setzte sie sich zu Hause an ihren Schreibtisch und begann eine Geschichte über einen Prater-Vampir zu schreiben.

HERBERT ROSENDORFER

Die Geschichte: »Der Bettler vor dem Café Hippodrom«. Polizisten entdecken beim Morgenrundgang, daß ihr seltsamer Gast spurlos aus der Zelle verschwunden ist. Er hat sich anscheinend in Luft aufgelöst.

219

Der Autor: Herbert Rosendorfer wurde in Bozen geboren und kam 1939 nach München. Von 1943 bis 1948 hielt er sich in Kitzbühel auf, seinem »Eichkatzelried«. Er arbeitete als Richter am Oberlandesgericht in Naumburg/Saale und ist Mitglied des bundesdeutschen PEN-Zentrums, der Bayerischen Akademie der schönen Künste und der Akademie der Wissenschaften und Literatur in Mainz. Weitere Bücher von Rosendorfer sind: »Deutsche Suite«, »Das Messingherz«, »Die Goldenen Heiligen«, »Die Nacht der Amazonen«, »Ein Liebhaber ungerader Zahlen«. Sein bestverkaufter Roman trägt den Titel »Briefe in die chinesische Vergangenheit«. Rosendorfers erster Roman »Der Ruinenbaumeister« hat längst Kultstatus. Auch seine meisterlichen Kurzgeschichten weisen Rosendorfer als einen der größten deutschsprachigen Erzähler der Gegenwart aus. Er wurde u. a. mit dem Georg-Mackensen-Preis, dem Oberbayerischen Kulturpreis, dem Tukanpreis und dem Bayerischen Förderungspreis für Künstler und Schriftsteller ausgezeichnet.

Erste Vampir-Begegnung: An einem schönen Sonntagabend spazierte Herbert Rosendorfer durch den Tierpark Hellabrunn. Seine Vorliebe gilt dort dem Vogelhaus. In einem großen dunklen Raum sind fast alle Arten von Fledermäusen zu beobachten. »Villa Dracula«, kündigt ein Plakat marktschreierisch den Fledermaus-Raum an. Rosendorfer setzt sich dort auf einen Klappstuhl und packt seine Brotzeit aus. Nach dem zweiten Bissen in die Semmel mit rotem Preßsack spürt er hinter sich ein heftiges Atmen. Rosendorfer dreht sich ruckartig um, und ein furchtbares Gebiß fährt in seine Semmel. Ein undefinierbares, riesiges Ungeheuer mampft nun Rosendorfers Semmel. Da kommt im Amtsrichter der Zorn hoch. Er packt den Klappstuhl und donnert ihn dem Ungeheuer an die Stelle, die er für dessen Kopf hält. Das Monster zuckt zusammen und entschuldigt sich artig: »Ich hatte solchen Hunger!« Dann trottet es davon.

RAFIK SCHAMI

Die Geschichte: »Die Wahrheit über Vampire und Knoblauch«. Ein Journalist fährt nach Bukarest und versucht die wahren Hintergründe der Dracula-Legende aufzuklären. Eine vergilbte Papierrolle mit arabischer Schrift schildert das Los eines zur Pfählung Verurteilten, der drei Tage vor der Hinrichtung viel Knoblauch essen muß.

Der Autor: Rafik Schami wurde 1946 in Damaskus als Sohn eines Bäckers geboren. Seit 1971 lebt er in der Bundesrepublik. Zu seinen bekanntesten Erzählungen und Romanen zählen »Das Schaf im Wolfspelz«, »Das letzte Wort der Wanderratte«, »Der Fliegenmelker«, »Erzähler der Nacht«, »Der fliegende Baum«, »Der Wunderkasten«, »Der ehrliche Lügner« und »Reise zwischen Nacht und Morgen«. Rafik Schami erhielt u. a. folgende Literaturpreise: Thaddäus-Troll-Preis, Schweizer Kinderbuchpreis »La vache qui lit«, Jenny-Smelik-Kiggen-Preis, Hermann-Hesse-Preis, Adalbert-von-Chamisso-Preis. Sein Werk wurde in 15 Sprachen übersetzt.

Erste Vampir-Begegnung: Kurz vor Weihnachten ging Rafik Schami zu einem neuen Zahnarzt. Erst fand er den Eingang nicht, weil der sich in einem dunklen Hinterhof befand. Nachdem Schamis Krankenkassen-Card vom Computer abgecheckt worden war, nahm er im fensterlosen Wartezimmer, wo nur eine Kerze brannte, auf einem schwarzen Sessel Platz. Nach einigen Minuten hatten sich seine Augen an die Dunkelheit gewöhnt, und er konnte auf der anderen Seite des Wartezimmers zwei Gestalten sehen, die sich schon länger unterhielten. Er konnte ein paar Wortfetzen auffangen: »... seit rund 480 Jahren besuche ich diesen Zahnarzt ... seine Zahnfeile bringt das echte Beißgefühl zurück ... hierher kommen sie fast alle ... Karies kein Problem ... kann sogar Saugzähne plombieren ...« Plötzlich schnupperten die beiden dunklen Gestalten in der Luft des Wartezimmers, standen auf und näherten sich langsam Rafik Schami. Er kann es nicht mehr erklären, aber es war vielleicht seine emotionale Intelligenz, die Schami veranlaßte, so schnell wie möglich aus dem Wartezimmer zu verschwinden.

ULRIKE UND FRIEDHHELM SCHNEIDEWIND

Die Geschichte: »Prosit!«. Auch Blut kann verschiedene Geschmacksrichtungen haben.

Die Autoren: Friedhelm und Ulrike Schneidewind sind Vampirspezialisten. Seit Jahren führen sie im Saarbrücker Studio-Theater erfolgreich das Vampir-Stück »Carmilla« auf, das sie 1993 in Transsilvanien nach der gleichnamigen Geschichte von Sheridan Le Fanu schrieben und mit dem sie seither auch auf Tournee gehen, bis nach Georgien und Rumänien (Transsilvanien). Ulrike Schneidewind ist Grafikerin und Verlegerin. Bekannt wurde sie als »Carmilla«, mit ihrer Tanzperformance »Requiem für einen Vampir« und als »Cynthia« mit orientalischem und mittelalterlichem Tanz. Friedhelm Schneidewind, Verleger, Autor und Journalist, hat bisher sechs Bücher veröffentlicht, u.a. »... wie schmelzen deine Blätter« (1993), »Carmilla« (1994) und »Geworfen in die Ewigkeit« (1996), sowie zahlreiche Artikel und Essays, darunter den mehrfach erschienenen »sehr interessanten und umfassenden Aufsatz über alle Aspekte des Vampirismus« (Fantasia). Schneidewind ist 2. Vorsitzender im »Studio-Theater-Verein«, im Vorstand der Fachgruppe Journalismus der IG Medien im Bezirk Saar und war 1995/96 Vorsitzender des Landesverbandes Saar des »Freien Deutschen Autorenverbandes«. Er spielt in »Carmilla« mit und macht Musik, u.a. im Mittelalter-Ensemble »Conventus Tandaradey«.

Erste Vampir-Begegnung: Das Ehepaar Schneidewind ging nahe der Burg Frankenstein spazieren. Ein großer Picknickkorb sorgte für eine kräftige Brotzeit nach dem mühsamen Aufstieg zur Burg, die auf einem hohen Felsen liegt. Kaum war die Sonne versunken, kam aus dem Burgturm eine übergroße Vampir-Fledermaus und schnappte sich die Flasche mit Bordeaux, den sie für Blut hielt. Nachdem die unheimliche Kreatur auf den Turmzinnen den Wein ausgetrunken hatte, begann sie zu stöhnen. Unter gräßlichem Gejaule verendete die Vampir-Fledermaus, und die Schneidewinds nahmen das Ungetier mit und ließen es für ihr Wohnzimmer ausstopfen, wo es nun über Carmillas Sarg hängt.

WOLFHARD SITTER

Die Geschichte: »K. o. beim ersten Biß«. Lee, der Boxer, will im Ring nie, nie mehr eine schmachvolle Niederlage einstecken. Als er in der schwarzen Muschel am alten Hafen die Melodie des Blutes hört, beginnt eine dämonische Karriere.

Der Autor: Wolfhard Sitter ist »Deutschlands einziger dichtender Boxer« (BR) und hat bereits das Buch »Prinz der Jongleure – Nächtebuch eines Schattenboxers« herausgebracht. Sitter ist durch die Kombination von Autor und Boxer zum Medienstar geworden. Er verbindet seine Poesie-Performance immer mit Boxkampf.

Erste Vampir-Begegnung: Es war der 11.11., und Wolfhard Sitter wurde zu einem Faschingsball eingeladen. Sitter verkleidete sich als Dracula und war über den komischen Ball-Ort, das Krankenhaus, sehr erstaunt. Bei seinem Gang auf die Toilette verlief sich Sitter und kam durch den Raum mit den Blutvorräten. Dort lagen unzählige Vampire in Dracula-Kostümen und genossen laut schmatzend die Blutvorräte. Wegen seines Kostüms hielten die Vampire Sitter für ihresgleichen und ließen ihn unbehelligt wieder gehen.

BIRGIT WIESNER

Die Geschichte: »Schloß Aschebisky«. Antonio hält sich für den größten Frauenjäger aller Zeiten. Er beginnt einen Job als Kammerdiener bei der Familie Aschebisky. Er soll die Tochter verführen, die zu brav geraten ist.

Die Autorin: Birgit Wiesner hat Anglistik und Germanistik studiert. Sie schreibt Kinderbücher, Kurzgeschichten und Hörspiele.

Erste Vampir-Begegnung: Bei einem Tauchlehrgang am Mittelmeer lernte Birgit Wiesner am Strand einen hübschen Italiener namens Raffael kennen. Er war der Sohn des Fischers Luigi Mareba aus Ancona. Birgit und Raffael verabredeten sich zu einem nächtlichen Tauch-Ausflug. In der Tiefe entdeckten sie plötzlich ein Wrack. Raffael schwamm in das Wrack hinein, und als er nicht mehr herauskam, schwamm Birgit hinterher. Raffael versuchte mit seinem Tauchmesser eine lange Kiste zu öffnen. Als sich der Deckel hob, kam eine schwarzhäutige Nixe hervor, die Raffael packte und tiefer in das dunkle Wrack zerrte. Kurz konnte Birgit die langen Zähne im Mund der grinsenden Nixe sehen. Dann ging Birgit der Sauerstoff aus, und sie mußte auftauchen. Bei einer Suchaktion am folgenden Tag wurden weder das Wrack noch Raffael gefunden.

Die farbenprächtige Welt der Wunder, Rätsel und Geheimnisse

Michael Ende
Das Gefängnis der Freiheit
Erzählungen, 304 Seiten, ISBN 3 522 70850 4

Michael Ende erzählt acht staunenswerte Geschichten voller Abenteuer und Phantasie, die von der Innenwelt der Menschen handeln – liebevolle, traurige und grausame Geschichten. Jede hat ihre eigene Perspektive, ihre spezielle Erzählstruktur, ihre besondere stilistische Lösung.

Weitbrecht

Die Sphäre jenseits der Grenzen unserer vertrauten Wirklichkeit …

Wolfgang Hohlbein
Die Rückkehr der Zauberer
Roman, 416 Seiten, ISBN 3 522 71650 7

Auf einer Esoterikmesse trifft der Journalist Vandermeer ausgerechnet auf einen ehemaligen KGB-Agenten. Er heftet sich an die Fersen des Russen, mit dem er noch eine Rechnung zu begleichen hat, und gerät in einen Strudel unheimlicher Geschehnisse …

Weitbrecht